紅樓夢的愛恨 × 諷刺的社會洞察 × 批判式浪漫 × …代 × 魔幻寫實主義

文學哪有那麼矯情

中外十六位文學大師帶你走進文藝創作的殿堂！

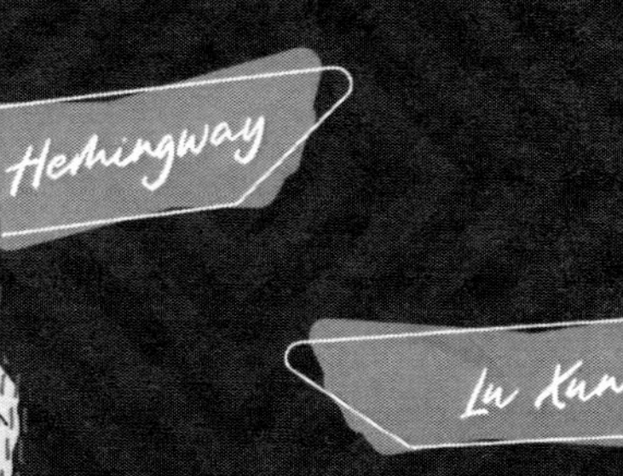

鄭偉・著

小說結構分析、社會觀察題材、人道精神表現、
角色自我投射、悲喜劇的交融……
從湯顯祖、曹雪芹、魯迅，到福樓拜、泰戈爾、海明威……

★ 眾位文學殿堂級大師帶你走進藝術創作的內心世界！★

目錄

目錄

第六章
福樓拜主講「現實主義」

第七章
托爾斯泰主講「以文學求真理」

第八章
馬克・吐溫主講「幽默與諷刺」

第十二章
魯迅主講「批判現實」

第十三章
卡夫卡主講「表現主義」

第十四章
海明威主講「迷惘的一代」

第十五章
貝克特主講「荒誕文學」

第十六章
馬奎斯主講「魔幻寫實主義」

序言

文學的魅力千般萬般，你喜歡的是哪一種？

是莎士比亞的人文主義戲劇？是泰戈爾的樂觀主義詩作？是魯迅對現實的尖銳批判？是貝克特筆下的荒誕文學？還是馬奎斯所講的魔幻與現實？

如果這些都不能滿足你，你還可以去浩瀚的書海中探索，雖然會花費一些時間，但終究會找到讓你如醉如痴的文學作品。

從文字誕生時起，文學之花便悄然綻放，在數千甚至上萬年的歷史演變中，文學經歷了谷底與高峰、落寞與復興、衰弱與強盛。但在時間長河的淘洗與沖刷下，文學之花卻從未凋零、敗落。

文學是浪漫的。被封建時代扼殺的杜麗娘，遇到了肯為自己冒險的柳夢梅，最終掙脫了封建制度的牢籠，粉碎了時代枷鎖，獲得了美好愛情。

文學是淒涼的。利慾薰心之下，馬克白殘殺無辜，陷人民於水火，最終在恐懼與猜疑之中，落得個妻子自殺、眾叛親離、自己身死的下場。

文學是幽默的。從天而降的百萬英鎊，讓亨利一下子從地獄來到天堂，擔憂、興奮、恐懼、坦然，亨利的內心如雲霄飛車一般。兩位富翁僅用一張百萬英鎊的大鈔，就欣賞了一齣幽默滑稽的「真人秀」表演。

文學是荒誕的。兩個流浪漢在等待果陀，果陀是誰？為什麼要等他？如果有人知道這些問題的答案，等待便不會持續下去，遺憾的是，沒人知道果陀代表什麼，所以這等待還會一直持續下去。

文學是殘酷的。狂人和其他人不一樣，所以他被認為是「有病的」，怎麼樣才能治好這種病呢？跟別人一樣就好了。但狂人看到周圍的人都在吃人，他不想這樣，所以只能以絕食的方式來拒絕被救治。但這樣做好像沒什麼用，因為狂人的妹妹死了，她可能被藏在了狂人自己的飯菜裡。

一千個讀者眼中就有一千個哈姆雷特，用這句話來描述文學，是再合適不過的。在湯顯祖的《牡丹亭》中，有人看到的是杜麗娘的一片痴情，有人看到的則是柳夢梅的敢作敢為；在魯迅先生的《阿Q正傳》中，有人覺得阿Q是在裝瘋賣傻愚弄自己，有人則認為阿Q只是在尋一種自己的活法。對文學作品的解讀不同，我們所獲得的感受也會有所不同。

文學可以讓人哭、讓人笑、讓人體會到人生百態，感受到生命的殘酷或美好。從這個角度來說，文學是有趣的。

文學就如浩瀚的星海，想要將其盛裝到一本書中，顯然是難以實現的，但摘選星海中最亮的星，以獨特的方法巧妙連綴，也能編織出一幅別樣的星海奇景圖。本書就是這樣一本閃爍著奇妙光彩的圖書。

本書選取了世界文學史中較具有代表性的十六位文學大師，把他們的文學思想、文學作品、人生經歷以通俗易懂又趣味橫生的方式介紹給讀者。這十六位文學大師將會帶領讀者暢遊於浩瀚的文學星海，一點一點揭開文學的神祕面紗，讓讀者感受到文學的多樣魅力。

本書的重點不是要教讀者去了解文學的體裁和文學的類別，而是逐步引導讀者與文學進行「對話」，感受文學作品之中的情感內涵，其目的不是讓讀者學會賞析文學，而是讓讀者學會使用文學的表達手法。

希望這本書能夠帶給讀者一種別樣的文學體驗，請翻開這本書，開始你在文學星海的遨遊之旅吧！

引言

顧悠是中文系大一新生，由於從小就酷愛文學，所以填大學志願時毫不猶豫選擇了中文系。但是真正步入大學生活之後，顧悠才明白，原來興趣並不能當飯吃，即使自己對文學有著巨大的興趣，也抵不過索然無味的大學生活，什麼「熱愛可以抵擋歲月漫長」的說法，都只是傳說。顧悠每天過著教室—學生餐廳—宿舍三點一線的生活，沒有任何波瀾和起伏，著實無趣。

顧玄是顧悠的哥哥，兩人就讀於同一所大學，只不過顧玄讀的是哲學系；與妹妹一樣喜好文學的顧玄，經常來找她「蹭課」。

這一天，顧悠正坐在教室裡發呆，耳邊突然傳來了哥哥的聲音：「顧悠，發什麼呆呢？」

「要你管！你說為什麼大學生活這麼無聊？和我想像中的完全不一樣。」顧悠沒好氣地說道。

「原來我的妹妹是太無聊了呀！最近我在學校發現了一個好玩的地方，特別適合我們這些『文化人』，要不帶你去玩玩？」

「你肯定在騙人，我們學校我都已經逛遍了，還有什麼地方是我不知道的？」顧悠並不相信顧玄的鬼話。

「真的有，不去保證你後悔。」顧玄再三保證道。

這時顧悠的同班同學蔣蘭蘭湊了過來：「什麼好玩的地方呀？能不能帶我也去見見世面？」

「當然可以，我正好跟那裡要了三個名額，我們三個一起去吧！」顧玄說道。

顧悠見蔣蘭蘭也想去，於是便答應下來，還沒好氣地對哥哥說：「顧玄，要是敢騙我，你就死定了！」

說罷，三人一起向著那個「神祕又好玩」的地方走去⋯⋯

顧玄帶著顧悠和蔣蘭蘭走出人文學院，穿過學院後面的一片小樹林，來到一處滿布爬山虎的高牆的前面。

「顧玄，這裡只有一面牆，哪裡有什麼好玩的地方？你又在惡作劇是不是？」顧悠有些生氣地說道。

顧玄好似並沒有聽到妹妹的話，也沒有辯解，只是聳了一下肩膀，走到這堵牆前面，將上面的爬山虎葉子扒開，這些樹葉的下面居然隱藏著一扇小門，門上刻著四個大字：「寒暄書院」。

顧悠和蔣蘭蘭都極為訝異，沒想到學校居然還有這樣一處神祕的地方。

顧悠對從小經常捉弄她的哥哥還是不放心：「這個門不會是你自己裝上的吧！其實裡面什麼都沒有。」

「顧悠，你過來推開試試，看你英明神武的哥哥到底有沒有騙你？」顧玄自信地說道。

聽到顧玄這樣說，顧悠半信半疑地走向那扇門，使勁一推，門開了⋯⋯

第一章
湯顯祖主講「中國古典戲劇」

本章透過四個小節講述湯顯祖的創作歷程以及他對中國古典戲劇的貢獻。中國古典戲劇無論取材還是呈現形式都非常廣泛，而這種廣泛就展現在了湯顯祖大量的經典著作中，了解這些著作，是走入中國古典戲劇文學世界的一個途徑。

湯顯祖（西元 1550 年 9 月 24 日～ 1616 年 7 月 29 日）

字義仍，號海若、若士、清遠道人，中國明代戲曲家、文學家。出生於江西的書香門第，早年中進士後步入官場，後辭官回鄉隱居。他精通中國古典詩詞，最大成就則是戲劇創作，作品《牡丹亭》、《紫釵記》、《南柯記》、《邯鄲記》等深受讀者喜愛，近代以來更獲得全世界的廣泛讚譽。

第一節　取材廣泛的中國戲劇文學

門內散發出的強烈光芒令顧悠下意識閉上了眼睛。光芒散去，等她緩緩睜開眼睛，看清門後的一切時，驚訝得一句話都說不出來，而身後的蔣蘭蘭早就看直了眼，兩個人就這樣傻傻地站在門口……

小門的後面竟然是一個禮堂，裡面還有不少學生在聽講座。講臺上站著一位頭戴幅巾、鬍子花白、面容和藹的老者，這不是明代大戲曲家湯顯祖嗎？一下子接收到如此多的資訊，怪不得顧悠和蔣蘭蘭會驚訝得一動不動。

「門口的三位同學，進入我們寒暄書院可是有時限的，再不進來門就要關了。」湯顯祖老師捋了捋自己的鬍子，笑瞇瞇地對還傻在門口的顧悠等人說道。

「啊，是真的，會動還會說話！」顧悠激動得大喊大叫起來。

「哈哈哈……」那些已經落座的學生看到顧悠如此模樣紛紛大笑起來。

「你就別丟人了，快點吧，老師開講了。」顧玄滿臉尷尬，提溜著顧悠找了個座位坐了下來，蔣蘭蘭緊跟其後落座。

顧悠剛一坐定，湯顯祖老師就開始說話了：「不知道同學們有沒有在大學校園裡邂逅過一段美好的愛情呢？大家能否說一下對愛情的看法？」

「生命誠可貴，愛情價更高，真愛至上！」人群中響起一個嘹亮的聲音。

「說得不錯，以愛情作為主題的故事總是能讓老夫感動得老淚縱橫。」湯顯祖老師邊說邊用長長的衣袖作擦眼淚狀。

「老師真是性情中人，怪不得能寫出《牡丹亭》、《紫釵記》那樣以愛情為主題的曠世奇作。」剛坐下的顧玄不忘稱讚老師。

湯顯祖老師微微一笑：「謝謝誇獎。的確，我的這兩部得意之作都藉助了愛情這個偉大的人類情感。一部好的作品某種程度上都得益於好的題材，也正是因為愛情這樣永不過時的主題，才能讓它們在長達四百年的時間裡一直活躍在舞臺上。」

「同學們，你們都看過『臨川四夢』或者聽過由此改編的戲曲嗎？誰能簡單介紹一下？」

湯顯祖老師剛說完，蔣蘭蘭就站了起來，她的「小才女」的稱號可不是白得的。

「第一夢為《牡丹亭》，杜太守之女杜麗娘，天生麗質、多愁善感，一日踏春歸來，心中想起先生所授『窈窕淑女，君子好逑』，情絲萌動，睏乏後倒頭睡於後花園床上，忽見一儒雅書生邀請她前去牡丹亭作詩，兩人互訴衷腸。杜麗娘醒後尋不見書生，方知大夢一場，之後幾次前往牡丹亭尋人未果，後憂鬱而終。其遊魂與書生柳夢梅相見，發覺彼此正是夢中愛人，杜麗娘因愛獲重生。其父得知後，不相信女兒復活，並認為柳夢梅

也是妖怪所化，便奏請皇上將其斬首。最終杜麗娘透過照妖鏡驗明正身，果真是真人。於是皇上下旨讓親人相認，成就了圓滿結局。」

「第二夢為《紫釵記》，隴西才子李益遊學長安，他年過弱冠未娶妻，託媒人鮑四娘尋良人。鮑四娘有心把自己的徒弟霍小玉介紹給李益，在得知小玉元宵節將去觀燈後，便通知李益前往。當天，小玉頭上的紫釵不慎掛至梅樹梢掉落，恰被李益撿到，小玉回來尋找時與李益相遇，兩人一見鍾情，便結為夫婦。後來李益高中狀元，權貴盧太尉欲招其為婿，李益不從，盧太尉便從中作梗，將李益軟禁，使二人不得相見，誤會加深，最終兩人在黃衫客的幫助下得以相見，重歸於好。」

「第三夢為《邯鄲記》，八仙之一呂洞賓要度化一個人成為掃花使者，一日在邯鄲見仙氣升騰，便在此地尋訪，剛好與書生盧生相遇。兩人入客棧閒談功名事，盧生頗有建功立業之心，呂便巧施計讓盧生入夢。夢中盧生偶遇崔小姐，與之結為百年之好。後又高中狀元，上陣殺敵，戰功赫赫，卻被奸臣所害，鋃鐺入獄，發配廣南鬼門關，妻兒不得相見。所幸沉冤昭雪，加封趙國公，權傾朝野，享盡榮華富貴，然最終因縱慾而得病，歸天而去。盧生驚醒後，黃粱米飯尚未煮熟，才知是黃粱一夢。呂洞賓告訴他，他的妻子崔氏及五個兒子俱是他胯下的驢子、店中的雞兒、狗兒所變。盧生遂幡然醒悟，跟呂洞賓回去做了掃花使者。」

「第四夢為《南柯記》，唐代東平游俠淳于棼胸懷大志，因酒失官職，閒居揚州城外，常和朋友在庭前的古槐樹下飲酒。一天，淳于棼去孝感寺聽經，偶遇三個美貌女子，他見一人所持鳳釵犀盒奇異，便上前搭訕。淳于棼回家後與友人飲酒，爛醉入夢，忽聽車鈴響，被使者扶上車，向古槐穴下駛去。原來那三個女子是螞蟻所化，來為國王的女兒瑤芳公主選婿。淳于棼就這樣做了『大槐安國』（螞蟻國）的駙馬，與公主恩愛有加，後任南柯太守，政績卓著。公主死後，他又被召還宮中加封左相。他權傾一時，淫亂無度，加之奸臣陷害，終被驅逐。淳于棼醒來知是一夢，在契玄禪師度化下出家，最終與公主的幽魂重晤。」

蔣蘭蘭講完後，大家都還沉浸在劇情中。顧悠先回過神來，眼裡滿是崇拜地看著湯顯祖：「老師，你太厲害了，想像力天馬行空，不拘一格。」

「不止這些，我概括得比較簡潔，原著讀來更是曲折婉轉，引人入勝呢。」蔣蘭蘭也崇拜地說道。

「老師，你是怎麼做到的呢？我寫文章的時候，都要愁死了，怎麼才能像你一樣才思敏捷，下筆如有神呢？」一個學生問道。

「好的作品需要好的題材支撐，有了好的題材在寫作時就會得心應手。中國戲劇是對中華傳統文化的一種傳承，有著悠久的歷史，戲劇藝術則多以人們喜聞樂見的歷史故事、宗教故事、民間傳說、時事新聞為主要內容。從文學角度看，很多文學體裁都對戲劇文學產生過深遠影響，如筆記小說、傳奇小品、說唱話本、古典詩詞等，都是歷代戲劇作家的巨大取材之地，當然我也是這樣。」湯顯祖老師說道。

「拿『臨川四夢』來說，這四部作品中的故事，都是我在已有的小說、話本的基礎上改編的，《紫釵記》是以唐人小說《霍小玉傳》中主要人物和故事主幹為原型，《牡丹亭》是據明人小說《杜麗娘慕色還魂》改編而成，《南柯記》的題材來源是唐人李公佐的傳奇小說《南柯太守傳》，而《邯鄲記》則取材於唐朝沈既濟的傳奇小說《枕中記》。而以夢寫實的虛幻手法也不是偶然出現的，早在先秦時期的《詩經》中就有寫夢的痕跡。可以說，我的戲劇作品是在對傳統的繼承和自身的感悟中逐漸形成的。因此，同學們在寫作中也可以透過借鑑他人的作品開啟思路，而最關鍵的是你如何將借鑑而來的內容完全變成自己的東西，達到更高的水準，也就是我最為推崇和強調的創新。」湯顯祖老師繼續說道。

「中華傳統文化幾千年生生不息、綿延不絕，展現出無與倫比的生命力，這種源遠流長和連續的傳承發展正是得益於歷代人民對社會實踐的推動和思想家們的概括提煉，這之中最離不開的就是創新。此外，很重要的一點是要融入個人獨特的閱歷和真實情感，要與時代社會背景密切相連。」湯顯祖老師強調道。

「嗯嗯，老師說得太對了，這些故事之所以哀怨動人、備受喜歡，某種程度上就是其中的情感非常真實，使得故事題材更加豐富也更能引起人們的共鳴。」蔣蘭蘭附和道。

聽完蔣蘭蘭的發言，教室裡響起了掌聲，而湯顯祖老師的第一堂課就在掌聲中結束了。

第二節　古典戲劇創作的規律

第二天傍晚，顧玄找不到顧悠，便在女生宿舍樓下等她。高大帥氣的顧玄瞬間吸引了很多女生的目光，顧悠經過時，看到哥哥在搭訕美女，覺得丟臉，不由加快了腳步，不曾想還是被顧玄看到了。

顧玄一把抓住她的手臂：「小丫頭，看見我居然不打招呼！」

「你這不忙著嘛？我怎麼好打擾你的『大事』。」顧悠心不在焉地說道。

「好了，不跟你計較了。你跑到哪去了？不知道今天還要去『上課』嗎？」

「上課？我晚上沒有課啊。」

「你，你忘了昨天湯顯祖老師……」

「啊，我還以為是做夢呢？居然是真的，那還不快走？」說著顧悠拉起哥哥的手就跑了起來，完全不像平時淡定的樣子，兩人俊男美女的組合也引得其他人頻頻回頭。

兩人到時，湯顯祖老師已經開講了，蔣蘭蘭早就給他們占好了座位。

「上節課我們主要講了『臨川四夢』中的故事題材，今天我們來了解一下戲劇的形式。所謂戲劇，現在一般解釋為戲曲、話劇、歌劇、舞劇等的總稱；而戲劇文學的載體：劇本，則是指供戲劇舞臺演出用的文字，是一種與小說、散文、詩歌並列的文學體裁。『臨川四夢』既然是戲劇文學，那麼據此編排的戲曲、話劇等就可稱為戲劇。」

「戲劇文學有什麼特點呢？」顧悠托著下巴提問。

「戲劇文學的創作說到底都是要為舞臺戲劇表演服務，因此也受到戲劇特徵的制約。眾所周知，戲劇有三大特徵，即綜合性、直觀性、集中性，戲劇文學的基本特點與之對應：第一點是舞臺性，包含兩方面的內容，一是時間、空間、人物的集中性，二是人物形象的行動性，必須具有強烈直觀的內心動作性和外部動作性；第二點是語言要簡潔易懂，必須口語化、動作化、性格化。戲劇文學不能像其他的文學作品類型那樣，需要讀者思索想像甚至品味很久才能理解。」湯顯祖老師解釋道。

「正是因為這些原因，戲劇作品不僅要有情節，還要根據主題、矛盾、人物性格等精心安排情節，而這就是戲劇文學的『結構』。儘管任何文學形式都要組織好結構，但結構對於戲劇文學來說尤為重要。戲劇文學的結構形式有兩種劃分方式，一是劃分為三個階段，包括起（開端）、身（轉折）、尾（結局）；二是劃分為四個階段，包括起（開端）、承（發展）、轉（高潮）、合（結局）。以『四段論』為例，分量最大、最主要的部分是『發展』，在這一部分，主要人物、事件、衝突都將展現出來，戲劇矛盾要越來越尖銳，人物個性也要越來越鮮明，各處伏筆、相互呼應、細節渲染、虛實相濟，為之後高潮的到來做好鋪墊。」湯顯祖老師繼續說道。（如圖 1-2 所示）

圖 1-2 戲劇文學的結構形式

「除了結構上，戲劇文學還有哪些特殊的地方呢？」又一個學生問道。

「上一節提到過，中國傳統文學的諸多體裁都對戲曲文學產生過影響，其中古典詩詞的影響頗深。古典戲曲文學創作的主要格式就是韻文，文字表達講究句式、韻轍、平仄等，戲劇作家要富有詩情詞情，要擅長運用借景抒情的文學手法，而這正是受古詩詞的影響。不過在我看來，一味地講究曲牌格律而削足適履，反而會讓作品本身失去意義。就像一個美妙女子，穿粗布衣服能襯托出她的美貌，穿華麗的衣服也能與其人交相輝映，但如果服飾過於雍容華貴，反而會適得其反、喧賓奪主。」湯顯祖老師不緊不慢地說道。

「嗯，是這樣的，我就有過這樣一段經歷。」顧玄邊點頭邊說道。

「請分享你的故事。」湯顯祖老師一臉看好戲的樣子。

「之前，我們隔壁班轉來一個很樸素的妹子，我覺得她長得清純又可愛，於是就請顧悠幫忙遞了情書，後來就發展成了男女朋友。可是好景不常，我們在一起之後，她就變得只知道買各種衣服、買鞋子、買飾品，把自己打扮得跟千金大小姐似的，我就覺得她完全沒有以前漂亮可愛了。」顧玄惋惜地搖頭。

「喜新厭舊可不好，我們上節課剛說了真愛至上，感情不是兒戲，要認真對待。」湯顯祖老師一本正經地教育顧玄。

「老師，您的作品中就很好地展現了您說的『不一味地講究曲牌格律而削足適履』呢！」一個學生的感慨將大家的思緒拉了回來。

「當然，也就是因為如此，『臨川四夢』在我的那個時代一度被看作『問題作品』。」湯顯祖老師略顯惆悵地說道。

「啊？什麼意思？」還沒等老師說完，顧悠就迫不及待地發問了。

「實際上，有不少作家、學者指責過『臨川四夢』中有音律問題，這種爭議概括來看主要包括三個方面，即曲牌失律、濫用方言、用韻不諧。今天，藉著這個機會，我剛好想在這裡為自己辯解一下。」湯顯祖老師似乎想藉這個機會好好反駁一下。

「眾所周知，餘姚腔、弋陽腔、崑山腔與海鹽腔並稱為明代南戲四大聲腔，我創作『臨川四夢』時，正逢明朝萬曆年中期後，那時崑山腔的影響範圍逐步擴大，海鹽腔在江浙等地逐漸淡出，且在善於歌唱的音樂家魏良輔等人革新南曲的倡導下，崑山腔在曲唱形式上已相當成熟完善。不過，臨川並沒有處於戲曲聲腔革新變化的中心地帶，雖然我對曲牌的使用規則依照的是崑腔中強調的『依字聲行腔』，但在使用曲牌時，我根據表現內容的需求，在符合文辭要求的範圍內對曲牌旋律做了一些擴張和收縮，這引起了當時一干文人的強烈不滿……」湯顯祖老師越說越激動。

「等等，老師，我有點聽不懂，曲牌旋律的收縮和擴張是什麼意思？」湯顯祖老師說的一系列專業詞彙弄得顧悠丈二金剛摸不到頭緒。

「曲牌是傳統填詞制譜用的曲調調名的統稱，也是崑曲中最基本的演唱單位，其音樂結構和文學結構是統一的，曲牌由詞發展而來，就是你們所熟悉的『詞餘』、『長短句』。所謂『依字聲行腔』就是腔調要跟著字走，遵循嚴格的四定：定調、定腔、定板、定譜，演員個人不可隨意發揮。而擴張和收縮，正是為了增加靈活性而創作的帶有添聲、犯調、減字的作品，我所遵循的原則是『句字轉聲，表達曲意』，也就是說唱字之間自然轉換，完整地表達句子的意思即可，不必刻意遵循上面的規則。因為按照我的想法，歌詩者要可以自由地歌，唱曲者要可以盡情地唱。」湯顯祖老師解釋道。

「那您這算是戲劇創作形式上的一大創新吧？」顧悠問。

「創新倒談不上，只能算是不囿於傳統的一個小突破吧。」湯顯祖謙虛地表示。

「此外，我還在作品中大量使用方言，方言的用韻和當時的文學用韻有很大區別，因此用韻的不規範也引發了諸多文人的不滿。這不滿的原因就是因為地域問題，我在作品中多用臨川方言，但他們中的多數都是蘇州、吳江等地人，對臨川音系十分陌生，對臨川方言的發音方法、用語特點不了解，因此完全無法理解。」湯顯祖老師頗為無奈地說道。

「老師，為什麼要在戲劇作品中使用方言呢？」一個學生問。

「方言的使用可以使戲劇更加具有特色，以『臨川四夢』為例，其中並不是所有的角色都是方言演唱，主要角色旦、生用中州韻演唱，唸白則用官腔，也就是當時的『普通話』，用韻基本規範；而次要角色淨、丑、貼等多用臨川音韻演唱，臨川方言唸白，可謂雅俗皆備、獨具特色，這也是我認為『臨川四夢』的最特別之處。」湯顯祖老師解釋道。

「啊，原來如此，這就是所謂的雅俗共賞。」蔣蘭蘭附和道。

湯顯祖老師微笑地點了點頭。這時，剛好到下課時間，顧悠戀戀不捨地來到湯老師身後，腦子裡還回想著課堂上豐富的文學知識。

第三節　文學內容比形式更重要

課前，湯顯祖老師將顧玄叫到了另一個房間，不一會兒，兩個人在同學們驚詫的目光中走了進來。

只見，湯顯祖老師穿著顧玄的破洞褲子、寬鬆衛衣，戴著誇張的項鍊，配上一頂鴨舌帽，再加上那絲毫不搭的大鬍子，看起來很是搞怪；而顧玄就更好玩了，完全就是歷史書上湯老師的那身裝扮，但他還是邁著吊兒郎當的步伐，完全沒有文人氣息，反而看起來有些滑稽搞笑。

「哈哈哈，哈哈哈，湯老師，你……你們要笑死我嗎，顧玄你快……脫下來吧，別玷汙了老師的衣服……」顧悠在座位上笑得東倒西歪。

「非常奇怪嗎？」湯顯祖老師帶著笑意問道。

「不是非常，是非常非常非常……哈哈哈……」蔣蘭蘭也笑得上氣不接下氣。

「上一節，我們簡單講了戲劇創作的形式，強調了戲劇創作要勇於突破傳統，打破常規，根據實際情況做出靈活改變。當然，不僅在文學創作上如此，很多事情都應如此。相信透過之前兩節課的學習，大家對『臨川四夢』以及戲劇都有了一定的了解，今天，我們就走進作品，深入了解其中的內容。」在笑聲中湯顯祖老師開始了今天的課程，大家也都止住笑，端正坐好。

一個皮膚白皙的男生舉手提出了疑問：「老師，其實我有一個問題，《牡丹亭》、《南柯記》、《邯鄲記》都是以『夢境』貫穿始終，但《紫釵記》卻不是如此，為什麼也會被稱為『四夢』之一呢？」

「《紫釵記》中雖然沒有以夢作為故事主線，描繪夢境的篇幅很少，但是夢在故事中造成的作用是不可忽視的。例如，最為著名的一夢〈曉窗圓夢〉中的一折，臥病在床的小玉夢到身著黃衫的俠客送鞋，這表明小玉在愛情遇阻後渴望夫妻團圓的心理，揭示了小玉從一而終、對愛情無比執著的倔強，另一方面也與下文黃衫客的出現相呼應。可以說，夢境是整個故事結構的點睛之筆，既豐富了人物形象，也使得起承轉合過渡更自然。」湯顯祖老師解釋道。

看同學們聽得很認真，湯顯祖老師話鋒一轉：「你們現在看我，還是覺得很奇怪嗎？為什麼都不笑了？」

「單純看還是會覺得奇怪，但只要老師一開始講課，我們就完全不會注意您穿的到底是什麼了。」顧悠回應道。

「這就是我今天想說的重點——內容比形式更重要，形式上的無序只會引起短暫的閱讀不適，只要有實質性的內容，就經得起反覆推敲。文學創作就是如此，外在的形式只是作品分類的一個硬性標準，是小說、古詩、劇本或者其他，都不重要，重要的是內容，沒有內容，形式就成了華麗的外衣，這樣的作品是成不了文學經典的。」湯顯祖老師終於說到了重點。

「對啊，一個內心醜陋的人再怎麼打扮也不會讓人真心傾慕。」剛才那個提問的男生突然說了這麼一句。

「那，誰能說說『四夢』中有哪些內容觸動了你呢？」湯顯祖老師突然發問。

一個可愛的小女生站起來，慢悠悠地說道：「《紫釵記》中最為經典的兩個形象是霍小玉和黃衫客，正如本劇〈題詞〉所說：『霍小玉能作有情痴，黃衫客能作無名豪。餘人微各有致。第如李生者，何足道哉！』霍小玉雖名為王府之女，實際上身分卑微，其母不過是霍王的一名歌姬。這種環境下長大的她是謹小慎微的，然而與李益相遇後，卻變得勇敢、無所畏懼，這正是愛情的力量。她把自己生存的價值和生命的理想全都與愛情綁在一起，對丈夫無比關懷和信任，即使在她認為丈夫負了自己的情況下，也毫無怨言，只是將定情信物賣出所得的錢財拋灑於蒼茫大地，這樣忠貞而痴情的女子實在難能可貴。而黃衫客的豪俠仗義行為既成全了有情人的團圓，又對破壞李、霍婚姻的盧太尉的醜惡行徑予以了警示，表達了對現實的失望，殷切地呼喚著社會的良知。」

「嗯，每部作品中都有那麼幾個靈魂人物，他們身上所展現出來的精神和美好品格就是這部作品的靈魂，即內容的精華。」湯顯祖老師總結道。

「老師，我能說說《牡丹亭》嗎？我最喜歡這一部了。」另一位同學舉手道。

「當然可以。」湯老師肯定道。

「我認為相較於《紫釵記》，《牡丹亭》的女主角有了更多的反抗意識。杜麗娘是一位官家小姐，其父是太守，在當時的時代背景下，官宦家庭中的封建思想更甚，禮數教條頗多，但她卻偏要追尋個性自由和愛情自由，並甘願為此付出生命的代價，這樣的勇氣實在讓人佩服。杜麗娘說她一生的愛好是天然，『這般花花草草由人戀，生生死死隨人願，便酸酸楚楚無人怨』，意思大致為對於美好的事物想愛就愛，愛了就要生死相隨，即使死了也無怨無悔。杜麗娘也正是這麼做的，展現了人物想法和行為的一致，也是這一形象最出色的地方。杜麗娘作為『情』的化身，為情而死，為愛重生，揭示了至情超越生死的偉大力量。」這位同學聲情並茂地描繪道。

「情不知所起，一往而深，生著可以死，死可以生，生而不可以死，死而不可復生者，皆非至情也，人如此，物亦然。」湯顯祖老師感慨道。

「《南柯記》……」顧悠迫不及待地跳了起來，總看別人出風頭讓她心裡很不是滋味，這次她可是做足了功課的。

「與前兩夢不同，《南柯記》最主要的主角是一名壯志未酬的男子，淳于棼雖然落魄於揚州，但並不甘心失敗，他是一個積極入世者，渴望建功立業、榮華富貴。曾經的他意氣風發，自視甚高，認為自己『人才本領，不讓於人』，風華正茂之年，必能有所成就，前途無量。隨著時間的推移，儘管想法未變，但現實卻遠非想像中那般，他已是被棄者，且已過而立之年，仍名不成、婚不就。他客居揚州，無家可歸，無法享受到親人和故鄉的情感慰藉，隨著時間的推移，一種連帶著孤獨、苦悶、絕望的恐懼感將他緊緊包圍著，精神上的寄託之地和心靈的歸宿之所都已經喪失。這時，淳于棼只有借酒澆愁，排遣苦悶，在這一過程中，主觀情思開始轉變為夢幻，他為自己營造了一個美好夢境，在無意識中實現了平生理想。」顧悠說道。

「與《牡丹亭》中歌頌的『至情』不同，淳于棼要做的不是單純追求情愛，而是要從世俗凡情中抽離出來，從深邃的痛苦中頓悟，實現自我超越，掙脫萬般束縛抵達自由之境，最終明白『世間一切苦樂興衰，南柯無二，等為夢境』。」顧悠又補充道。

「我來說《邯鄲記》！」顧悠話音剛落，顧玄就急不可耐地想接著繼續說。

但不巧的是，下課時間到了……

第四節　作家在創作過程中的成長

今天的湯顯祖老師恢復了以往的打扮，看上去儒雅穩重，與昨天那身衣服比起來確實少了些年輕感。「上節課有三位同學很詳細地闡述了前三夢中的主角的特點和作用，今天接著講最後一夢。」他說道。

「我來。」顧玄迅速站了起來。

「《邯鄲記》的主角也是一位頗具淩雲壯志的男子，他渴望功名利祿、榮華一生，但是他所面臨的現實和理想差距太大，因而一出場就感嘆自己時運不濟。在呂洞賓的引導下，盧生夢中娶高門女、高中狀元、披掛上陣、屢立戰功，中途雖被小人陷害，但最終還是完成了生平鴻志，持將相家，封妻蔭子。但是仔細來看，盧生的夢中六十年並非那麼順利美好，他基本都生活在別人的控制之中。這種控制就是從與崔小姐相遇開始的，當然，面對崔小姐的『逼婚』，他完全可以拒絕，但代價是見官府，思量之下他還是選擇了『屈服』，這樣既可以免除官府拷問，又能抱得美人歸，還能享受榮華富貴，何樂而不為呢？然而被迫的、強權的婚姻，也預示著盧生進入了一個非常矛盾和尷尬的境地——他看似擁有了權力，但實際上卻是別人給予的，他不能選擇也沒有能力選擇。」顧玄說道。

「婚後，盧生與崔小姐十分恩愛，過著錦衣玉食般的生活，在這樣的日子消磨下，他心中的理想早已沒了蹤影，更加無意於功名仕途，但是崔小姐卻執意讓他趕考，盧生不得不從。家庭經濟地位的懸殊決定了崔氏的意見在兩人的婚姻中處於主要地位，也正是這種差距無意間激發了盧生的鬥志，只有考取功名他才能在崔家擁有一定的地位。盧生到達京城後，便開始攀附權貴，這也並不是他的本意，而是在妻子雄厚的財力和家庭地位下被迫產生的對權力的渴望。盧生想要獲得權力，從而得到社會的認可，也得到妻子及其家人的認可。」顧玄繼續說道。

「這些無奈再加上奸臣的陷害以及最終縱慾過度而亡的結局，種種悲歡離合讓盧生清醒地意識到官場社會的腐敗骯髒，高官厚祿、一生榮華又有何用，與禽獸為伍、受功名所累，歷盡辛苦滿身汙穢，到頭來還是一場空，於是幡然醒悟，追隨呂洞賓遠離了塵囂。與《南柯記》相比，《邯鄲記》批判色彩更強烈，是最清醒的一夢。」顧玄娓娓道來。

「說得非常好，不禁勾起了我創作時的回憶，實際上劇中人物的情感歷程、心理刻劃、理想追求反映的正是作者本身，從《牡丹亭》到《南柯記》，也正是我的思想轉變歷程。」湯顯祖老師有些激動地說，「這四夢，前兩夢謳歌人間至情至愛；後兩夢揭露人間惡情，感嘆人生似夢。」（如圖 1-4 所示）

「我出生於物華天寶、人傑地靈的江西，家中四世習文，祖父篤信老莊之學，父親傾心儒學。年幼時我曾師從徐良傅學習古文詞，也曾拜泰州學派羅汝芳為師，接觸心學。西元一五六一年，十二歲的我目睹廣東流兵進攻家鄉，從那時起，我就暗暗下定決心，長大之後定要做個忠君報國的大英雄。我最崇拜的就是家鄉名將譚綸，一直想找機會一睹他的風采。大家應該都有追星的經歷，用現在的話說，我就是他的崇拜者。青年時期，我開始有了出仕為官、兼濟天下的追求。西元一五七一年，二十一歲的我在鄉試中以第八名中舉，會試時不幸落榜。」湯顯祖老師動情地說道。

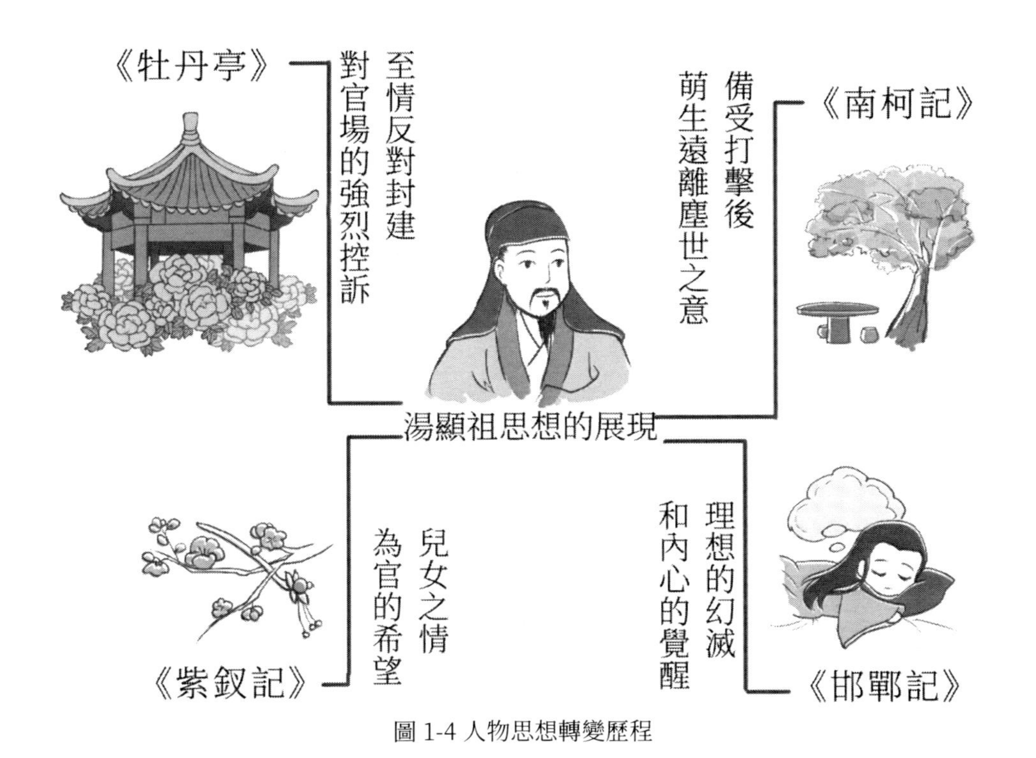

圖 1-4 人物思想轉變歷程

「我前前後後共參加過五次科舉考試，毫不誇張地說我有半生都是在備考與考試中度過的。在參加第三、四次會試之前，當朝首輔張居正都曾邀請我與他的兒子結識，但我這人脾氣太倔，斷然拒絕了他，這就導致了這兩次會試均未通過。直到萬曆十一年（西元一五八三年），三十四歲的我才得中進士。」湯顯祖老師略顯傷感地說道。

「我一心想做一個恪盡職守、勤政為民的好官，拒絕了多個官員拉幫結派的邀請，卻因此只能做個閒職，升升降降，絲毫發揮不了作用，最後還因為直言上諫而被貶謫，當時的我對黑暗的官場、對所崇尚的儒家政治失去了信心，便毅然辭職回到了家鄉。二十餘年的仕途沉浮讓我逐漸從一個滿腔熱血、渴望為官報效國家的有志者變成了鬱悶失望、精疲力竭的失志者。萬曆二十六年，回歸田園之後，我開始信奉佛教思想，逐漸有了出世的想法。再之後，我的長子去世、我被冠上莫須有的罪名、尊崇之人自殺、好友死於獄中，這一連串的打擊使得我出世之心更加堅定。」湯顯祖老師說著情緒有些激動。

大家臉上露出些許擔憂，都用關切的眼神看著他。

氣氛有點凝重，蔣蘭蘭適時轉移了話題：「那老師您再給我們說說這些在作品中是如何展現的吧。」

「瞧瞧，都這麼大年齡了還是這麼容易『動情』，」湯顯祖老師自嘲地笑笑，平復了一下情緒繼續說道，「《紫釵記》創作於我在南京任職期間，那時的我也算經歷了人生的大起大落，雖已經感覺到科舉制度、官場的腐敗，但仍心存希望，因而《紫釵記》中的情不僅代表著兒女之情，也代表著我渴望能夠在官場有所作為的希望，其中李益的遭遇也對映了我的一些經歷，這是春天之夢，像一個載滿希望的風箏，搖晃著飛上藍天，但又十分脆弱。

「《牡丹亭》的具體創作時間我自己也說不清，因為時間跨度太長了，不過大部分是遠離官場之後完成的，其中包含的情感思想是極為複雜和矛盾的，既有著對『情』的深刻總結，以『至情』反對『天理』（程朱理學），反對封建教條，也有著對官場的強烈控訴，而最深處仍帶有強烈的儒家功名之念，這是一個剖析自己的忠貞和追求，熾熱的仲夏夜之夢。」湯顯祖老師繼續說道。

「《南柯記》和《邯鄲記》中都有明顯的佛道思想，現實中追尋無果後，試圖藉助夢境實現慾望，但夢醒後又覺虛幻、迷茫。這兩部作品都以主角被度化為結局，明顯地展現了佛道避世的消極思想，但是並不意味著我心中已經沒有了憂心天下、尋求清平世界的政治理想，這些自始至終都是我用心追求的，只是我因為在官場遭遇打擊後才不得已萌生了退隱之心，從佛教思想中尋求心靈的慰藉。可以說《南柯記》從對真情的謳歌轉向了對『矯情』的懺悔，熱情還未消失殆盡，是一個秋天的失落之夢。」湯顯祖老師解釋道。

「《邯鄲記》是在經歷了長久的困惑之後，從情和夢的糾纏中掙脫出，透過哲學的沉思，回歸沉寂，是一個冬天的冰之夢，著重表現的是如我一般有功名欲望和政治理想的士大夫，在醜惡的政治中走向幻滅和覺醒的過程，同時也強調了情愛對於人生的價值。」湯顯祖老師說道。

聽完湯顯祖老師的講解，大家更加深刻地體會到這幾部作品的精彩之處，也感受到了中國戲劇文學的博大精深，以及戲劇本身的非凡意義。

吳梅在《四夢傳奇總跋》中對四部傳奇的總體評價是:「紫釵，俠也；還魂，鬼也；南柯，佛也；邯鄲，仙也。」但是，成人、成鬼、成仙、成佛終歸離不開一個「情」字。

第二章
莎士比亞主講「人文主義戲劇」

本章透過四個小節講述與湯顯祖同時期的莎士比亞的創作經歷和文學風格。身為西方古典文學代表人物之一，莎士比亞的人文主義戲劇至今仍在世界有極大的影響力，了解西方戲劇文學、探索西方作家的精神世界，有助於我們更進一步了解文學發展的脈絡。

莎士比亞（William Shakespeare，西元 1564 年 4 月 23 日～ 1616 年 4 月 23 日）

英國傑出的戲劇家、詩人、人文主義學者，歐洲文藝復興時期最重要、最偉大的作家之一，被後人尊稱為「莎翁」。他一生作品以戲劇成就最高，代表作有《羅密歐與朱麗葉》（*Romeo and Juliet*）、《哈姆雷特》（*Hamlet*）、《李爾王》（*King Lear*）、《馬克白》（*Macbeth*）等，被翻譯成多種語言在世界各國廣為流傳。

第一節　戲劇文學在歐洲的發展

顧悠小心翼翼地推開那扇小門，這時教室已經坐滿了人，講臺上不再是穿著長衫的湯老師，而是一個留著齊肩捲髮、穿著大領黑衫的外國紳士。

「顧悠，快過來。」蔣蘭蘭衝著她小聲喊道。

顧悠在她身邊坐下小聲嘀咕道：「上面是哪個老師啊？怎麼髮型、穿著都這麼奇怪？」

「你不認識？」蔣蘭蘭詫異地看著顧悠，隨手將一本書翻到了有畫像的一頁給她看說：「就是他。」

「莎士比亞？這也太大牌了吧？」顧悠情不自禁地喊了出來，聲音大得引得臺上的老師都看了過來。

「哈哈，這位同學不要這麼驚訝！」莎士比亞老師笑著挑了挑眉毛。

「我聽說，前幾節課你們跟著湯顯祖老師學習了關於中國戲劇的一些內容，不知道你們對於歐洲戲劇有沒有了解呢？」莎士比亞老師開門見山地點出這節課的主題。

見沒有人站起來回答，場面十分安靜，莎士比亞老師也只是微微一笑，小鬍子也跟著一翹一翹的：「好吧，既然同學們都不是很了解，那就由我來說吧。西方戲劇發端於古希臘，並在古羅馬時期得到發展。在西元前 4 世紀，古希臘文明就孕育了光輝燦爛的戲劇。」說到這裡，莎士比亞老師微微一頓，臉上露出了神往的表情：「像古希臘喜劇之父阿里斯托芬（Aristophanes）的《騎士》、古希臘悲劇之父艾斯奇勒斯（Aeschylus）的《被縛的普羅米修斯》、索福克里斯（Sophocles）的希臘悲劇典範《伊底帕斯王》這些，都是十分偉大的戲劇作品。而古羅馬戲劇主要則是在古希臘戲劇的基礎上發展起來的，喜劇是希臘式的人情喜劇，悲劇則分為神話劇和歷史劇。」

「我之前在一本書上看到過說悲劇在古希臘語中的意思是『山羊之歌』，據說是因為那時候人們在演出之前都會用山羊祭祀，因此得了這個名字。但是關於古希臘悲劇的起源，如今較被認可的是『酒神戴歐尼修斯祭祀說』，老師，您怎麼看？」蔣蘭蘭提出了自己一直以來藏在心裡的疑問。

莎士比亞老師對她的提問讚許地點了點頭，稍微沉思了一會兒，走到講臺邊上說道：「西方戲劇的雛形雖然出現極早，但戲劇藝術在歐洲發展卻相當遲緩。尤其在教會統治時期，也就是所謂的中世紀，歐洲戲劇發展進入了黑暗時代，戲劇藝術在整個歐洲都極其衰微。」（如圖 2-1 所示）

圖 2-1 教會統治下的歐洲戲劇發展

「當時，教會規定了七種宗教儀式，以至於當時的人一生基本都要在宗教的制約之下生活，各種習慣習俗都有宗教的烙印，很多節假日都帶有濃烈的宗教色彩，也是在宗教儀式 —— 復活節的慶典中，一種與宗教密切相關的戲劇開始興起，它們多以《聖經》教義為題材。

「不過，宗教劇的發展也是不平衡的，歐洲各地都有宗教劇，如英國的神祕劇、法國的奇蹟劇、義大利的聖劇、西班牙的勸世短劇等。約從 13 世紀起，歐洲各地的教堂禮拜中，由聖歌詠唱發展而來的對話音樂開始出現，後來發展為歌劇藝術中宣敘調的源頭，到 14 世紀，一切宗教題材的戲劇又都被稱為神祕劇，中世紀宗教戲劇的演進明顯地展現了由神到人的發展。」莎士比亞老師系統地講述了宗教劇的起源。

顧玄見莎士比亞老師完美地回答了蔣蘭蘭的問題，突然想搞個惡作劇為難一下他。莎士比亞二十六歲之後的人生基本都沉浸在創作中，他對自己所處時代之前的歐洲戲劇如數家珍，那麼對與自己同時代的戲劇是什麼觀點呢，顧玄順勢提問：「那麼，您能說說在您所處的文藝復興時期，戲劇發展有什麼樣的特點呢？」

「你問的正是我接下來要講的重點內容，文藝復興為戲劇發展帶來了新的曙光，開創了歐洲戲劇的新時代。正如黑格爾（Hegel）的那一句感嘆『中世紀的藝術是沉了的夜色，文藝復興的藝術是新吐的曙光』。」莎士比亞老師之前的笑容一直是淡淡的，臉上像蒙著一層陰鬱的霧，在說到文藝復興的時候，他的眼睛裡爆發出強烈的光彩，眼睛裡的霧也散了，臺下的每一位同學都可以感覺到他的興奮與顫抖，他繼續說著：「在這一時期，形式上，歐洲近代戲劇性質得以確立，從古希臘古羅馬喜劇的詩、舞綜合性的形態樣式開始走向分離，演變為科白劇、歌劇以及舞劇；精神上，則將古希臘羅馬文化與中世紀基督教文化進行了一定程度的融合，『神化』思想逐漸淡化，科學理性精神更加深入人心。另一方面，人性在戲劇中有了更豐富的展現，雜合了更多戲劇表現的技巧，大大地增加了戲劇舞臺本身的表現力。」

「您當初為什麼選擇戲劇作為一生的追求？」顧玄追問。

「我與戲劇的緣分就像是天生注定一樣。在我出生前幾十年，宗教改革的浪潮就席捲了整個歐洲，我出生的前一年，以英國聖體劇為代表的中世紀基督教戲劇藝術完全隕滅，大批富有人文主義氣息的新一代戲劇家開始活躍在完全不同於街頭巷尾露天演出的固定劇場裡面，也正是在這樣的劇場中我與戲劇開始了不解之緣。」莎士比亞老師微笑中帶著懷念，似是在回憶一段甜蜜的過往。

莎士比亞老師靦腆一笑：「實際上，在我十歲左右時對戲劇表演就已經非常熟悉和感興趣了。我出生於英國沃里克郡埃文河畔斯特拉特福鎮的

一個市民家庭，父親是雜貨商，生活還算富裕，七歲時我被送到鎮上的文法學校唸書，掌握了一些寫作技巧和知識，這段求學經歷為我之後從事文學創作打下了基礎。那時候，我的家鄉小鎮就經常有一些旅行劇團來表演，我常常跑去觀看，久而久之就對戲劇表演越來越熟悉，並產生了濃厚的興趣。後來，我結婚之後來到倫敦謀生，戲劇在這裡正在快速流行，也因此產生了很多相關職業，我就跟隨潮流到劇院去謀差事，這時候才算真正近距離接觸戲劇。我從馬伕、雜役做起，再後來進入劇團成為演員和編劇，最終成為劇院的股東。」

「這也太勵志了吧！沒想到莎士比亞老師身上還有這麼一段草根逆襲的傳奇經歷。」一個坐在後排的小眼鏡男生激動地說了一句。

「哈哈，『草根逆襲』，我喜歡這個詞。因為正是這些經歷讓我有了更加豐富的人生。其實，一個人做自己喜歡的事情時，就不會覺得付出、努力是辛苦的，反而會享受其中，這樣不知不覺間，就能有所收穫。當然，找到這樣的事情並不那麼簡單，但是你們還小，人生才剛剛開始，要相信一切皆有可能，記住感謝經歷、相信未來。」莎士比亞老師鼓勵臺下的學生道。

從寒暄書院出來，顧悠還在回味著莎士比亞老師講課時的樣子，他的博學多識深深吸引了她，讓她臉上不禁露出了沉醉遐思的表情。

剛巧這時顧玄扭過臉來看到了，趕緊推了一下蔣蘭蘭：「你看，顧悠那迷迷瞪瞪的樣子，哈哈……」

顧悠回過神來，抄起一本書向顧玄丟去：「去你的，有你求我的時候！」

「哎呀，你們倆怎麼天天鬧啊，真是歡喜冤家。」蔣蘭蘭在一旁勸不住，無奈地說道。

三個人吵吵鬧鬧地向宿舍樓走去，陽光將他們的身影深深淺淺地印在了地面上。

第二節　自然而真實的戲劇文學

朱麗葉（顧悠）：我的耳朵裡還沒有灌進從你嘴裡吐出來的一百個字，可是我認得你的聲音；你不是羅密歐．蒙太古家裡的人嗎？

羅密歐（蔣蘭蘭）：不是，美人，要是你不喜歡這兩個名字。

……

顧玄剛一進來，就看見顧悠和蔣蘭蘭在表演《羅密歐與朱麗葉》中的片段，引得眾人圍觀，笑聲不斷。

「你們表演得也太假了吧？根本都沒有感情！」顧玄毫不客氣地指出。

「你行你上啊，別說風涼話！」顧悠回嗆道。

「這可是你說的，我要是比你們演得好，你得給我買一個星期的早餐，送到我的宿舍樓下，敢不敢賭？」顧玄來了興致。

不知何時，莎士比亞老師悄悄走了進來，悄悄看著臺上的表演。

「呀，老師來了。」不知誰喊了一聲，大家紛紛回到了自己的座位上。

「我有這麼可怕嗎？」莎士比亞老師溫柔一笑，「剛才顧悠和蔣蘭蘭演得真好，我還沒看夠呢。」

聽到老師的稱讚，顧悠極其得意地看了顧玄一眼，說道：「謝謝老師誇獎。」

「顧玄，你說說戲劇創作和表演最重要的是什麼？」莎士比亞老師問。

「我們都知道戲劇的要素有多種，包括舞臺說明、戲劇動作、戲劇場面、戲劇情境、戲劇懸念、戲劇衝突、戲劇結構、人物臺詞等，這些不管是在劇本創作時，還是在舞臺表演上，都是非常重要的，哪一步做不好，都會產生不利影響。戲劇雖只是『戲』，是虛構的，但其中卻是人生百態的濃縮，換句話說戲即人生，所以我認為戲劇創作和表演最重要的是如何做到『真、自然、讓觀者感同身受』，這就要求劇作家和演員們都帶有真實的情感，最好有著豐富的人生經歷。」顧玄回答道。（如圖 2-2 所示）

圖 2-2 自然而真實的戲劇

「很好。」莎士比亞老師滿意地點了點頭，示意顧玄坐下，然後接著說，「同學們應該都知道，我的戲劇創作類型有著鮮明的時期劃分，早期我年輕氣盛偏好喜劇和歷史劇，中期更青睞悲劇，在人生的最後階段才開始創作傳奇劇。就像顧玄說的那樣，我將自己的真情實感注入作品中，所以隨著時代格局、我的個人經歷和思想的變化，戲劇類型和內容也在不斷變化。」

「老師，您的作品中有很多經典的臺詞，那些都是您對當時所處環境、發生事件的有感而發吧？」蔣蘭蘭問。

「不錯，西元 1588 年我開始寫作，最初只是改編別人的劇本，後來我才開始嘗試獨立創作。就在這一年，英國打敗西班牙的無敵艦隊，國勢大振，後面那十年裡，英皇伊麗莎白一世中央主權尚且穩固，王室、工商業者、新貴族的暫時聯盟等都處於平穩發展中，這樣的社會環境使得我處在一種非常樂觀的情緒中，對人文主義思想堅信不疑，作品中帶有強烈的樂觀主義情緒，表現出樂觀明朗的風格，多以愛情為主題，歌頌真愛、讚美高尚的品格。」莎士比亞老師說道。

「我知道！有很多相關的名言我都很喜歡，比如《仲夏夜之夢》中的『The course of true love never did run smooth』（真愛無坦途）;《皆大歡喜》中的『Sweet are the uses of adversity』（逆境和厄運自有妙處）等。」顧悠激動地大喊道。

莎士比亞老師無奈地笑了笑：「顧悠，你這莽撞的性格跟顧玄還真是如出一轍。」

顧悠的臉倏地紅了，莎士比亞老師適時轉移了話題，接著說道：「西元 1601 年後，英國農村圈地運動加速進行，王權不穩，資產階級和新貴族的暫時聯盟也面臨瓦解，政治經濟形勢非常不樂觀，社會矛盾深化，而繼位的詹姆士一世昏庸無道使得人民痛苦加劇，各地反抗鬥爭愈演愈烈。這種情況下我對人文主義逐漸失去了信心，便開始著手創作一些以悲劇的形式揭露和批判社會罪惡和黑暗的作品。」說到這裡，莎士比亞老師渾濁的眼裡忽然盛滿了淚水。顧悠想，那一定是一段極其黑暗的歲月，才使得莎士比亞老師過了這麼多年還這樣難過。

「西元 1608 年後，王朝更加腐敗，社會矛盾激化達到極致，我已然看不到希望，我的人文主義理想在現實中如泡沫般徹底破滅了，但心中仍希望勾勒出一個美好平和的世界，於是我開始把創作風格轉向浪漫空幻。」莎士比亞老師低著頭，看不清表情，只能看到他微微顫抖的肩膀。這段時期於莎士比亞老師而言，一定是十分難熬的歲月，顧悠這樣想。

緩了好久，莎士比亞老師才慢慢開口繼續講道：「戲劇是反映人生的一面鏡子，創作時要無限貼近現實，同樣，表演也是如此，要真實自然，切忌過火，這和顧玄所說的一致，也是我認為的戲劇創作和表演的根本。然而，要達到這個目的，只注入真情實感遠遠不夠，還要對語言、結構等藝術有清楚的認知和感悟，並能熟練運用、掌握技巧，逐漸形成個人特色。

「很多人在最初創作時，容易受到當時同類型作品特點的影響。我最早的劇作就是按照當時最常見的風格寫成的，採用標準化的語言、華麗的辭藻，常常不能根據角色和劇情需求自然釋放，臺詞做作又不自然，比如《維洛那二紳士》中就存在這樣的問題。」莎士比亞老師已經恢復了最開始言笑晏晏的模樣，認真地講起自己的寫作經歷。

「怪不得高中時流行傷春悲秋風格的小說，然後我自己嘗試寫出來的小說也是那個類型。」顧悠心裡想。

「經過一段時間的摸索和領會，我逐漸有了自己的方向特點，喜歡使用無韻詩。我開始打斷和改變規律，讓語言文字更加自然，表達也越來越靈活，詩文釋放出新的力量，也是因為如此，我的作品感情更加真摯，富有感情的情節更緊湊、明快、富有變化。到後期，我已經能夠大量使用技巧來達到我所追求的自然和真實，比如跨行連續、不規則停頓和結束，句子結構和長度的極度變化，長短句互相綜合、分句排列在一起，主語和賓語倒轉、詞語省略等。」莎士比亞老師以總結自己創作的特點結束了這堂課。

第三節　悲劇與喜劇的交融

「蔣蘭蘭，悲劇和喜劇劃分的依據是什麼？」正在看《羅密歐與朱麗葉》的顧悠突然抬起頭問道。

這猛然的一問把蔣蘭蘭也問住了：「是按照結局和文風？不對，我上網搜一下。」

「悲劇是把有意義（有價值）的一面給損毀，假醜惡一方壓倒真善美一方（包括人性的摧殘、戰爭的失敗、社會的腐敗等）；喜劇是把醜惡（沒有價值）的一面給揭露顯現出來，結局通常是愉快的、美滿的，真善美戰勝假惡醜（有時用詼諧幽默的語言揭示深刻道理，有諷刺意味）。」顧玄不知道什麼時候出現了，頭頭是道地講起來。

「呦呦呦，顧大才子果然名不虛傳，不過這品行嘛，有待商榷。」跟在顧玄身後的邢凱笑著說道。邢凱是顧玄的舍友，這次是被顧玄拉著來聽課的，但很快他心裡的「不情願之意」便會煙消雲散。

幾個人打鬧了幾句，同學們也都陸陸續續到了，莎士比亞老師也走了進來。

邢凱是第一次見到這麼神奇的課堂，驚得下巴都快掉到地上了，看到他的樣子顧悠不禁想到自己第一次來時的窘態。

「老師，《羅密歐與朱麗葉》為什麼是正劇？也有人說它是悲劇？」蔣蘭蘭的提問將顧悠的思緒拉了回來。

「所謂正劇，就是悲喜劇，簡單說就是戲劇作品中既有悲劇性也有喜劇性。現代人對悲劇往往存有誤解，認為悲劇就是悲慘的事件，是悲情痛苦的，需要用大量消極情緒來展現。但這僅僅是一方面，悲劇更多的是表現正義力量被打敗和毀滅的悲壯與無力，揭露現實的黑暗，而非停留在個人的悲傷之上。喜劇也不是單純的插科打諢，而是喜劇性在戲劇中的集中展現（例如圓滿、錯位、諷刺，甚至憂鬱等）。當然，搞笑是必須有的，喜劇就是引人發笑的藝術，但更為重要的還是笑聲背後引發的深思。」莎士比亞老師解釋道。

「《羅密歐與朱麗葉》是典型的悲喜劇嗎？」蔣蘭蘭問。

「《羅密歐與朱麗葉》的藝術風格與我早期創作的大多數喜劇相當一致，詩意盎然、熱情充沛，洋溢著濃郁的浪漫氣息和喜劇氛圍，但很多人更願意把它看作一部悲劇，悲劇的衝突是羅密歐和朱麗葉的戀情與兩個家族間的仇恨和對立，兩個渴望自由、勇敢追愛的年輕人最終還是不敵封建勢力的壓迫，雙雙赴死，它表現了自由的愛情與封建勢力之間尖銳的矛盾。可以說，這部劇的特徵就是悲劇的，我也曾明確地稱《羅密歐與朱麗葉》為命運悲劇。」莎士比亞老師沒有直接回答蔣蘭蘭的問題。

「不過，這部作品與其他幾部悲劇作品有著明顯的不同。首先，從作品的語言風格來看，《羅密歐與朱麗葉》中出現的大量抒情形式和意象是其他悲劇中沒有的，男女主角完全沉浸在對愛情的追求與憧憬之中，比如第二幕第二場在凱普萊特家花園中的情景，『朱麗葉對月抒懷，與羅密歐熱烈的情感交流』，這奔放的青春和充溢的情懷是我的喜劇作品中慣有的。」莎士比亞老師又繼續說道。

「另外，儘管羅密歐與朱麗葉最終赴死的結局是悲劇性的，但愛情本身是美好的，他們對愛情的深沉與堅貞，衝破封建禮教的無畏精神以及面對巨大壓迫時的樂觀與不屑，都深刻展現了『樂觀主義悲劇』的特徵。戲劇的結尾，看似是真愛敵不過封建勢力和家族仇恨，有情人成了可憐的犧牲品，但實際上蒙太古和凱普萊特兩家因為這對情人的死而拋開舊仇，言歸於好，用純金為羅密歐與朱麗葉鑄像，這表明真正勝利的仍舊是真愛，是兩個年輕人為之獻身的理想，更是他們所代表的人文主義價值觀，從這個意義上說，《羅密歐與朱麗葉》是一部樂觀主義悲劇。」莎士比亞老師繼續補充，他的小鬍子今天也打理得特別精緻。

顧玄見老師講完了，若有所思地提出了自己的問題：「我看過一篇賞析您作品的文章，其中有一段話說的是，您喜劇的基調是樂觀主義，悲劇的特徵是關於『人』的命運、衝突和鬥爭。而《羅密歐與朱麗葉》就是綜合了這兩個方面，是這樣嗎？」

「小夥子，你總結得很到位。」莎士比亞老師挑眉稱讚。

「其實，不單是《羅密歐與朱麗葉》，我的作品中沒有絕對的喜劇或是悲劇。」莎士比亞老師語氣輕鬆地講述著，「下面我給大家介紹一個我們那個時代還沒出現的戲劇理論，你們知道什麼是『三一律』嗎？」

「三一律是西方戲劇的結構理論之一，針對戲劇結構的一種規則，規定劇本創作只能有一個故事線索，發生時間不能超過一天（二十四小時），且必須在一個地點，這樣規定的目的是迎合戲劇表演的特殊性，使得劇情集中緊湊。」好不容易適應了的邢凱在顧玄的鼓勵下回答了第一個問題。

「這位同學很是眼生啊。」莎士比亞這才注意到邢凱，笑瞇瞇地端詳著。

「老師，我叫邢凱。」感受到老師的注視，邢凱緊張得舌頭都打結了，「天呀！這可是莎士比亞」。

莎士比亞老師示意他坐下，接著說道：「沒錯，剛才邢凱同學說的是『三一律』的優點，但它也有一個很大的缺點，那就是太死板，不夠靈活，無法塑造個性鮮明的人物形象，這恰恰是我最不能忍受的，所以 17 世紀的『三一律』在我看來是一種歷史的倒退。我不止一次說過，戲劇要反映現實的本來面目，探索人物內心奧祕，是為舞臺和觀眾而創作，而不是為了被專家、規則承認而寫，所以我的戲劇從來不受規則束縛，也沒有悲劇、喜劇的界限。悲劇中有喜，喜劇中也有悲，這才是人生百態。」

第四節　用文學探索內心世界

「悠悠，我來考考你，文藝復興為什麼被稱作『文藝復興』？」顧玄剛看完一頁書，就迫不及待地向顧悠挑釁道，「你肯定答不上來。」

「我要是回答上來了怎麼辦？」顧悠一副成竹在胸的樣子。

「你少唬人。」顧玄壓根兒不信。

顧悠自信地回答道：「14 世紀到 17 世紀的歐洲，人們認為曾在古希臘和古羅馬高度繁榮的文藝，在教會統治的中世紀幾乎沒落了，一些新興的資產階級思想家便打著『復興古希臘古羅馬文化的旗號』，進行了一場大規模的反封建、反教會的思想文化運動，希望衰敗、被淹沒的古代文化能夠重新煥發生機，『文藝復興』由此得名。」

「不錯，不錯，挺厲害啊。」見顧悠回答得絲毫不差，顧玄輸得心服口服。

就著顧玄挑起的頭，大家開始熱烈地討論起來，絲毫沒有注意到莎士比亞老師的到來。

「嗯？我聽見同學們剛才在討論哈姆雷特王子？」莎士比亞老師側耳聽了一會，沒忍住問出了聲。

聽到聲音，大家紛紛看向門口，忙著準備回到座位上去。

「別著急，來，你們幾個把剛才討論的片段情景再現一下。」莎士比亞老師喊住了顧玄幾個人。

於是，顧玄、一個高個子男生、一個小眼鏡，還有兩個女孩，把哈姆雷特回國看見叔父篡位與母親結婚的片段演繹了一番。

「這個片段是開場，講述的是哈姆雷特在德國人文主義思想的中心——威登堡大學求學期間，得知父親死亡的消息回國送葬，然而回國後他看到的卻是，叔父篡奪了王位並與母親匆匆結婚，大臣們紛紛向新主獻媚，這令心懷美好的哈姆雷特感到無比壓抑和痛苦。」莎士比亞老師認真地給同學們解釋。

「然後呢？」沒有看過《哈姆雷特》的顧悠經老師這麼一解釋才明白是怎麼回事，不禁追問道。

莎士比亞老師沉吟了一下，才開口：「看來，大家都只是知道《哈姆雷特》，完整讀過這部作品的人並不多，那麼我就來做一個劇情介紹，幫大家深入了解一下，也讓我自己溫故知新。

「正當哈姆雷特鬱悶痛苦之際，父王的鬼魂出現了，告訴他自己是被兄弟害死的。哈姆雷特聽到這樣的消息，非常震驚，內心是不想相信的，但眼前的一切又令他不得不信，為了驗證鬼魂的話，躲避新王的監視，他開始裝瘋扮傻。篡位的新王對哈姆雷特的舉動產生了懷疑，便派哈姆雷特的兩個老同學和情人去試探他。哈姆雷特識破了新王的詭計，還安排了一場戲中戲揭露謀殺者的罪行，謀殺者驚慌失措暴露了自己。」莎士比亞老師繼續補充。

「哈姆雷特真了不起，有智謀有膽識，臨危不亂。」顧悠感嘆道。

「後來，王后前去找哈姆雷特談話。其間，哈姆雷特發現帷幕後有人偷聽，於是提劍刺去，偷聽者當場死去，原來是御前大臣，也就是他情人的父親。至此，新王決心除掉哈姆雷特，便派遣他出使英國，欲借刀殺人，但哈姆雷特看穿了新王的心思，半路就折回了丹麥。新王一計不成又生一計，他備好毒酒毒劍，安排哈姆雷特與大臣比劍。比賽中，哈姆雷特被毒劍刺傷，悲憤之下拚盡全力用毒劍刺中了新王和大臣之子，王后也喝下了毒酒，四人同歸於盡，悲劇收場。」莎士比亞老師動情地講完，臉上是一種令人捉摸不透的表情。

「誰能簡單說一下哈姆雷特這個形象？」莎士比亞老師頓了頓，突然問道。

「哈姆雷特是丹麥的王子，同時也是人文主義的代表。在威登堡大學接受教育的哈姆雷特，受到了人文主義的薰陶，具有樂觀的生活態度，心中充滿美好理想，而當他經歷了一系列殘酷的現實事件後，又開始陷入矛盾之中。哈姆雷特富有情感和思想，喜歡探索、擅長分析，但也因為此，過於謹慎，顧慮重重，導致思慮多於行動，或者說行動不起來。」蔣蘭蘭思考了一下回答道。

「嗯，」莎士比亞老師點點頭表示贊同，繼而說道，「《哈姆雷特》是一部典型的悲劇，而哈姆雷特王子就是悲劇的中心，造成其悲劇的原因除了強大的惡勢力之外，也與他本人的性格有關。他是典型的新興資產階級人文主義思想家，是那個時代的顯著象徵。所以說，哈姆萊特的悲劇既是時代的悲劇，也是人文主義者的悲劇。

「哈姆雷特的性格是極其複雜的，有著多面性和矛盾性，他既是『歡樂的王子』也是『憂鬱的王子』，既是『延宕的王子』也是「行動的王子』。他對社會現實善於觀察和思考，對人文主義充滿信心，但這種信念又被叔父和母親的偽善所粉碎，讓他感到自己所生活的空間原來是『荒蕪不治的花園，長滿了惡毒的莠草』，他想要立刻為父報仇，又不單單隻想報仇，而是希望扭轉乾坤，改變現狀，但被孤立的無助感與艱鉅的任務又使得他無法採取行動。」莎士比亞老師繼續解釋道。

「仇人的陷害、壓迫者的欺凌、傲慢者的蔑視、人世間的鞭撻和譏諷、大臣官吏的諂媚和橫暴、卑微者拚盡全力只能換得鄙視，哈姆雷特對這些醜惡的現象深惡痛絕卻又無可奈何，內心備受煎熬，於是發出了那聲振聾發聵的吶喊『To be, or not to be』。這是一句極簡單的話，卻包含了太多。儘管這句話被翻譯成了多種語言，但真正的意思很難被表達出來，它包含了『活著還是死去』、『忍受還是反抗』、『生存還是毀滅』、『行動還是等待』等多重含義，叩問無數人的靈魂。」莎士比亞老師一口氣說完，嘴唇還在微微顫動著。

「其實，哈姆雷特說的也是您想說的吧？」蔣蘭蘭看著老師的表情不由自主地問出了這個問題。

「顯而易見，」莎士比亞老師調整了一下情緒，微微一笑，「不論是嚴謹周密、憂鬱深沉的哈姆雷特，浪漫多情、勇敢追愛的羅密歐和朱麗葉，還是含冤負屈、悲苦無告的李爾王，剛正不阿、輕信別人的奧賽羅，心胸坦蕩、動機純良的布魯圖斯，抑或是勇敢堅強、品格高尚的安東尼奧，他們的內心世界既是我，也是人文主義者的痛苦、無奈、迷惘、反抗……」

莎士比亞老師的身影已消失於講臺之上，但他的聲音依然迴盪在教室中。同學們認真回味著莎士比亞老師的話，沒有一個人離開座位。

第三章
曹雪芹主講「浪漫主義與現實主義」

本章透過四個小節，講述曹雪芹創作《紅樓夢》的經歷和他的文學特點。作為中國古典小說的代表作，《紅樓夢》所蘊含的文學意義與現實意義對於讀者都是一座取之不竭的寶藏，了解曹雪芹與《紅樓夢》可以幫助我們更深刻地認識中國古代文人的精神世界。

曹雪芹（西元約 1715 年 5 月 28 日～約 1763 年 2 月 12 日）

本名曹霑，字夢阮，號雪芹，清代文學家、詩人。生於南京江寧織造的豪富之家，少年遭遇家道中落，隨同家人遷往北京，家室衰微，本人也一生鬱鬱不得志。他在中國古典文學創作上有極大貢獻，所著《紅樓夢》堪稱中國古代長篇小說的高峰，在世界文學史上亦占有非常重要的地位。

第一節　自傳式的文學創作

來到寒暄書院小門前，顧悠滿懷期待地推開，果然裡面又變了很多，桌椅樣式、裝潢布置都變成了明清時期的樣子，同學還是一樣的同學，現場給人一種熟悉又陌生的感覺。

因為事先就知道今天上課的是曹雪芹老師，顧悠坐好之後就忍不住問身邊的同學：「曹雪芹老師還沒到嗎？」

這時，一個穿著青藍色長衫，留著長辮的男子走到了講臺上。

「我居然看到真人了！」顧悠壓低聲音但還是難掩激動地說道。

「你怎麼這麼激動？我都習慣了。」顧玄神色很是淡然。

「曹雪芹老師非常神祕，至今沒有發現任何關於他的畫像和雕像，今天能見到真人，能不激動嗎？」蔣蘭蘭也異常興奮。

「同學們似乎對我很好奇。」聽到老師說話，討論聲才停下來。

「當然，老師，您可是太神祕了！」顧玄大大咧咧地說道。

「那你們對我了解多少呢？」曹雪芹老師撫了撫自己的小鬍子，語氣輕鬆。他穿著一身舊式長袍，身材清瘦，飽經風霜的臉上流露出幾分清淺笑意。

「老師，我知道您名霑，字夢阮，號雪芹，又號芹溪、芹圃，清代內務府正白旗包衣出身。祖父是清朝時期的江南織造曹寅，父親是曹顒，年少時是南京江寧織造府少爺，生活非常富足，後來經歷了很大的變故。」坐在後排的小眼鏡很快回答了老師的問題。

「嗯，大致上是如此。」曹雪芹老師點點頭，「可還有？」

「您的經歷跟《紅樓夢》中賈寶玉的經歷非常接近，正是『生於繁華，終於淪落』的真實寫照，也是因為這樣的經歷才能創作出如此偉大的作品。」蔣蘭蘭說出了自己的想法。

「確有相似之處。」曹雪芹老師神祕一笑，「其實，我還有不少小祕密，你們可能沒有聽過，其中一個就是『話嘮』，我可是很喜歡說話、很會講故事的，可要我講給你們聽一聽？」

「求之不得！不妨就把您的經歷作為故事講給我們聽吧。」顧悠提議。

「康熙年間是我們曹家的鼎盛時期，當時我的祖父曹寅當過康熙的侍讀，非常受康熙的喜愛，再加上曾祖母是康熙的乳母，曹家和皇室的關係非常密切，更與眾多有聲望的親朋好友來往密切，是名副其實的百年望族。我從小生活的環境不僅物質條件很好，更有豐富的文學藝術因素薰陶，諸如詩詞、戲曲、美食、醫藥、茶道等百科文化知識都唾手可得，不過我最喜歡的還是詩賦、小說之類的文學書籍。小時候，我經常隨祖母、母親走親訪友，遊遍了揚州、杭州、常州、蘇州等地，並深深為江南美景所陶醉。」曹雪芹回憶道。

「我非常喜歡江南人在春天時的一項活動——放紙鳶，後來還自己設計製作了紙鳶。當時我製作的一個紙鳶還賣了不少錢呢，我的一個朋友乾脆找我學習了這門手藝，作為營生。」曹雪芹老師有點小得意地炫耀道。

「沒想到，您還是手工達人呢！」蔣蘭蘭很是驚喜地說。

「不單單是手工，曹老師會的東西可多了，說唱彈跳、詩詞歌賦、醫學茶道，樣樣精通，就像周汝昌先生說的那樣，要不是老師對八股文不感興趣，就沒有老師不會的東西。」馬屁精顧玄接話道。

「倒也沒有如此誇張，不過老朽這老手臂老腿可真跳不動了。」曹雪芹老師謙虛又不失幽默地表示。

「言歸正傳，實際上，我的父親在我還未出生時就去世了，叔父就成了家裡的棟梁。在這樣的大家族中，雖然沒有了父愛，但我該受到的寵愛一點沒少，尤其是祖母和母親，對我真的是有求必應，不捨得打不捨得罵。」曹雪芹老師似是想起自己的家人，眼神黯淡下來，「那樣的日子真是無憂無慮，極其快樂，然而天有不測風雲，在我『豪門紈褲少爺』生活的第十三個年頭，也就是雍正五年，由於政治鬥爭的牽連，我的叔父被革職查辦。不僅家產抄沒，還被貶為布衣，家族勢力和財產全都消失殆盡，於是我們只好舉家搬往北京的老宅子中。」曹雪芹老師的臉上流露出傷感的神色。

「從輝煌到沒落，真是一瞬間的事情，世事無常啊，老師您當時肯定特別難受、特別不習慣吧？」顧悠問得小心翼翼，生怕觸動了老師的傷心之處。

「這還不算最糟糕的呢，」曹雪芹老師苦笑道，「北京的老宅子雖比不上之前的府邸，但好賴有個歸處，可是曹家還欠了不少外債，只能變賣田地房產。屋漏偏逢連夜雨，家中又遭了強盜，有價值的東西被洗劫一空，連最疼愛我的祖母也在這場變故中去世了，母親重病纏身，叔父一蹶不振，整個家族頃刻間支離破碎。」

說到這裡，曹雪芹老師停了下來，眼睛裡閃爍著點點淚光，和剛才那意氣風發、明朗善談的模樣判若兩人。在這樣沉重的氛圍中，大家也都變得沉默了。

「都過去這麼久了，我怎麼又傷感起來了，同學們不要見怪，我就是這麼一個多愁善感、情緒多變的人。」曹雪芹老師調整好情緒，又變回了之前的狀態。

「那老師，您是如何產生『文學創作』這個念頭的呢？」蔣蘭蘭見氣氛回溫，才將心中的疑惑提了出來。

「我剛才說過，小的時候，我就對小說之類的文學書籍很感興趣。有一次我因為叛逆不聽話被關了禁閉，就是在關禁閉的時候我下定決心要寫一本小說，但由於種種原因一直沒能付諸行動。成年後，我從叔父手中接過家族重擔，為了生存開始奔走於京城的故交家中，從他們口中我才得知我的祖父和父親都是文武雙全之人，他們留下了足有千餘本珍貴藏書以及很多藝術作品，這是遠比金錢更耀眼的成就，我備受激勵，在心中燃起了復興家族的鬥志。」曹雪芹老師說道。

從錦衣玉食到舉家食粥，從眾人攀附到橫遭白眼，曹雪芹從生活的滄桑鉅變中，深深感受到了世態炎涼，切身體會到了統治階級的沒落命運，對封建社會的黑暗有了清醒而深刻的認知。他也從中得到歷練，紈褲子弟的性情有所收斂，迅速成長成熟，最終創作出了偉大的作品《紅樓夢》。

第二節　中國古典文學的現實與浪漫

「從養尊處優到貧困潦倒，這麼大的落差，要是我肯定受不了，可曹雪芹老師非但沒有被打垮，反而變得成熟有擔當、充滿鬥志，真是太了不起了！」顧悠語氣中滿是敬佩。

「是啊，這麼一比，我們平常遇到的那點困難根本不算什麼。」蔣蘭蘭附和道。

兩人你一句我一句正說著，曹雪芹老師揹著手走了進來，他身後是唱著 rap 的顧玄，顧玄閉著眼睛可能是太入迷了，絲毫沒有注意到老師停下來，一下撞到了老師背上。

「顧玄，把老師撞壞了吧，小心老師帶你重返大清！」顧悠著急地大喊。

「我又不是紙糊的，再說他好像很缺乏鍛鍊的樣子，筋骨也許還沒有我硬朗。」曹雪芹老師看著捂著胸口的人，笑呵呵地說道。

「不用管他這個紙糊的，老師我有問題要問。」顧悠說道，「《紅樓夢》中賈府富貴奢華、禮數頗多的場景您能描寫得如此細緻生動，是因為您小時候生活的地方就是如此吧？」

「自然。」曹雪芹肯定道。

「真的有那麼多丫鬟僕人，那麼多院子房間，那麼多規矩禮數嗎？林黛玉初入賈府時，還要先觀察別人怎麼做，自己再照著樣子做。」顧悠繼續追問道。

「放到現在這樣開放自由的環境中，的確很難想像，但在那時確實如此。《紅樓夢》的故事，既不是什麼歷史故事，也不是什麼民間傳說，而是實打實地取材於當時的現實生活，結合了我個人的真實經歷，用一句話來說就是『如實描寫，並無諱飾』。」曹雪芹老師解釋道。（如圖 3-2 所示）

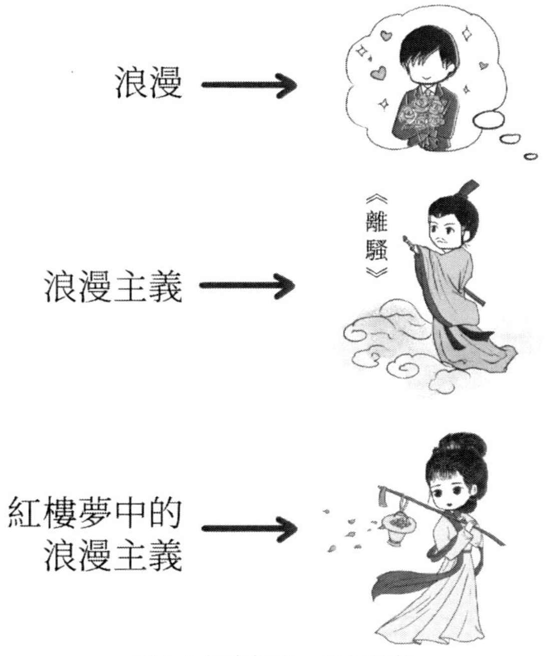

圖 3-2 如實描寫，並無諱飾

「那這麼說來，《紅樓夢》是一部現實主義作品？但為什麼還會有人把您和這部作品歸為浪漫主義的代表之一呢？」蔣蘭蘭提問。

「在探討這個問題之前，先來說一說浪漫主義和現實主義。透過不斷地學習，我現在也算是學貫中西了。」曹雪芹老師謙虛地說道。

「在我看來，簡單一點說，浪漫主義就是虛幻空無，現實主義就是切合實際。」一個看起來就是急性子的男生快速說出了自己的理解。

「這麼說不能說不對，但太過籠統。我再問一個問題，什麼是浪漫，你所認為的浪漫是怎樣的？」曹雪芹老師再次發問。

「如果這時候，我的白馬王子穿著西裝，捧著一束花，深情款款地向我走來，我想我會幸福地暈過去的。這就是我能想像到的浪漫。」顧悠一臉迷醉的樣子。

「唉，我就一個妹妹還是個傻子。」顧玄調侃完顧悠，接著說道，「浪漫是相對『理性』而言的，是感性的一部分，其本質在於充滿的種種不確定性，就像那句話所說的，『浪漫就是我們站在真實的對立面，做了一段短暫的、狂喜又躁動的夢』，就是悠悠剛才所謂的白馬王子送花。浪漫主義是追求理想世界的一種文藝創作思潮，其特色是想像瑰麗、手法誇張、熱情奔放，而浪漫主義作品則是那些滿足人類對情感、情緒、原始本能需求的作品。」

「小夥子，說得不錯。」曹雪芹老師肯定道，「浪漫主義一般被認為是法國大革命催生的社會思潮的產物，當時，執政府時期出現了自由主義思潮，主張保證個人自由和獨立性，這也成為浪漫主義文學的核心思想。但實際上，浪漫主義的起源可以追溯到古希臘時期，其作為一種創作傾向古已有之，例如古希臘學者亞里斯多德（Aristotle）就曾對浪漫主義手法進行了概括——詩人的職責不在於描述已經發生的事情，而在於描述依據或然率和必然率可能發生的事情。在中國，《離騷》發展了上古口頭文學——神話的浪漫主義傳統，成為中國浪漫主義文學的直接源頭，詩人屈原以自我為原型，表現出以理想改造現實的鬥爭精神和為理想而死的堅決意志，構成其浪漫主義人格和精神的實質。」

「那麼現實主義呢？」顧悠繼續問道。

「如果用一句話來概括浪漫主義，那就是『不食人間煙火』，而現實主義則是『生於柴米油鹽之中』。現實主義關心現實和實際，對自然或當代生活做出準確的描繪和展現，主張仔細觀察事物的外表，據實摹寫描述。而《紅樓夢》這部小說最突出的特點就是『它像自然和生活本身那樣豐富、複雜，洋溢著生活的趣味，揭露了生活的祕密』，從這點來看，《紅樓夢》是典型的現實主義作品。」曹雪芹老師繼續解釋道。

「但儘管如此，書中仍有大量文字洋溢著浪漫主義情懷，且都是非常重要的情節，也正是這些浪漫主義文字的描述，使得這部作品更加豐盈完善。有哪位同學可以舉例說明下？」曹雪芹老師突然提問道。

「比如第五回，寶玉神遊太虛幻境，寶玉與賈母等到寧國公府做客，睏乏時在秦可卿房間小憩。睡夢中神遊太虛幻境，與仙子可卿成親，文筆玄幻，情節離奇，想像奇特，可以說是超脫現實的寄託。」蔣蘭蘭率先說道。

「我知道，還有一處最最經典的『黛玉葬花』。一日，黛玉尋寶玉，敲門時卻被晴雯誤以為是丫頭，被拒進門。黛玉本就是心思敏感、愛胡思亂想之人，以為寶玉變了心，一邊感嘆自己身世，一邊生寶玉的氣。第二天恰逢餞花之期，心情不佳的黛玉看到落花滿地，不禁聯想到自己，就躲開了眾人來到昔日葬花的地方，感花傷己，悲吟〈葬花詞〉。這一情節傷感唯美，也有些脫離現實，充滿了浪漫主義情懷。」顧悠也不甘示弱。

曹雪芹老師點點頭，接著說道：「《紅樓夢》中存在大量的非現實主義成分，這一點毋庸置疑，不僅僅是這兩位同學所說的兩點，開始與結局乃至全書都有它的身影，荒誕式的開場、神話式的愛情、理想化的環境和人物性格，以及對映意味深重的悲劇結局，都是浪漫主義的展現。」

「中國乃至世界文學史上，浪漫主義和現實主義都是並存發展、共同繁榮的，沒有哪部作品是絕對的現實主義或者浪漫主義，那些傑出的現實主義作品中往往有著超脫現實的理想氣息，優秀的浪漫主義作品中也常常包含著現實主義的因素。」曹雪芹老師說道。

「也就是說，《紅樓夢》中現實主義和浪漫主義是互相滲透的。」蔣蘭蘭總結道。

「可以這麼說，這也是不少學者的觀點，當然也有一些學者分別支持現實主義和浪漫主義。」曹雪芹老師繼續說道。

「您本人呢？更青睞於哪種觀點？」不知是誰問出了這麼一個犀利的問題。

「各有各的道理，不過我嘛，自然是更青睞浪漫主義了，至於原因很簡單，因為我就是一個放浪形骸、多情浪漫之人啊，哈哈哈……」曹雪芹老師笑著回應。

第三節　文學角色的複雜性

第二節課後，顧悠就去翻閱了《紅樓夢》的相關解讀以及一些有關浪漫主義和現實主義的作品和文章，感覺收穫頗豐。

剛進入寒暄書院，顧悠就聽到了顧玄吹牛的聲音。

「上節課老師講的那些，完全是我心中所想，我記得高爾基（Gorky）也曾就現實主義和浪漫主義說過類似的話，什麼契訶夫（Chekhov）之類的。」顧玄撓著頭，努力回想著。

「在談到巴爾札克（Balzac）、托爾斯泰（Tolstoy）、屠格涅夫（Turgenev）、契訶夫（Chekhov）等著名現實主義作家時，高爾基表示，我們很難絕對地說他們到底是現實主義者還是浪漫主義者，在偉大的藝術家身上，浪漫主義和現實主義似乎是結合在一起的。」顧悠得意洋洋地幫顧玄補充完了那句話，接著嘲笑道，「怎麼樣，吹牛吹翻車了吧？」

顧玄尷尬地衝周圍的同學笑了笑：「她就是嫉妒我學習好長得帥，才老跟我作對。」

「嫉妒你？本小姐天生麗質、足智多謀、才高八斗、學富五車，用得著嫉妒你？」顧悠心裡這樣想著，但並沒有說出來，只是用眼神向顧玄傳達著。而顧玄似乎也能讀懂她眼神的含義，也用同樣的方式回應，這大概是兄妹之間特有的心有靈犀吧。

在兩人眼神大戰進行得如火如荼時，曹雪芹老師走進了教室，看著吵鬧的同學們，他提問道：「上節課主要講了《紅樓夢》這部作品的浪漫主義色彩和現實主義展現，今天我們聊一聊《紅樓夢》的第一男主角——賈寶玉，誰先來說一說你印象中的賈寶玉？」

「老師，我說了你可不要生氣啊。」一個長相憨厚的男生站起來有些遲疑地說道。

「沒關係，放開說，文學需要的就是爭論，否則哪來的百家爭鳴呢？」曹雪芹老師寬慰他道。

「我其實覺得賈寶玉有些『娘』，換句話說，有點不男不女。我的依據有兩個，其一是他幼年抓周禮時，那麼多好對象都不要，偏偏選了女子的飾品。其二是他曾說過的一句話：女兒是水做的骨肉，男人是泥做的骨肉，我見了女兒便覺清爽；見了男子，便覺濁臭逼人。」這位男生說道。

曹雪芹老師聽了，笑而不語，沉思了一會兒說道：「賈寶玉究竟是一個怎樣的形象呢？我們從頭來看，他的出場就已經定下了基調。寶玉還未露面，眾人就已經進行了鋪墊。王夫人說，我有一個孽根禍胎，是家裡的混世魔王。賈敏說他銜玉而誕，頑劣異常，極惡讀書，最喜在內幃廝混，外祖母又極溺愛，無人敢管。從這兩句話即可推測出寶玉的所作所為是極其叛逆的，就是一個被寵壞了的富家少爺形象。」

「黛玉也正是因為這樣的評價，心中對寶玉充滿厭惡，不想與之過多接觸，然而等真正見到寶玉後，黛玉的想法就逐漸發生了改變。在黛玉眼中，寶玉並無憊懶與懵懂，反而是個眉清目秀、英俊多情的年輕公子，且很眼熟很有親切感，對他產生了好奇。」曹雪芹老師說道。

「唉，看來，從古至今，這社會都是看臉的啊，還好我長得帥。」顧玄聽了老師的話，不由自戀道。

「相貌的確重要，但相由心生，最重要的還是內心的豐盈與至善。」曹雪芹繼續說道，「實際上，寶玉的美顏雖然讓黛玉有了改觀，但並不徹底，而接下來的交談才使得黛玉相信寶玉與傳言中的頑劣之徒是相距甚遠的。」

寶玉又問表字。黛玉道：「無字。」寶玉笑道：「我送妹妹一妙字，莫若『顰顰』二字極好。」探春便問：「何出？」寶玉道：「《古今人物通考》上說：『西方有石名黛，可代畫眉之墨。』況這林妹妹眉尖若蹙，用取這兩個字，豈不兩妙！」

「從書中這段描述便可看出，寶玉並不是不喜歡讀書，而是像老師一樣，不一味死讀四書五經，只是對八股文不感興趣，對各種雜學卻都有所涉獵。」做足了功課的顧悠說出了曹雪芹老師心中所想。

「生長在女兒堆裡的他喜歡和女孩打交道，多情泛愛，因而被認為是風流浪蕩。然而在眾人眼中不肖無能的他卻極受家中姐妹、丫鬟們的喜歡，為什麼呢？僅僅是因為長得好看嗎？」曹雪芹老師繼續提問。

「不是，寶玉雖多情但不濫情，他喜歡與女性玩樂，但也尊重愛護她們。」顧悠再次搶答。

蔣蘭蘭也說道：「封建社會不像現在講究男女平等，推崇的是男尊女卑，而寶玉卻能和丫鬟們玩在一起，對女性體貼理解，敢為她們說話，這種平等自由的思想在當時的封建社會是多麼難能可貴啊。」

曹雪芹老師滿意地點了點頭：「寶玉之所以被認為是叛逆，是因為他的所作所為與封建正統觀念相悖，與當時世俗之情格格不入，他不願接受封建傳統的束縛，也無意追求功名利祿，因而被看作『潦倒不通世務，愚頑怕讀文章』；他不順從封建統治者的要求，也不安於封建禮教規定的本分，因而被看作『富貴不知樂業的不肖子孫』。他心中追求的是個性解放、自由平等，在個人社會價值的實現和理想發生衝突時，寶玉選擇了後者。」

「那為什麼全篇看來，對賈寶玉的描述和評判都是貶義居多呢？」那位長相憨厚的男生又接著問道。

「很簡單，老師使用的是寓褒於貶的寫作手法。文學作品講究寓意深遠，切忌大白話，而這種方法能夠增加思考品味的空間。」顧悠解釋道。

「還有更重要的一點，書中寶玉的很多思想價值觀與當時社會的主流價值觀是不一致的，再加上老師本人與賈寶玉這一形象之間千絲萬縷的關係，所以只能用這種含蓄的方式表達。」蔣蘭蘭也跟著說道。

「同學們說得都對，」曹雪芹老師說，「但相較於這些，我更想知道，你們從寶玉的形象中體會到了什麼？」

「多情痴情又悲情！」

「反抗精神！」

……

同學們紛紛說出了自己的想法。

「不錯，反抗精神！寶玉的反抗精神貫穿始終，從初次摔玉到最終出家，都是這一精神展現，」曹雪芹老師深深吸了一口氣，「但他身上更多的是一種矛盾感，自我價值和社會價值的矛盾、出世和入世的矛盾、叛逆和順從的矛盾，他雖叛逆不羈，追尋自由，也不得不在父親和老管家們面前唯唯諾諾，不得不為了家人參加科舉考試，不得不違心地順從祖母娶了寶釵，直到最終一切的不如意累積到了極點，他才選擇了離開這令人心煩意躁的俗世。」

「真是我待生活如初戀，生活卻虐我千百遍啊。」顧玄一句話讓正在感慨的曹雪芹老師哭笑不得。

第四節　作者對於文學角色的偏好

「《紅樓夢》中，你最喜歡誰？」邢凱問蔣蘭蘭。

蔣蘭蘭毫不猶豫地答道：「王熙鳳和林黛玉。」

「為什麼啊？在我看來，王熙鳳可是壞人，別忘了她害死了好幾個人呢？」邢凱搖搖頭，有些不太贊同。

「好壞哪有這麼容易劃分，只能說是人物的多面性，你怎麼不說她對劉姥姥和板兒還善心大發，給了很多銀兩呢？」蔣蘭蘭反問。

「反正害人就是不對，」邢凱堅持道，「曹雪芹老師肯定也這麼認為。」

「肯定不是，不然等老師來了我們問問。」蔣蘭蘭小嘴一撇。

不一會兒，顧玄兄妹兩人來了，也加入了他們的爭論之中。

爭論不休的四人，發現曹雪芹老師來了之後，爭先恐後地要提問，卻都被制止了。

「我知道你們想問什麼，」曹雪芹老師一笑，「我都聽見了。」

「對於你們的問題，我只能說『我不是裁決者』，不僅是《紅樓夢》中的人物，現實中也是如此，沒有絕對的善，也沒有絕對的惡，他們所展現出來的只是一種不同於你的人生，無需評判，只需品味。」曹雪芹老師擺出一副高深莫測的表情。

「老師，您就別賣關子了，快點給我們定個勝負吧。」急性子的顧悠催道。

「我可沒有賣關子啊，」曹雪芹老師笑笑，「句句肺腑之言，不過呢，我可以告訴你們我的一點看法。像顧悠說的那樣，害人的確不對，但是在那樣的時代和處境之下，王熙鳳有著自己的不得已，換句話說，她害人只是為了保護自己，為了自己活下去，想活下去又有什麼錯呢？所以，單純用一個『壞』字去評價，是否有些不公呢？」

「老師這麼一說，讓我想起來一部電影。」顧玄若有所思地說道。

「哦？講來聽聽。」顧玄這麼一說，曹雪芹老師也來了興趣。

「電影講的是一個富商之子侵犯了一個女孩，還用拍下的影片脅迫女孩聽他的話。女孩媽媽得知真相後便和女兒一同去赴約，在打鬥的過程中，她們失手將富商之子『誤殺』並埋在自家後院。女孩的爸爸回到家中，得知這一切後，為了保護妻女，利用時間交錯的手法，策劃了一場完美犯罪，逃脫了法律的制裁。雖然影片的最後，父親還是自首了，但我想問的是，這一家人的所作所為算是『壞』嗎？」顧玄說道。

大家聽完顧玄的講述，都陷入了沉思。

「可憐之人必有可恨之處，可恨之人也未嘗沒有難言之隱。人性是複雜多樣且矛盾的，很多時候，我們沒有親身經歷發生在別人身上的事情，就不能妄加評判。電影也好，文學作品也好，都應當如此。對於人物塑造，不能一味地敘好人完全是好、壞人完全是壞，這樣塑造出來的人物是類型化的，沒有自我個性，也是失真的，脫離現實生活的；對於人和事的講述，也無須給出明確的是非判斷，只需完整真實地再現，寫出人物心靈的顫動和世間炎涼冷暖，剩下的留給觀者去品味。」曹雪芹老師說道。

「老師的《紅樓夢》就是這種寫法的開山之作，打破了過去『敘好人完全是好，壞人完全是壞』的寫法，書中的人物都是按照生活本真狀態，如實客觀地展現，保持了現實生活的多樣性、現象的豐富性，使古代小說

人物塑造完成了從類型化到個性化的轉變。」顧悠接過老師的話說道。（如圖 3-4 所示）

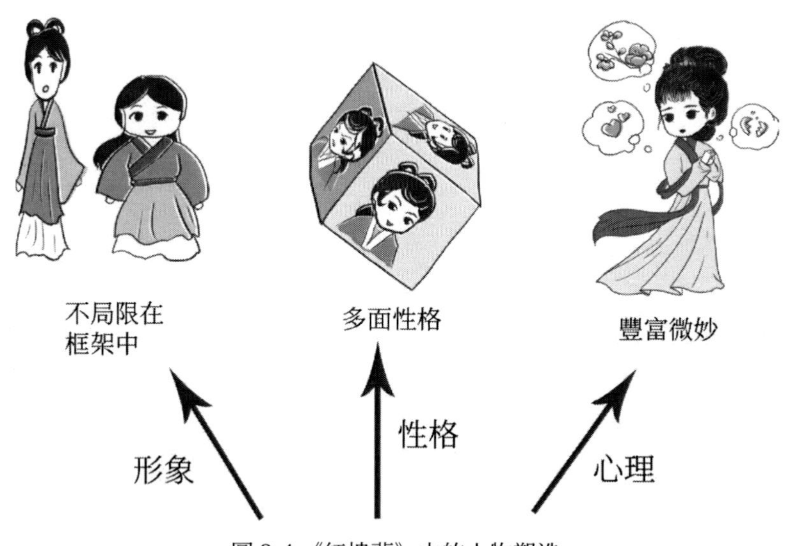

圖 3-4 《紅樓夢》中的人物塑造

「對於《紅樓夢》中的人物塑造，我這兩天還專門研究了呢。」顧悠有些小驕傲。

「是嗎？那給我們分享一下你的研究成果吧。」曹雪芹老師好奇地說道。

「我是從三個方面來看的，第一個是形象，很多作品中才子美女的相貌描述都是套話，近乎完美無瑕且相差無幾，什麼貌似潘安、閉月羞花、腰若柳枝等，壞人有特定的壞人臉，好人也是專門的好人相，這一點老師在開卷第一回也激烈抨擊過，所以《紅樓夢》中的人物形象是完全打破那些限定的，比如大觀園中的眾多女子，她們雖美，但也各有陋處；黛玉太瘦弱且愛生病、鴛鴦臉上有很多雀斑、寶釵微肥、香菱呆憨、史湘雲大舌頭……但也正是這些缺點，才讓她們更真實。再如帶有反派意味的人物也並非是壞人像，賈雨村為官不仁、趨炎附勢，生得卻是面闊口方、劍眉星眼、直鼻權腮、腰圓背厚，不是我們印象中的壞人模樣。」顧悠解釋道。

「確實啊，現實中道貌岸然的壞人更多！」蔣蘭蘭贊同道。

「其次是性格方面，」顧悠繼續說，「最典型的就是王熙鳳，複雜多面。主持榮國府、協理寧國府展現出精明幹練，對付丫鬟婆子展現出殺伐果斷，設局騙賈瑞展現了機警陰險，弄權逼婚展現的是以權謀私，逼死尤二姐展現的是心狠手辣，此外還有處事圓滑、善於逢迎、口蜜腹劍等。」

「王熙鳳，應該是《紅樓夢》中最為複雜的一個人物，她雖生於大家族，也嫁於豪門，但其實無父無母，孤立無援。與王熙鳳身世相似的還有一個人就是史湘雲，史湘雲處處都要看人臉色，事事做不了主，而王熙鳳要強的個性又怎麼會允許自己像史湘雲這般？所以她竭盡全力展現自己的能力，為了更好地掌管大權，必須圓滑逢迎、陰險心狠。王熙鳳並不是一個普通的管家婆，而是實際當權派，具有很強的政治性，其顯著特點就是貪財弄權，表現出來的是剝削階級的貪慾，她代表的並不是一個人，而是一個階級，她的命運也暗含這個階級的命運。也因此不能單純地說她是好還是壞。」曹雪芹老師補充道，然後示意顧悠接著說下去。

「每個人物性格都有多面，但同時也都具備某一種或幾種尤其鮮明的個性。比如黛玉孤高自傲，感性十足，有時不免尖酸刻薄；寶釵穩重平和，較為理性，偶爾也會使小性子；迎春善良軟弱，探春活潑好強，惜春古板不合群；襲人奴性十足，晴雯卻野性未馴……再如黛玉和妙玉、晴雯都孤高自傲，但又大有不同，黛玉是脆弱、傲世，晴雯是桀驁、疾惡如仇，妙玉則是淡然、出世。這些個性不僅從她們的行為處事中可以看出，她們居住的環境以及所作詩詞中也有展現。」顧悠接著說道。

「最後一方面就是豐富的心理活動，很多片段寫盡人物微妙的心理震顫，尤其是對寶黛熱戀時的心理刻劃，極為細緻生動，難怪國外的大百科全書對《紅樓夢》的介紹竟是偉大的心理小說。」顧悠繼續說道。

「哈哈，是嗎？我竟不知道有這樣的事情。」曹雪芹老師很是驚訝，「文學創作只是需要用敏感的心去感知生活，然後將自己的經歷體驗真實地描述出來，尊重人性的複雜和現實的多樣性。」

第四章
歌德主講「啟蒙主義」

本章透過四個小節講解歌德與啟蒙主義文學。作為歐洲啟蒙運動重要的組成部分，文學在啟迪社會、喚醒民眾的過程中扮演了重要的角色，歌德的文學作品很好地展現了這一點，而他強調理性、解放人性的精神核心直到今天仍然影響著文學的創作。

約翰·沃夫岡·歌德（Johann Wolfgang Goethe，西元 1749 年 8 月 28 日～ 1832 年 3 月 22 日）

德國著名思想家、作家、科學家，古典主義與啟蒙主義最著名的代表，德國最偉大的詩歌、戲劇和散文作品創作者之一，也是世界文壇出類拔萃的光輝人物。他的作品體裁廣泛、形式多樣，有詩歌、戲劇、小說、散文等，代表作有《少年維特的煩惱》（*The Sorrows of Young Werther*）、《浮士德》等。

第一節　古典主義與啟蒙主義

接連上了這麼多節課後，顧玄已經習慣了這樣的生活模式，當然，每見到一個新老師時，心情還是會異常激動、興奮無比，今天的老師會是誰呢？顧玄暗自猜想著。

顧玄推門一看，講臺上的人正是很多人都推崇敬仰的德國大文豪約翰·歌德。

待同學們都坐好後，歌德老師開口說：「今天，我們來聊一聊古典主義。」

「古典主義之所以為『古典』，是因為其中心思想就是學習和崇尚古代、歌頌和效仿古代，以古希臘羅馬文學為典範，從中吸取藝術形式和題材。它有三個顯著的特徵，即為王權服務、崇尚理性、信奉古希臘羅馬文學。」之前已經了解很多文學史知識的顧悠頗有些得意地回答道。

「嗯，你說得不錯，但和我理解的有些偏差。」歌德老師摸著下巴，

「你所說的古典文學的三個特性中，我最為推崇和認可的是第二個『理性』。」

「為什麼呢？」臺下的一個同學問道。

「想必大家都知道《少年維特的煩惱》這部作品吧？」歌德老師問。

「知道！」大家異口同聲地回答道。

「眾所周知，它是我的成名作，對我來說有著非凡的意義，但同時也令我十分牴觸、難堪。」歌德老師神情無奈又惆悵。

「怎麼說？難道您對自己的作品不滿意？」顧悠問道。

「不，《少年維特的煩惱》是我用自己的心血哺育出來的作品，反映了一代青年反封建的心聲，受到了很多人的熱烈歡迎，維特對那個令人窒息的社會所進行的孤獨而消極的反抗，也是當時的我對實現個性解放、愛情自由的吶喊，但這些在現在的我看來不免有些矯情、做作和消極。」歌德老師皺著眉頭，十分誠懇地點出了自己的不足。

「您的意思是說，浪漫主義太過矯情和消極？」蔣蘭蘭大膽提出了自己的疑惑。

「與其說是浪漫主義倒不如說是感傷主義。感傷主義也被稱為主情主義，是浪漫主義的前身，其推崇感情、忽略理智，主張以情感來約束和代替理性，重於抒發個人情感，表現對現實的失望和不滿，希望以此來引起讀者的同情和共鳴。」歌德老師解釋道。

看到同學們一個個皺著眉頭，歌德老師隨後又繼續解釋道：「男主角維特身上就帶有很多感傷主義的習氣，一直被感情所左右，思想上消極避世，總是悲傷感慨，與世界格格不入，以至於有了那樣可悲的結局。當時，我深受德國浪漫主義先驅赫爾德 (Herder) 與其摯友哈曼 (Hamann) 的

影響，在創作中毫不掩飾地將個人心中的情緒宣洩出來、不加節制，缺乏理性的標準。對個性、精神面貌進行刻劃，對內心情感、心理活動進行描寫，對社會現實、經歷等不滿進行宣洩，這都無可厚非，但若脫離現實，放任個人感情，沉迷於多愁善感之中，甚至讚美過去，歌頌黑暗、死亡，以至於帶有濃厚的悲觀絕望情緒，這就是病態的展現了。而維特時期的我正處於這樣危險的邊緣，後來經過一系列事件，我逐漸意識到了感傷主義的病態，希望盡快克服這樣的情感，從這種齧噬人的情緒中抽離出來。」歌德老師強調道。

「我們進行文學創作的最終目的，並不是單純地批判現實、宣洩不滿，以至於用悲觀絕望將自己困住，而應該是在宣洩後，著眼於為現實困境尋找新的出路，為改變不滿而努力，這就需要理性的約束，有了理性才會有分寸。當然我這裡所說的是啟蒙主義的理性，而非古典主義的理性。」歌德老師頓了頓，繼而說出了自己的看法。

「那您所推崇的啟蒙主義是怎樣的呢？」顧悠想起來之前老師說過的話，隨即問道。

「我剛才是說過，啟蒙主義的『理性』是我最為推崇的，那麼這個理性具體何解呢？我從很多文學創作中發現，每一位作家在進行創作活動時，都會有特定的取材範圍，要想創作成功，就必須做好選材這一關。很多優秀的作家，其作品成功之處就在於以自己生活實踐為基礎，從自己熟悉的生活現象入手。藝術家就應該在其作品中表現自己熟悉的生活，因為生活處處都有詩。」歌德老師解釋道。（如圖 4-1 所示）

圖 4-1 生活處處都有詩

「我所認為的理性就是用理想的視角去看待自己的生活，用客觀的目光去看待生活中的現象，而文學創作就要從這樣的觀察體驗現實生活入手，將自己從中獲得的感性的、生動的、喜愛的、豐富多彩的印象，用藝術方式進行加工，透過生動的描繪提供給人們，不執著於展現那些抽象的事物、虛無的情感。所謂印象，不是別的，就是客觀外界的現實生活在作家主觀意識中的反映，以及作家在社會實踐中對客觀生活的一種觀照。不過，理性的作品中也可以有感情的抒發、對現實的批判、浪漫主義手法的運用，關鍵是要拿捏好分寸，不要脫離實際。」歌德老師總結道。

「老師，我有一個問題。古典主義的理性與啟蒙主義的理性有什麼區別呢？」蔣蘭蘭若有所思地問道。

「簡單地說，古典主義的理性是唯王權馬首是瞻的，個人的感情要服從君主的利益，而啟蒙主義的理性是個人的情感節制，防止感傷主義的情感氾濫，相當於中國文化中的『發乎情，止乎禮義』。」歌德老師笑瞇瞇地回答。

「哇！歌德老師真是世界文學的推動者，對我們中國文化也如此熟悉。」顧悠滿臉崇拜。全班同學一致鼓掌，沉浸在掌握了知識難點的喜悅之中。

第二節　世界是啟蒙主義的創作來源

「其實，您所倡導的啟蒙主義就是理性主義吧？」蔣蘭蘭問道。

「不錯，看來同學們已經聽明白了。」歌德老師給出了肯定回答。

「那麼寫作的題材就只能從自己熟悉的生活入手嗎？是不是太狹隘了？」蔣蘭蘭繼續追問道。

「不、不、不！」歌德老師豎起食指晃了晃，「那只是一方面，強調的是作家應該在體驗生活的基礎上進入到創作中。那麼進入之後，最為重要的，或者說該以什麼為依據展開創作呢？」

「生活中個別的、特殊的現象？」蔣蘭蘭略顯猶疑地回答道。

「我更習慣稱之為個別事物，對於個別事物的掌握和描述造就了文學藝術的生命力。而這個『個別事物』不單指現實生活中的個別人物、事件、情境，也包括歷史上流傳下來的某種傳說、故事等，甚至包括其他國家的文化、歷史。」歌德老師解釋道。

「如果單純地只著眼於自己生活的那一方小天地，就會不可避免地進入囚籠，思想也變得狹隘、局限，而我也經過這樣一個時期。維特之死雖然贏得了無數青年男女的眼淚，但也表明了他的軟弱無力和懦弱卑微，這裡折射出的是當時我雖然反對封建，渴望自由、幸福，卻沒有膽量去改變的心態。這是我在追求崇高理想時產生過的猶豫和動搖，後來到威瑪工作和生活後，這種猶豫和動搖極大程度地加重了。」歌德老師繼續說道。

「是因為生活和工作的原因嗎？」蔣蘭蘭問道。

「沒錯。西元 1776 年，我擔任樞密公使館參贊開始在威瑪共和國服務，並獲得了更多的政治任務。幾年的時間裡，政治場上的經歷使得我發生了巨大的改變，曾經那個熱血沸騰、充滿反叛精神的青年的影子在我身上完全消失了，取而代之的是一個不斷遷就、自我克制、委曲求全、謹小慎微的宮廷大臣，因為只有這樣我才能生存發展下去。」歌德老師頗為無奈地說道。

「很多人都有過這樣的無奈，因為現實中的種種原因不得不妥協，威瑪的從政經歷使得我在叛逆和反抗的立場上倒退了很多。後來，我離開沉悶的威瑪，逃到了義大利。義大利的自然風光和美不勝收的古代藝術重新激發了我的創作激情，這一時期我的作品也實現了風格轉變，比如《艾格蒙特》、《托爾夸托 · 塔索》、《在陶里斯的伊菲革涅亞》，其中最具代表性的當屬《托爾夸托 · 塔索》。」歌德老師說道。

「有知道這部小說的嗎？」見沒有人站起來，歌德老師擺出一副「委屈」的樣子，「那好吧，這部小說較少年維特來說，的確『弱』一點，大家沒看過很正常。」

「老……老師，其實我知道一些。」又是蔣蘭蘭回應了老師的提問。

「那你來簡單介紹一下故事梗概吧，我歇一會兒。」歌德老師伸手示意她開始。

蔣蘭蘭得到了老師的肯定興奮地搓了搓手，立刻站了起來，簡單組織了一下語言，開口道：「《托爾夸托 · 塔索》講述了一個名為塔索的詩人，最開始他也像維特一樣是一個勇於揭露官場腐敗、追求自由幸福的熱血反抗者，但隨著情節的推進，他逐漸變成了一個自我克制、屈服於環境、安於現狀的庸人。塔索生活的地方，封建朝廷橫行霸道、欺壓平民，塔索對其充滿了蔑視和厭惡，並對此進行了無情的鞭撻。但是後來，塔索意識到自己根本沒有辦法與宮廷割斷聯繫，沒有能力與之抗衡到底，所以最終還是選擇了與自己曾經最鄙視的敵人握手言和，向封建禮教丟擲了橄欖枝、向世俗屈服。」

蔣蘭蘭說完後，同學們都鼓起了掌，顧悠也朝她豎了一個大拇指，顧玄哼了一聲，一臉不服氣，但掌聲倒是誠實。

歌德老師肯定地點點頭，接著蔣蘭蘭的話頭，繼續補充道：「塔索與封建朝廷之間的衝突，代表的就是資產階級『突進者』與封建專制制度之間的衝突，而塔索最後的選擇，也是我那一時期思想、生活狀況的真實寫照。在威瑪任職之前，我已經對感傷主義精神產生了牴觸心理。我之所以在威瑪宮廷擔任許多政治職務，是希望透過實踐行動鍛鍊出審慎的品行，以克服身上的感傷主義習氣。但事實遠比我想像的要複雜得多，事情的發展遠遠超出了我能控制的範圍，不管是在工作還是感情上，我都處於極大的矛盾之中。在這一時期，與其說我從感傷主義轉變到了古典主義，倒不如說兩者處於微妙的共存狀態。產生這種狀態的原因是我始終受限於自己周遭發生的一切以及所處的環境中，沒有突破局限，把眼光放長遠。雖然思想上我較前期有了很大的轉變，但依然有很大的狹隘性。」歌德老師補充道。

「這種狹隘性，您最終是透過怎樣的方式突破的呢？」蔣蘭蘭問道。

「後來，我實在無法忍受那種委曲求全的生活，甚至面臨著創作窒息的危險。於是我在西元 1786 年悄悄地逃往了義大利，在與義大利古代藝術接觸後，我在藝術上獲得了新生。在 1790 年後，歐洲發生了很多重大事件和變化，比如席捲全歐洲的革命狂潮的興起、第一次工業革命的突飛猛進、空想社會主義思想廣泛流傳以及浪漫主義文學運動大範圍開展等。不論是德國還是俄國，乃至整個西歐都流淌著一股消極浪漫主義的逆流，這讓我更加清楚地意識到浪漫主義的病態，也是在這時候，我開始更多地注意到全歐洲甚至是全世界的變化，不再只局限在德國國內。在與全世界變化、文化接觸碰撞的過程中，我更加堅定了自己信奉啟蒙主義的決心。」歌德老師解釋道。

「當時，不少人都在鼓吹藝術必須從詩人的內心世界出發，拒絕接近生活和反映生活。在我看來，這就是一種錯誤的有害的觀點，如果所有作家全被這樣的思潮感染，那麼我們的時代就會籠罩在主觀傾向之下，但事實上我們更應該透過啟蒙理性努力接近客觀世界。」歌德老師說道。

「如果一個作家完全與世隔絕，只能表達自己的那麼一點兒主觀情緒，又有什麼意義呢？他的內心也就只能裝得下那麼一點東西，或許作幾首詩、寫幾篇文章就已經江郎才盡了。而一個與世界並肩、掌握生活的人，他的創作資源是取之不盡的，這樣才能做到與時俱進、不斷創新。因此，我始終認為作家要面對現實，從客觀世界出發，到浩瀚無際的生活海洋中去汲取創作的素材。可以說，生活處處都有詩，只要你善於發現和挖掘，整個世界都是可以創作的題材。」說到這裡，歌德老師有些激動。（如圖 4-2 所示）

「您這樣說，是否就意味著，作家在自己的作品中沒有必要表達特別主觀的看法和情感呢？」蔣蘭蘭繼續說出自己的見解。

圖 4-2 整個世界都是我的題材

「當然不是，這麼理解太偏激了。不管是詩、小說還是畫作，都是一種藝術，而藝術就是要透過一個完整體系向世界說話，其中的完整體系指的就是創作者的心靈果實或者說精神世界，即藝術家主觀的心靈世界。客觀世界和現實生活只是創作的出發點，藝術家在對人世間提供的材料進行藝術加工的過程中，『灌注』進自己的主觀意識是必然的也是必要的。如果不是這樣，那麼諸多偉大的作品都將失去它獨有的魅力。古希臘悲劇作家索福克里斯所描寫的人物都不會突顯出作家的高尚心靈，偉大的小說家曹雪芹筆下的紅樓人物也將千篇一律，戲劇大家莎士比亞的作品中也再不會有豐富糾葛的思想情感，也就沒有那句『to be or not to be』的吶喊……」歌德老師回應道。

歌德透過對世界文學的了解，宏觀地審視了人類的文學創作，得出「整個世界都是他的題材」、「真實的題材沒有不可以入詩或非詩性的」的結論。他指出藝術家應該表現自己熟悉的生活，在感受體驗生活的基礎上進入創作過程，在藝術加工的過程中，灌輸「合智」（指藝術家的感情、思想、智慧、秉性、意志、願望等）。真正的藝術，是一種精神創作，是自然的東西的道德表現。藝術家們都應具有偉大的人格，憑著偉大人格去看待自然，藝術家既是自然的奴隸，也是自然的主宰。由此可見，他並不完全否定浪漫主義的創作方法，而是力求它與古典主義結合起來，這也是歌德堅持的古典主義。

第三節　象徵觀的文學核心

上一節課結束後，歌德老師講的內容顧悠消化了很久，直到這次上課前還在思考中。

「想什麼呢？」顧玄過來用手肘捅了捅顧悠道。

顧悠扭頭看了他一眼又無力地趴到桌子上。

看著她無精打采的樣子，顧玄湊過來說：「我給你講個笑話吧，關於歌德老師的。」

「說吧，我聽著呢。」顧悠還是沒起來。

「據說歌德老師有著卓越的語言駕馭能力，有一次，他從威瑪公園經過，在一條很窄的小路上遇到了一位批評家，那批評家極為傲慢且無禮地說道：『我從來不給蠢貨讓路』。」顧玄突然停住，問顧悠，「你猜歌德老師怎麼說？」

「歌德老師笑著退到了路邊，回應道『我恰好相反』。這都多少年前的笑話了。」顧悠忍不住吐槽道。

「那你覺得這個笑話是真的還是假的？」顧玄問道。

「對，我們可以抓住這個機會問一問，聽聽本尊的回覆。」顧悠這才來了興致，猛地坐直了身體。

顧悠話音剛落，歌德老師正好進來，聽到兩人的對話，說道：「要問我什麼啊？」

「那個，歌德老師，網路上盛傳的您和批評家的笑話，到底是真的還是假的？」顧悠不好意思地問道。

「啊，那個啊，與真實情況有一點出入，不過你們權當是真的就好，反正對我是沒有害處的，哈哈。」歌德老師滿臉笑意，幽默地回答道。

「不過呢，我今天要講的內容還真跟語言表達有關，你們來猜猜是關於哪方面的？」歌德老師提問道。

「人物塑造」、「情感抒發」、「心理描寫」……同學們你一言我一語地說著。

「我掐指一算，應該是表達手法 —— 象徵的運用。」蔣蘭蘭調皮地回答道。

歌德老師豎起了大拇指：「知我者，蔣蘭蘭也。」

「象徵對於我來說，不僅是一種重要的藝術表現手段，也是我觀察生活、理解世界與生命的一種基本的有力的方式。關於象徵，我們從頭來說。」歌德老師道。

「『象徵』一詞，來源於古希臘。本義是一物抽成兩半，雙方各持一半，作為憑證式信物。有事時，兩者相合以驗真假，用法類似於中國的兵符，後來引申為凡能表現某種抽象概念或思想感情的具體形象或符號。象徵手法，來源於中國最早的一部詩歌總集《詩經》中的『比』、『興』，指的是根據事物之間的某種關係，藉助某人某物的具體形象（象徵體），以表現某種抽象的概念、思想和情感的一種方式。」歌德老師繼續說道。（如圖 4-3 所示）

「象徵手法受到了很多作家詩人的青睞，每個藝術家對於它的理解也不盡相同。我也有自己對象徵的看法。在《格言與反思》中，我就明確闡述了何為象徵。」歌德老師強調道。

「我知道那句話。」顧悠喊道，「『如果特殊表現了一般，不是把它表現為夢或影子，而是把它表現為奧祕不可測的、一瞬間的生動的顯現，那裡就有了真正的象徵』，但這句話是什麼意思呢？我不是很明白。」

圖 4-3 象徵的本義

「我和席勒（Schiele）過去曾談到過一種細微的分歧，現在這個話題正好提醒我想起了這個分歧：詩人或創作者究竟是為一般而找特殊，還是在特殊中顯示一般？兩者是有很大區別的，『為一般找特殊』就是從一般概念出發，比如詩人，他的心裡首先要有一種待表現的一般性概念，然後找個別的具體形象進行說明例證；而在『特殊中找一般』則是先抓住現實世界中個別的生動的具體形象，再揭示其中蘊含的一般或普遍性的真理。」歌德老師說道。

「我在前面說過，藝術真正的生命力就在於對個別事物的掌握和描述，也就是『在特殊中找一般』，即我所認為的象徵。至於『為一般找特殊』，我稱之為『寓意』。」歌德老師繼續說道。

「老師，可以舉個例子嗎？我還是有點不懂。」一個學生說道。

「我來舉例說明吧，以中國文學作品中的意象為例。」蔣蘭蘭似乎聽明白了，站起來做解說，「『為一般找特殊』通俗點說，就是我們想要表達一類事物時，往往會用一個普適的意象來傳達。比如『貌若潘安，才比子建』，潘安和子建就是長相英俊、有才識有學問的青年男子的類型，再比如〈陌上桑〉中『秦氏有好女，自名為羅敷』的秦羅敷往往被看作古代文學中美女的類型等。『在特殊中找一般』即從特殊例項出發，用現實中存在的個別具體形象，表現完整而真實的內容，從而顯露真理，用這個形象代表與它有相同特徵的人、事、物。比如『牆角數枝梅，凌寒獨自開』中的梅，『採菊東籬下，悠然見南山』的菊，『歲寒，然後知松柏之後凋也』中的松柏，『蘭秋香風遠，松寒不改容』中的蘭和松等，這些事物都被當作一種典型意象被提出，並塑造了相關文化和觀念，如『菊文化』、『梅文化』、『歲寒三友』等。」

歌德老師滿意地點點頭，示意蔣蘭蘭坐下，自己則繼續說道：「蔣蘭蘭用大家熟悉的詩詞進行解釋，的確更通俗易懂，容易理解。為一般找特殊，缺乏內涵，無言外之意，被局限在一種特定框架裡。而象徵，則可言有盡意無窮，從有限到無限，沒有束縛。『奧祕不可測的東西』指的是普遍真理，『一瞬間生動的顯現』代表的就是現實中個別特殊鮮明的具體形象，藉助象徵，人們可以透過現象洞察事物的本質，領悟更高的存在。這樣說，明白了吧？」

「嗯，明白了……我還聽過一句這樣的話——『歌德的作品一直富於畫面與象徵』，這是不是說明您的作品都有象徵的使用？」這位同學繼續問道。

「這樣說過於籠統了，實際上，我的早期作品對象徵的使用並不成熟，所表現的主題通常是物化具象的，很少有超越主題本身的內在價值。那時，我對『象徵』認知尚淺，也沒有形成明確的概念和觀念。我曾給席勒寫過一封信，其實也就是閒來無事，向他發發牢騷。我跟他說，我在寫《少年維特的煩惱》這部作品時，每當看到一些熟悉的情景、對象，就會陷入一種親身經歷體驗的不尋常情感中，也正是如此才能寫出維特的感傷。隨後我的腦子裡會突然閃過一個詞來命名那些對象，即象徵性的事物，從那以後，象徵、象徵性這類術語，才開始出現在我的作品中。」歌德老師謙虛地說道。

第四節　浮士德的真實意義

「如果要說哪部作品是將『象徵』運用得最為徹底的，那當然是《浮士德》。主角浮士德在不同階段的人生追求，都對映著現實社會群體以及人性中積極肯定的向善精神，也是文藝復興之後三百年來歐洲新興資產階級的精神發展歷程。」歌德老師一臉得意地說道。

「既然說到了《浮士德》，那我們就深入探討一下。顧玄，你來介紹一下故事梗概。」歌德老師看顧玄有些走神，突然提問他道。

顧玄站起來，根本不知道要回答什麼，還是旁邊的邢凱偷偷提醒了他。

「啊，《浮士德》是吧？」顧玄思索片刻說道，「上帝在天庭召見群臣，魔鬼梅菲斯特也如約而至。魔鬼認為世界是一片苦海，人們終生都會深受其害、墮落其中，不會有所作為。上帝則認為像浮士德這樣聰慧博學、意志堅定的人在理性和智慧的指引下一定能夠有所成就。於是，魔鬼要和上帝打賭，如果他能將浮士德引入邪路，使其墮落，就能贏得賭約。魔鬼找到浮士德，告訴他自己將成為他的僕人，為他解除煩悶，滿足他的一切需求，但一旦浮士德獲得滿足感，就要成為魔鬼的奴隸。浮士德認為人的慾望是無窮盡的，不會知足，便答應了魔鬼的要求。」

「魔鬼使用魔法帶浮士德雲遊四方，第一站他們來到了一家酒店，魔鬼見浮士德對飲酒作樂毫無興趣，便利用魔女的丹藥讓浮士德變年輕並與少女瑪格麗特相愛。浮士德沉迷於愛情的美好中，卻在無意間害死了少女的母親、哥哥以及自己的孩子，少女也因此身陷囹圄。」顧玄說道。

「之後，心灰意冷的浮士德在阿爾卑斯山山麓休息了一段時間後又燃起了重生的念頭。魔鬼便把他帶到了皇宮之中，浮士德發揮自己的才能幫助昏庸無能的君主度過了財政危機。後來，皇帝得知浮士德會魔法，便讓他將古希臘美人海倫和特洛伊美男子帕裡斯召來。浮士德對海倫一見鍾情，看到她與帕裡斯談情說愛，醋意大發，觸動了機關引發爆炸，海倫消失，他自己也被炸昏。」顧玄接著說道。

「浮士德和魔鬼藉助自己學生造的小人來到了古希臘的神話世界，與海倫相愛並結婚，還生了一個孩子，起名歐福良。不幸的是歐福良練習飛翔時墜地而亡，海倫也隨之而去。浮士德乘坐著海倫留下來的長袍來到北方，在魔鬼的慫恿下為國王平息了戰亂，由此獲得了一塊海邊封地。浮士德站在高山之巔，俯視浩瀚大海，心中突然萌發了『移山填海，改造自然』的想法。他帶領平民們開始這項大工程，魔鬼趁機做了很多惡事，還命已死的魂靈為浮士德掘墓。被妖女吹瞎眼睛的浮士德聽到鐵鍬之聲，以為是群眾在為他移山填海，想到自己正在進行的偉大事業，遂感滿足，倒地死去。在魔鬼要奪取浮士德靈魂之時，天使降臨，將浮士德接到天宮，眾天神為戰勝魔鬼獲得浮士德的靈魂而高奏凱歌。」顧玄繼續說道。

「說得很詳細，不知道同學們聽完有什麼感想？」歌德提問道。

「浮士德好複雜好矛盾啊，而且故事情節有點『狗血』。」顧悠小心翼翼地說道，害怕歌德老師生氣。

「哈哈，狗血。」歌德老師大笑道，「可能是中西方文化差異和時代的原因，浮士德本身就是一個象徵性的形象，他不是某一個人或者個體。最初，浮士德一心想要透過知識有所作為，他皓首窮經，到頭來卻空有滿腹經綸卻無用武之地，埋沒於書本當中遠離了真正的人生。對於這荒蕪的一世，浮士德已深感厭倦，有了尋死之心，恰在這時，魔鬼出現，渴望獲得實際人生享受的浮士德便以靈魂為抵押，與魔鬼訂約，由此浮士德得以遊覽大千世界，體驗人生的痛苦和幸福，並在這之中獲得成長，最終從帶領人民開疆拓土、造福家園中找到了人生的真諦。浮士德對知識、愛情、政治、藝術以及事業五個階段的追求，反映了文藝復興三百年來時代更迭過程中，在資產階級身上發生的各種衝突，諸如宗教與科學、理性與情慾、現實與理想、上升與沉淪等。

「浮士德與瑪格麗特的愛情悲劇的確很狗血，但其實反映的是對享樂主義和追求狹隘的個人幸福的批判和反思。浮士德為國王出謀劃策，卻不被委以重任，反而被命令做滿足國王個人私慾的事情，這是其從政失敗的根源，表明了啟蒙主義者希望君主開明的政治理想的虛幻性；浮士德與古希臘美女相愛，最終卻亡子失妻的悲慘結局，象徵的是用古典的審美標準對當時的人們進行教化的理想幻滅；浮士德移山填海，改造自然，試圖造福人類的工程，隱含的正是 18 世紀啟蒙主義者描繪的『理性王國』以及 19 世紀空想主義者對未來的吶喊。」歌德老師解釋道。

「浮士德果然相當複雜，那麼他性格中具有的矛盾性也就不足為奇了。這部作品真是構思宏偉、結構龐大、內容複雜、風格多變，難怪郭沫若先生稱它是『一部靈魂的發展史抑或一部時代精神的發展史』。」顧玄說道。

「浮士德既是整個人類的代表，也是當時歐洲先進份子的藝術象徵，既是『肯定』精神的象徵，又是人性中『善』的代表。浮士德有這樣一段吶喊：『在我的心中啊，盤踞著兩種精神，這一個想和那一個離分，一個沉溺在強烈的愛慾中，以固執的官能貼近凡塵……』他的性格具有鮮明的二重性和矛盾性，一方面他因為人的本能驅使，而不可避免地陷入對地位、名利、女人等的個人慾望中，併作出『惡』事；另一方面又可以憑藉強大的意志力從這些誘惑中抽離，不斷超越自我、積極進取、向善而行。辯證式的人物發展涵蓋了『善與惡』、『肯定與否定』的複雜關係，也揭示了人人都需要面臨的難題——每個人在追尋人生的價值與意義時，都無法逃避『靈』與『肉』、自然欲求和道德靈魂、個人幸福與社會責任之間的兩難選擇。」歌德老師總結道。

榮格 (Jung) 曾說：「不是歌德創造了《浮士德》，而是《浮士德》創造了歌德。」總之，《浮士德》是一部宏偉的史詩，它高度概括了文藝復興到 19 世紀初期幾百年間資產階級上升時期的精神發展史，與《荷馬史詩》、《神曲》以及《哈姆雷特》並稱為歐洲四大名著，在西方文學史上有著非常重要的影響和極高的地位。

第五章
雨果主講「批判式浪漫」

本章透過四個小節講述雨果的文學世界。身為大革命時期的文學家，雨果拉開了浪漫主義文學創作的序幕，他的浪漫主義文學主張、去除公式化的寫作倡議，以及將浪漫主義與現實社會結合的文學創作方式，都值得我們深入了解。

維克多·雨果（Victor Hugo，西元 1802 年 2 月 26 日～ 1885 年 5 月 22 日）

法國著名作家，積極浪漫主義文學和人道主義的代表人物，在法國及世界有著廣泛的影響力，被稱為「法蘭西的莎士比亞」。他的作品包括詩歌、小說、戲劇、哲理論著、散文、文藝評論及政論文章等，代表作有《鐘樓怪人》（*The Hunchback of Notre-Dame*）、《悲慘世界》（*Les Misérables*）和《九三年》（*Ninety-Three*）。

第一節　偽古典主義與「第二文社」

「啊——」顧玄不知道為什麼大喊了一聲，從座位上猛地站了起來，眼睛正好對上一個頭髮花白、目光炯炯、神態老練嚴肅的老者的臉龐。

「媽呀！」顧玄一魂未定，又被嚇了一跳。

「怎麼樣，睡得好嗎？是不是做噩夢了啊？」老者笑著問道。

「好像是做噩夢了，不過，這是哪裡啊？」顧玄這才回過神來。

「這是我的課堂！你居然敢睡覺，給我伸出手來！」老者突然又嚴肅起來。

「你是哪裡來的老頭兒，居然敢命令我？」顧玄瞪大眼睛。

一旁的顧悠戳了戳自己的傻哥哥，用一種自求多福的眼神看著他，說道：「這可是雨果老師，睡昏頭了吧。」

顧玄這才徹底清醒過來，心裡不由得想：「我是不是傻啊，看那身打扮就應該知道是某位老師啊，怎麼能說那樣的粗話呢？」

他隨即換了一副表情，討好地說道：「雨果老師，我有眼不識泰山，您就饒我這一次吧。」

雨果老師皺著眉頭，用不容置疑的語氣說道：「伸手。」

就這樣，顧玄在眾目睽睽之下捱了一頓戒尺。

「雨果老師身為一名外國老師，怎麼還會這些亞洲教育的招數？」顧玄小聲吐槽道。

雨果老師回到講臺上，依然是一副嚴肅的表情：「同學們，要好好聽課。」

雨果老師看著大家一副噤若寒蟬的樣子，反應過來可能自己太「凶神惡煞」了，於是馬上露出一個和藹的笑容：「其實，我也是很和藹可親的。不如，今天我就先來給你們講一講我自己的故事。」

「好啊好啊。」大家一看到雨果老師的態度變得溫和了，氣氛一下子就活躍起來。

「故事開始前，先問一個問題，你們對古典主義有多少了解呢？」雨果老師問道。

「上節課，歌德老師也講到過古典主義。不過，歌德老師是啟蒙主義文學大師，他講的古典主義我沒太聽明白。」蔣蘭蘭搶答。

「歌德先生是德國威瑪古典主義的代表作家，不過他所倡導的古典主義，在德國還沒有統一的背景之下，稱為民族主義的古典主義更為貼切。」雨果老師說道。

「對，據我所知，古典主義是在法國也就是您的祖國興起並發展的吧？」蔣蘭蘭繼續說道。

「沒錯，古典主義在法國產生並走向繁榮，隨後擴散到其他國家。古

典主義思潮產生於 1630、40 年代，在 1660、70 年代時發展到巔峰，雖然古典主義文學先後共流行了兩百年，但其實到 18 世紀初期就已經出現了衰落的跡象，逐漸由文藝思潮轉變為單純的文學形式，這之後便是文學史上的『擬古主義』或者『假古典主義』時期。」雨果老師解釋道。

「你們應該都知道，古典主義有三大特徵，一是服務於王權，二是理性克制情慾，三是以古希臘羅馬文學為典範。法國在 17 世紀時，由路易十三和路易十四掌權，正是君主專制的全盛時期。為發展國內外經濟貿易，國王從教皇和舊貴族手中奪取了政權，實現了中央集權。而當時的資產階級正處於發展上升時期，需要依附王權，尚不具備力量與封建統治抗衡，不過這些資產階級先進份子，在思想上是絕對不會屈服於王權的，便提出了限制王權的要求。這種情況下，古典主義文學就出現了，它是統治者為了維護自己的權力，反對思想分立的工具。」雨果老師接著說道。（如圖 5-1 所示）

理性克制情慾

以古希臘羅馬
文學為典範

圖 5-1 古典主義的三大特徵

「下面開始說我的故事。我的故鄉在法國東部的貝桑松，那是一座有著悠久歷史的美麗城市，也是當時的工業中心。我的父親約瑟夫·雨果（Joseph Hugo）是拿破崙麾下的一名軍官，曾被拿破崙的哥哥西班牙國王約瑟夫·波拿巴（Joseph Bonaparte）授予將軍銜，對國王忠心耿耿，我也深受這一種忠君思想的影響，是保皇主義的信仰者。此外，那一時期，司各特（Scott）的歷史小說在全歐風行，他借歷史題材表現個人情感，將歷史上生動的史實加以美化的寫法對我有很大的影響，這在我的一些作品中也深有展現，比如《新頌歌集》、《頌詩與歌謠》和小說《冰島的凶漢》與《布格·雅加爾》等，最初我的一些作品都在使用這種手法歌頌保皇主義。」雨果老師繪聲繪色地講述著自己的故事。

「那您之後是怎麼發生改變的呢？這樣的思想轉變可是相當困難的。」蔣蘭蘭一臉好奇地問道。

「的確不簡單，不過當時發生了太多的事情。一方面是法國政權方面的變動。19 世紀初期，歐洲上空到處瀰漫著戰爭的硝煙，法國也不例外。西元 1814 年 3 月 31 日，俄普反法聯軍進占巴黎，拿破崙退位，路易十八則在聯軍的支持下登上了王位，波旁王朝復辟。路易十八一上臺就開始恢復、維護舊政治制度，對人民實行瘋狂的反攻倒算，製造了 1815 年到 1816 年的白色恐怖事件。這令身為保皇主義信仰者的我，不得不對自己的立場產生懷疑：我所擁護的就是這樣的君主？我所希望的就是這樣的世界？

「另一方面，透過與一些思想文人大師的接觸，我的思想在慢慢發生變化。我的第一本小說《漢·伊斯蘭特》機緣巧合下被小說家諾迪埃 (Nodier) 看到，他對我極為讚賞，我也因此與諾迪埃相識，並在之後接受了許多前衛的思想。」說到這裡，雨果老師面露笑容。

「在這兩方面的影響之下，您轉向了浪漫主義？」蔣蘭蘭疑惑地問道。

「古典主義到後期就成了資產階級政治革命和文學發展的極大障礙，最終被啟蒙主義和浪漫主義思潮所擊敗。由於法國大革命的影響，1820 年代的法國成為自由主義理論發展的中心。1823 年，隨著自由主義日趨高漲，我的政治態度發生了根本的改變，我和浪漫主義的倡導者繆塞 (Musset) 以及大仲馬 (Alexandre Dumas)，組成了第二文社，開始明確地反對偽古典主義。」雨果老師說道。

「實際上，最開始我所堅持的浪漫主義是消極的，後來才逐漸擺脫它，舉起了積極浪漫主義的大旗。」雨果老師又補充了一句。

第二節　文學作品中美與醜的衝突

「消極浪漫主義和積極浪漫主義有怎樣的區別呢？」蔣蘭蘭又問道。

「這個問題，我想找個同學來回答，就今天睡覺的那位吧。」雨果老師說道。

顧玄紅著臉站了起來，他這厚臉皮還真沒這麼害羞過，引得顧悠和蔣蘭蘭都差點偷偷拿出手機拍照留念了。

「所謂消極和積極，是按照理想性質的不同進行劃分的。消極浪漫主義的理想是反映沒落階級對現實變革與社會進步的敵視。消極浪漫主義作家總是美化和懷戀已經消逝了的社會生活與制度，妄想歷史能夠按照他們的願望倒退，因而思想悲觀、情緒悲哀，作品內容表現為懷舊、逃避現實，或者陷入神祕主義，藝術上展現為作品格調低沉，色彩灰暗，往往為作品蒙上一層迷離恍惚、虛無飄渺的紗幕。而積極浪漫主義恰恰相反，其理想是與社會發展的趨向、與人民群眾的願望和要求相一致的，因而能夠激勵人們改造現實，增強人們的鬥爭意志，正如高爾基（Gorky）所說，應用浪漫主義的方法，可以美化人性、克服獸性，提高人的自尊心。這裡的浪漫主義指的就是積極浪漫主義。中國也有很多積極浪漫主義的詩人作家，比如屈原、李白等，當然我們在此借用浪漫主義概念顯然與資產階級無關，更多是指二者文學藝術手法之間的相通。」顧玄絲毫沒有停頓，一口氣就說清了這個問題。

「說得不錯，」雨果老師接著說道，「我的政治信仰徹底被改變後，也意識到了消極浪漫主義的危害，於是在 1827 年，我為自己的劇本《克倫威爾》寫了一篇序言，它成為積極浪漫主義的文藝宣言，從此我正式和消極浪漫主義劃清了界限。」

「那這之後，也就是 1831 年您寫成並出版的《鐘樓怪人》是不是積極浪漫主義展現得最為濃厚的作品？」蔣蘭蘭繼續追問道。

「Ouais（是的）！我說過，浪漫主義在創作時，是要具體而生動地去表現某個情節，而不是公式化、機械化地寫作，要用誇張、強烈的對比構成情節，最不可缺少的就是滑稽醜怪與崇高優美的對照原則。醜就在美的旁邊，畸形靠近優美，粗俗藏在崇高的背後，黑暗和光明與共。一個作品中建構的人物要像生活中的人一樣，既要有靈性，也要有獸性，充滿著矛盾，混雜著善與惡，兼具著偉大與渺小，有靈魂也有肉體，這樣的藝術形象才更加真實，更能走進讀者的心裡。」雨果老師笑著說道。

「的確，老師所說的這些在《鐘樓怪人》中都有很明顯的展現。」蔣蘭蘭若有所思地說道。

「比如？誰能舉例說明？」雨果老師想了一下，又說道，「在這之前，我先簡單說一說故事情節。」

「雨果老師也太嚴肅了點兒吧，我大氣都不敢多出。」看著雨果老師不苟言笑的樣子，顧悠忍不住吐槽。

「每個老師風格不一樣，我倒覺得挺好的。你別發牢騷了，小心雨果老師敲你手心。」蔣蘭蘭小聲警告顧悠。

「好吧。」顧悠吐了吐舌頭。

「就剛才吐舌頭那個女娃娃，你來回答剛才的問題。」雨果老師敏銳地抓住了小聲說話的顧悠。

面對突如其來的提問，顧悠嚇了一跳，因為她根本不了解這本小說，只好扯了下蔣蘭蘭，示意她告訴自己答案。

顧玄和邢凱在一旁幸災樂禍，尤其顧玄還模仿起了老師打手心的動作。

顧悠瞪了他一眼，然後在蔣蘭蘭的小聲提醒下，開始回答：「我想分兩個方面來說，一是環境，二是人物。」

「小說中建構了兩個王朝，一是黑暗的封建王朝，一是光怪陸離的奇蹟王朝。封建王朝內部勾心鬥角、腐敗血腥，處處鎮壓人民，製造冤案；而奇蹟王朝雖都是乞丐窮人，但都心地善良，團結互助。作品的第三卷，對巴黎的及聖母院的建築以及宏偉的外觀進行了詳細描述：和諧而壯麗、莊嚴而偉大……永恆又多變。然而，就在這樣美好的藝術之宮中，卻到處都是牢房、刑場、絞架以及停屍房、存屍墓場，每天都上演著像愛斯梅拉達一樣被誣陷致死的冤案。」顧悠小聲答道。（如圖 5-2 所示）

封建王朝

奇蹟王朝

圖 5-2 封建王朝與奇蹟王朝

「再說人物，主角愛斯梅拉達貌美心善，、溢著青春朝氣，是純潔光輝的善的化身，但也不免過於天真單純，容易被壞人欺騙。圍繞著美少女的幾個男子展現出各自的品性。愛斯梅拉達對弗比斯由感激而心生愛慕，為了他甘願放棄一切甚至生命，對愛情忠貞不渝，然而弗比斯卻只是貪戀少女的美色，骨子裡根本瞧不起她。他逢場作戲、放蕩輕浮，玩弄少女的情感。當愛斯梅拉達因他身陷囹圄，即將被絞死時，他卻正在和貴族小姐舉行盛大的婚禮。一個貧苦女子的美好品格，一個紈褲子弟的獸性，形成了高尚與卑劣的對比，另一方面，弗比斯英俊的外表和醜陋的內心亦形成了強烈的美醜對照。」顧悠的聲音越來越小。

「愛斯梅拉達名義上的丈夫格蘭古瓦雖然真心喜歡這個少女，但他更愛自己，不僅愚蠢地被利用，還在危急關頭棄少女於不顧，捲了所有的東西自己逃命。一個捨己為人，一個自私自利，也形成了鮮明對照。」說到這裡，顧悠略微停頓了一下。

「副教主克洛德對少女的愛並不是真情的流露，而是色慾的燃燒，當愛而不得時，竟說出『得不到就要毀滅』的話。他與檢察官串通一氣，誣陷少女，憑藉宗教的權威身分，與國會串通，製造宗教迫害事件，是一個十足的衣冠禽獸，與愛斯梅拉達形成善惡、美醜的極致對比。實際上，小說中還提到克洛德年輕時曾是一個有理想有追求的有為少年，但當他遇到愛斯梅拉達後，自己所信奉的宗教禁慾主義和個人慾望產生了強烈的衝突，他在衝突之中變得瘋狂，成了『惡』的化身，人物前後的不同也形成了美醜對照，表現了宗教和教會對人性的異化和泯滅。」顧悠又小聲地補充道。

「鐘樓怪人有著悲慘低賤的身世和奇醜無比的外貌，但卻有一顆溫暖通透的心靈。他雖然受到克洛德的蠱惑做了錯事，但也因此受到懲罰，並及時改正，時刻照顧和保護著少女，默默付出不求回報，外表的醜陋和心靈的美麗、身世的低賤和品格的高貴形成鮮明對照，同時也與弗比斯、養父克洛德一般的惡人形成了對比。」講完最後一句話，顧悠懸著的心才徹底放了下來。

「說得很詳細，」雨果老師滿意地點點頭，臉上終於有了一絲笑容，「作為優美崇高的對照，滑稽與醜怪算是大自然所給予藝術的最豐富的泉源。美只有一種典型，醜卻千變萬化。」

第三節　現實中的「悲慘世界」

「老師，《鐘樓怪人》是一部典型的浪漫主義作品，但其中是不是也有很多現實主義元素？」蔣蘭蘭問道。

「問得好！相信之前的幾位老師也提到過，浪漫主義和現實主義雖然是兩個對立的風格流派，但實際上是你中有我、我中有你的狀態；《鐘樓怪人》浪漫的外殼之下也具有現實批判意義。不過，其中的現實批判性還是不夠強烈，這仍舊是與我本人的認知相關。當時我雖然推崇的是民主主義和人道主義思想，但尚不徹底。1848 年，六月革命爆發，在總統選舉中，我投票支持拿破崙三世——路易．波拿巴（Napoléon Bonaparte），但沒想到的是，他上臺之後不久便發動政變、宣布帝制，對反對者大肆鎮壓，我也因此被迫在外流亡多年。在流亡的這段時間裡，我徹底想明白了，寫了不少作品嘲笑和批判拿破崙三世，也是從那之後，我所寫的作品，現實性和批判性越來越強。」雨果老師解釋道。

「我知道，《悲慘世界》就是一部具有強烈現實批判意義的小說。」一位同學很是激動地喊起來。

「哦？看來這位同學與這部小說之間有故事啊？」雨果老師好奇地問道。

「是的。我第一次主動去了解這本書，還是在高中的時候。我記得，那是高二期中考前，大家都很放鬆，有一天晚自習時，語文老師在多媒體螢幕上給我們放了《悲慘世界》的話劇。當時我看完之後，只覺得故事有點離奇，而且很悲慘、很壓抑。後來，我又去看了這本書，隨著年齡的增長、閱歷的豐富，我才越來越理解故事的真實性。」這位同學回應道。

「小說主角尚萬強自幼失去雙親，由姐姐撫養長大，後來他為救濟七個外甥偷了一片麵包而坐牢。由於不相信法律，他屢次越獄，刑期由五年增加到了十九年。出獄後的尚萬強，卻因為通行證上『服過苦刑，千萬警惕』的字樣處處遭人白眼，沒人願意收留他、給他工作。只是因為偷了一片麵包就落得這般下場，這讓尚萬強覺得非常諷刺和憤恨，他下定決心報復社會，卻在這時遇到了善良的神父，面對尚萬強多次以怨報德之舉，神父非但沒有責怪，還從警察手中救下了他。最終，尚萬強被神父感化，心中深埋的善良與愛的種子快速萌發。」這位同學說道。

「覺醒後的尚萬強改名換姓、興辦工廠，在事業上取得了成功，他樂善好施、幫助窮人，因此收穫了極高的人氣，當上了市長。後來，為救一個酷似他的無辜者，尚萬強承認了真實身分，盡忠職守的警察賈維爾得知後，對他展開了鍥而不捨的追蹤。最後，這位警察抓住了尚萬強，然而在幾十年的追蹤中他已逐漸理解了尚萬強的博愛心，並被尚萬強的偉大人格所打動，但法與情不可兼顧，他放走了尚萬強，自己投河自盡。尚萬強則在確認自己的養女有了好的歸宿後，也帶著贖罪的愛離開了人間。尚萬強永遠地走了，卻留下了他光輝聖潔的靈魂。回想他一生走過的坎坷艱苦，不得不讚嘆，那真是一部傳奇！」這位同學繼續說道。

「你所說的『真實性』展現在哪些方面呢？」雨果老師說道。

「尚萬強這個形象就很真實，本性純良的人被逼無奈之下也會做錯事、做惡事，這也引發了一個值得深思的問題——被逼無奈的惡叫惡嗎？在封建社會和舊時代，生活在社會底層的窮人根本無法掌控自己的命運，他們只能祈求安穩度日，一旦發生點意外、犯一點錯就可能毀了一生，大病只能等死，得罪了人也只能任由擺布。」這位同學略帶情緒地說道。（如圖 5-3 所示）

圖 5-3 現實中的「悲慘世界」

「說到這裡，我想起一部電影，反映的就是這樣一種社會現象，督察長的兒子玷汙了平民的女兒，在實施暴力時被反殺，這本是惡人受到懲罰的歡喜結局，但奈何對方身後有強權，無權無勢的平民只能任由宰割。好在影片中的平民父親智慧過人，巧用瞞天過海的手法，與權力進行對抗，結局讓人拍手叫絕。小說和電影中這種藝術化、理想化的情節安排，既反映了現實，也給予了人們生活的希望。」這位同學越說越激動，「警察賈維爾也是一個非常真實的形象，最開始看的時候，我只覺得賈維爾是一個對工作認真負責、很有責任心的人，到後來才發現他的忠於職守不過是愚忠。他把法律當作一生的信仰，只要有人做了違反法律的事情，他就一定要抓住，不管事情真相原委。但這樣的他無形間卻害了尚萬強，他的固執刻板和不近人情成了摧毀良善的凶手，好在尚萬強在神父的感化下獲得重生，否則他的一生就要被毀掉了。最後，賈維爾看到了尚萬強的博愛和善良，才明白自己終其一生的追求竟是如此荒謬，他在重大打擊之下選擇了自殺。聯想到當時的社會背景，雨果老師以賈維爾這一形象，批判了當時腐朽病態的法律制度。」這位同學繼續說道。

「這部小說以社會底層受苦受難的窮人為對象，從人道主義出發，深刻揭露和批判了資本主義不合理的制度、法律和道德以及貧富懸殊，作品中每一個人物形象都很鮮明，經歷都很真實，包括女工芳婷、養女珂賽特、德納第夫婦以及革命青年馬留斯等。」他繼續總結道。

「同學們，你們認可他說的嗎？」雨果老師聽完後提問道。

看到大家都點了點頭，雨果老師微笑著說道：「這位同學真正進入到了《悲慘世界》描寫的時代，對於小說中的人物都有深刻的理解，這點很好，說明他的確是認真思考了，而不是流於故事的表面。」

第四節　浪漫主義與現實主義的結合

「實際上，我創作這部小說的動機來自一起真實事件，1801 年，一個名為皮埃爾．莫林（Pierre Molin）的窮人，因飢餓偷了一片麵包而被判五年苦役，這就是尚萬強的原型。此外，我在小說中對芳婷這名女工也用了大量篇幅來描寫。芳婷是一個單純的鄉下姑娘，她滿懷希望來到城市卻被男友欺騙，未婚懷孕又被拋棄。她為了女兒不惜賣掉長髮、牙齒甚至最後出賣自己的肉體，受盡了磨難和排斥，而她的女兒珂賽特也備受虐待。芳婷這一形象其實是當時工業革命後人們從鄉村湧向城市，卻得不到期望結果的真實寫照，同時也反映了『飢餓使婦女墮落，黑暗使兒童羸弱』的問題。小說中這一系列人物形象和遭遇的真實性，正是依託於現實主義的寫作手法。」雨果老師解釋道。

「之前，我說過，《鐘樓怪人》雖然有現實主義的元素，但是相對較少，而《悲慘世界》中現實主義的元素更豐富 —— 除了人物更真實接近生活外，還有一點就是細描了歷史畫面，按照史實展開了一系列場景，如硝煙瀰漫的戰場、陰暗潮溼的監獄、淒涼破敗的貧民窟以及新興的工業城市等。」雨果老師補充道。

「偉大的詩人但丁（Dante）用詩歌造出了一個地獄，而我則想用現實來造一個地獄。」雨果老師自信地說道。

「老師，你說這句話的時候，真是帥爆了！」顧悠說道。

「沒正經！」雨果老師略有些嫌棄地說，嘴角卻帶著笑意。

「看吧，老師這樣嚴肅又老派的人都喜歡被人誇。」顧悠得意地對蔣蘭蘭說。

「《悲慘世界》是一部現實主義和浪漫主義成功結合的典範，那浪漫主義又是怎麼展現的呢？」蔣蘭蘭問道。

「在此之前，先找個同學總結一下浪漫主義的典型特徵，誰來？」雨果老師問。

「我所知道的，浪漫主義的突出特徵之一是，它具有強烈的主觀性，注重內心情感的抒發。」一個同學搶先回答。

「好，」雨果老師手指點了一點，「人物經歷和歷史事件場景大體上都是寫實的，但在一些具體的描述中，我多使用浪漫主義的手法。比如主角尚萬強，他的曲折命運符合當時的社會大背景，但也不免有離奇的色彩。與此同時，我還賦予了他很多驚人的能力，他在救人時，可以扛起巨大的石塊，可以隻身搬起馬車，甚至能在下水道來去自如。再比如賈維爾，他幡然醒悟後，選擇放走尚萬強，自己投河……這些誇張的人物描寫，都充滿了浪漫主義的色彩。」（如圖 5-4 所示）

人物更真實接近生活

對人物誇張的描寫

加入歷史畫面的描寫

強烈的主觀性
注重內心情感的抒發

圖 5-4 現實主義與浪漫主義的結合

「除此之外，和《鐘樓怪人》一樣，《悲慘世界》中也有大量的對照。就拿米里艾和賈維爾這兩個人物來說 —— 米里艾主教是慈善博愛的化身，對犯錯甚至即將犯罪的尚萬強，他是透過寬容博愛去感化，最終使得尚萬強讓成為一名慈善家、博愛者；而賈維爾則完全不同，他身為殘酷法律制度的代表，對待尚萬強的犯錯，他選擇的是強硬手段，不斷要挾逼迫甚至不惜殘害尚萬強。再如德納第夫婦和尚萬強，德納第夫婦是小人物中『惡』的代表，他們不僅慘無人道地虐待芳婷的女兒，對尚萬強也是不擇手段地去迫害，而尚萬強卻用寬容大度原諒了他們，表現出無限的仁愛之心。仁義與邪惡、博愛與私慾、仇恨與寬容，這樣的對照明顯增強了小說的浪漫主義藝術效果和感染力，對塑造人物和深化主題造成了極大的作用。」雨果老師解釋道。

「當然，這其中迸發的正是我的個人情感，投射了我的很多個人主觀想法，我從內心深處希望將博愛無私者刻劃得更完美，將邪惡自私者表現得更醜陋。」雨果老師喘了一口氣，「老師有點累了，誰能接著說下去？」

邢凱慢悠悠站了起來，顧悠看到後驚訝地小聲說道：「你能行嗎？別說不出來丟人。」邢凱瞪了一眼顧悠，邊回答問題，邊用手將顧悠伸出來的腦袋按了回去。

「雨果老師剛才說的是人物的性格和形象特點，實際在人物刻劃上，雨果老師和曹雪芹老師一樣，都很關注人物的內心世界，即心理活動。在塑造主角尚萬強這一人物時，就較多地採用了心理描寫，最為經典的一幕就是尚萬強受到主教仁義寬待後內心的掙扎。」邢凱說道。

「尚萬強從出生起，接觸到的就都是社會冷酷的一面，他受夠了也恨透了，決心報復社會以發洩內心的悲憤，卻在這時遇到了天使般的主教。他讓尚萬強住進自己的家裡，睡溫暖的大床、吃豐盛的飯菜，然而從未被善待過的尚萬強不相信世界上會有這樣的人，於是他偷了主教的財物連夜逃走。當被警察扭著手臂推到主教面前時，尚萬強覺得自己完了，又要蹲回大牢，然而主教非但沒有責怪他，還幫他脫罪。尚萬強徹底被感動，同時內心也充滿了矛盾 —— 世界上還有善良？我是該繼續報復社會，還是洗心革面？困惑不已的尚萬強又偷了一個小孩的錢，心中卻響起了這樣的聲音 —— 『賊，他是賊，他搶了一個人的錢，這個人比他更窮，又沒有防衛能力』，尚萬強平生第一次感覺到心中有愧，也是在這時他選擇了另一種生活。」邢凱繼續說道。

「還有一方面是環境和情節的浪漫化。《悲慘世界》裡的很多環境描寫比如修道院、貧民窟、下水道等場景，大多是朦朧、陰暗、恐怖的氛圍，這也是一種獨特的浪漫展現；再比如戲劇化的情節，尚萬強費盡氣力將義女的未婚夫從下水道救出，一到出口卻恰好碰見正在追捕自己的賈維爾等，這種偶然事件也充滿著浪漫主義色彩。」邢凱補充道。

「世界上有一種比海洋更遼闊深邃的景象，那便是內心活動。人心是夢想的舞臺、醜惡意念的淵藪、詭詐的都會、慾望的戰場，對人物內心世界的描寫是必不可少的，」雨果老師深有感觸地說道，「簡單來說，《悲慘世界》就是立足於現實生活，將真實的人和事所構成的社會場景展現出來，再透過浪漫主義的手法將不同人物表現出來的善、惡、愚昧、無私、良善等特點極端化，從而建構了將浪漫傳奇與批判現實融為一體的時空，這也就是我獨創的批判式浪漫。」

透過現實主義和浪漫主義的有機結合，雨果將自己的思想、對人心善惡的見解、對社會的感受，都熔鑄到《悲慘世界》這部作品中，既如實地反映了社會的方方面面，又深刻地指出了當時社會的問題，亦即「貧窮使男子潦倒，飢餓使婦女墮落，黑暗使兒童羸弱」，無情地批判了資本主義不公平的法律和虛偽的道德。

第六章
福樓拜主講「現實主義」

本章用三個小節講述福樓拜和他的文學作品。身為西方現代小說的奠基人，福樓拜的批判現實主義創作真實再現了社會生活，他以完全客觀的視角，將自己眼中的現實生活展現給讀者。

古斯塔夫‧福樓拜（Gustave Flaubert，西元 1821 年 12 月 12 日～1880 年 5 月 8 日）

法國著名作家，西方現代小說的奠基者。出生於一個傳統醫生家庭的福樓拜，對醫學興趣不高，卻非常喜歡閱讀文學名著。從小便受到浪漫主義文學薰陶的他，創作之初也曾嘗試過走浪漫主義的路線，在發現自己與浪漫主義格格不入後，福樓拜才轉到批判現實主義寫作上。他的代表作品主要有《包法利夫人》（*Madame Bovary*）、《薩朗波》（*Salammbô*）、《情感教育》（*Sentimental Education*）、《聖安東尼的誘惑》（*The Temptation of Saint Anthony*）等。

第一節　用現實主義終結浪漫主義

顧玄、顧悠、蔣蘭蘭、邢凱再次來到寒暄書院，四人推開門，進入教室，見老師還沒有到，於是便閒聊起來。

「聽說今天來給我們上課的是福樓拜老師，你們了解他嗎？」顧玄率先說道。

「我只聽過這位老師的名字，但是沒有拜讀過他的作品。」蔣蘭蘭答道。

「我也是。」邢凱和顧悠也附和道。

顧玄聽了他們的話有一點驚訝，說道：「天啊！你們居然沒有讀過偉大的批判現實主義作家福樓拜老師的作品，那真是太遺憾了！我太喜歡福樓拜老師作品中那種『冷眼旁觀』的犀利風格了。」

蔣蘭蘭看著顧玄一臉崇拜的樣子，說道：「你這樣一說，我倒是對福樓拜老師產生了好奇，真想快點見到他。」

「別著急，馬上我們就能一睹福樓拜老師的真容了！」邢凱接著說。

顧玄接著一本正經地說道：「我還帶了他的書來上課，一會見到福樓拜老師，一定要去要個簽名！」

就在四人聊得正熱火朝天的時候，一個西裝革履、留著大鬍子的男人，大步走到講臺上說道：「大家好，先做個自我介紹，我是古斯塔夫·福樓拜，大家可以叫我福樓拜老師。」

他接著說道：「接下來，我們開始上課。上課之前，先問大家一個問題，你們對我了解多少呢？」

因為課前聽過顧玄對福樓拜老師的介紹，顧悠便搶答道：「您是一位批判現實主義的作家。」

福樓拜老師說：「這位同學說的沒錯，我的文學作品確實強烈批判現實。還有別的嗎？」

身為粉絲的顧玄這時候站起來發言了：「福樓拜老師，我可以問您一個問題嗎？」

福樓拜老師答道：「當然可以。」

「據我了解，您和剛剛給我們上過課的雨果老師是同一個時代的人，雨果老師的作品中充斥著浪漫主義，可您為什麼沒有順應時代潮流也用浪漫主義的寫法呢？」

福樓拜老師會心一笑，說道：「因為在我看來，浪漫主義並不真實。當然，浪漫主義對社會也是有所批判的，但這種批判在我看來不過是小修小補，對於改變整個社會的精神狀態無濟於事。就從雨果的《悲慘世界》

來看，雖然在故事中我們也能看到對當時社會結構的抨擊和對於人性的拷問，可是，故事最終還是將一切的節點都放在了宗教對靈魂的救贖這個主題上，這無疑是站不住腳的。」

福樓拜老師接著說：「其實我曾經也浪漫過。但是後來經歷了法國社會的接連動盪，二十多年中政權不斷更迭，處於這種時代的人民不僅生活困苦，精神也很匱乏，我覺得浪漫主義是無法拯救他們的。只有批判現實，強烈地批判現實，才可以喚醒他們。所以，我寫了很多批判現實的文學作品。」

「我曾經拜讀過您的作品《包法利夫人》，真的是太犀利了，您居然能從始至終都不曾對其中的人物感到一絲絲同情。」顧玄說道。

福樓拜老師點點頭，笑著說道：「《包法利夫人》確實是我最引以為傲的批判現實的作品，既然這位同學讀過，不妨就由你來為大家介紹一下這部作品吧！」

「沒問題，老師。」顧玄激動地回答道。

「《包法利夫人》中的女主角名叫愛瑪，一位憧憬著浪漫愛情的女子。後來愛瑪懷揣著憧憬與包法利醫生結了婚，成為包法利夫人。可是愛瑪並沒有如願獲得自己想要的愛情，因為她的丈夫包法利醫生是一個呆板、庸俗老實的笨人，他很愛愛瑪，但著實沒有什麼浪漫細胞。愛瑪很討厭這種平淡如水的生活，於是她拋棄了丈夫，轉而去追求自己的愛情。她曾有過兩個情人，分別是萊昂與魯道夫。在永維爾鎮，她與萊昂邂逅，有了一段愛情，但萊昂很快就去了巴黎，這段戀情不了了之。後來，愛瑪又遇到了鄉紳魯道夫，他們很快便在一起了。在一段時間的相處後，愛瑪甚至決定拋棄自己的丈夫，與羅道耳弗遠走高飛。誰知魯道夫轉眼就拋棄了她，遭遇打擊的愛瑪，大病了一場。病好了之後，她就飛到盧昂去看戲，在這裡她與萊昂再次相遇，二人又開始約會。愛瑪所追求的浪漫愛情都是大量的金錢堆砌出來的，而她的錢大多都是借來的，最終愛瑪被債務緊逼，丈夫無能、情人迴避，她最終只能服砒霜自盡，死在了丈夫的面前。」顧玄將《包法利夫人》的內容娓娓道來。

同學們在聽完顧玄的敘述後，不禁為他鼓起了掌，連福樓拜老師都為他豎起了大拇指，說道：「看來這位同學對《包法利夫人》理解得很透徹。」

「在我看來，包法利夫人就是浪漫主義的化身，而包法利夫人的結局，也暗示著您的浪漫主義之魂已經不復存在了。」顧玄接著說道。

福樓拜老師頻頻點頭，說道：「你說的確實不錯，我一生的創作生涯可以分為兩個時期，前期的浪漫主義和後期的批判現實主義，我前期的作品富有浪漫化和個人化的色彩，但是隨著年齡的增長和閱歷的增加，我更加趨於現實，作品風格也變得日益去個人化和社會化，《包法利夫人》是我的轉型之作，也是批判現實的代表作品。」

不知不覺，下課時間到了，大家對於這節課都意猶未盡。最開心的莫過於顧玄了，他不僅和福樓拜老師有了一次深刻的對話，還拿到了福樓拜老師的親筆簽名。

第二節　從全知視角到故事的旁觀者

「福樓拜老師是簡單直接的，就像他的小說一樣，只知道客觀敘述，不顧主角死活。」在第二節課上課前，顧悠拉著蔣蘭蘭說道。

「這樣不好嗎？」蔣蘭蘭小聲問道。

「我覺得挺好啊，現在的小說不都是這樣嗎？總比那些站在上帝視角，依憑著自己的喜怒哀樂去塑造主角要好吧！」邢凱的突然發聲，著實嚇了兩人一跳。更讓她們驚訝的是，在邢凱的身後，正站著表情嚴肅的福樓拜老師。

「既然大家對我在小說中的敘事視角和寫作手法感興趣，我們這一節課不如就好好討論一下這個問題。」福樓拜老師顯然是聽到了顧悠和蔣蘭蘭的對話，而且似乎還很想跟大家聊一聊兩人探討的話題。

「如果大家讀過與我同時期的文學家的作品，應該能很清楚地看出我們的小說在敘述視角上的不同。關於這一點，有沒有同學願意先談一談呢？」福樓拜老師一邊向講臺走去，一邊丟擲了自己的問題。

「敘述視角是什麼？」蔣蘭蘭的問題讓福樓拜老師有些猝不及防。

既然學生提出了問題，老師就有必要給學生講解清楚，福樓拜老師只得先將自己的問題放在一邊，給蔣蘭蘭介紹起文學的基礎知識。

「在文學創作中，視角是對敘述故事進行講述的角度。傳統的敘述視角多用敘述人稱來劃分，比如第一人稱敘述、第二人稱敘述及第三人稱敘述。有學者將不同的敘事視角稱為『聚焦』，並提出了『零聚焦』、『內聚焦』和『外聚焦』三種敘事視角類型。」福樓拜老師解釋道。

「零聚焦就是沒有固定視角的全知全能敘述，敘述者比其他人知道的都多，用你們能理解的話來說，就是上帝視角；內聚焦就是以某個人的視角進行敘述，敘述者也是故事中的一個角色，他只知道某個人的情況；外聚焦就是從故事之外進行敘述，敘事者知道得比較少，所以他只能客觀敘述故事、介紹人物，沒辦法對各個故事人物的思想進行分析。」福樓拜老師繼續說道。（如圖 6-2 所示）

圖 6-2 三種不同的敘事視角

「那您的小說都是採用了『外聚焦』的敘事視角嗎？」蔣蘭蘭繼續問道。

「這正是我剛剛提出的問題，有哪位同學能為這位女同學介紹一下嗎？」福樓拜老師又將問題拋給了同學們。

「我來說！」不知什麼時候，顧玄突然從顧悠後面的座位上竄了起來。

「是喜歡讀《包法利夫人》的這位同學啊，好，那你就來說說吧！」站在講臺上的福樓拜老師笑著說道。

「在《包法利夫人》中，您沒有採用同時代作家們常用的『全知全能』式的敘述方式，而是使用了一種客觀式的敘述方式，而且敘事的視角還會經常發生變化。」顧玄回答道。

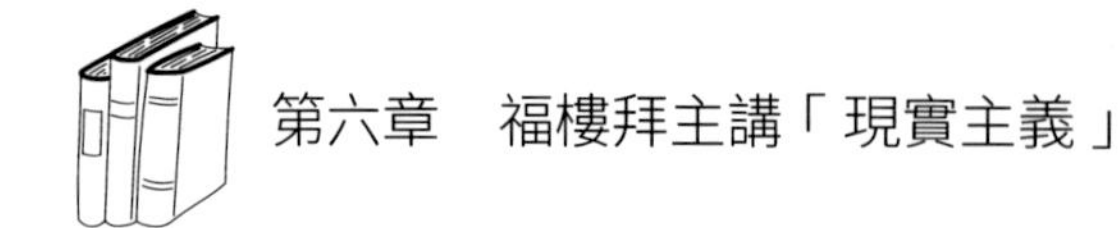

「比如呢？」福樓拜老師問道。

「比較明顯的就是在小說的開篇，寫『我們正在上自習，校長進來了……』，這裡使用的是第一人稱敘事，但之後就很少有這種視角的敘事了。後面在查理去盧歐先生家裡時，您先是從查理的視角去寫愛瑪，而後又從盧歐先生的視角去寫愛瑪和查理。這些都是敘事視角的變化。」顧玄繼續回答道。

「說得很好，看來這位同學對《包法利夫人》這部小說的研究很是深入啊。」福樓拜老師一邊說，一邊示意顧玄坐下。

「我並不喜歡那種『全知全能』的傳統敘事方式，我總是在想，如果我把故事中的主角的一切都說完，這個人物是不是就『死掉了』，或者說這麼做會不會剝奪讀者對故事人物的想像？」福樓拜老師像是在解釋，又像是在提問。

「多少會有一些吧！我讀一些小說的時候，就覺得作者是不是太喜歡或是太討厭這個人物了。感覺不光是敘事視角的問題，就好像作者在引導我，讓我覺得這個人物就是這樣的，不容我質疑，也不讓我思考。」顧悠接過福樓拜老師的話，說出了自己的想法。

「這位同學說的我也感同身受，在創作浪漫主義小說時，我就曾有過這種經歷。轉到批判現實主義文學創作後，我才慢慢做到『客觀而無動於衷』的敘述。在我看來，敘述者只要忠實記錄人物故事就好了，沒必要把自己的喜怒哀樂強加在故事人物身上。」福樓拜老師繼續說道。

「您同時期的作者似乎都還比較喜歡全知全能的敘事視角，現在倒是沒多少人會這樣寫小說了。」顧悠接話道。

「這屬於優勝劣汰了，福樓拜老師開創的敘述方式被證明是優於全知全能的敘事視角的。」邢凱隨聲附和道。

「敘事的視角哪有什麼高下之分。」一個戴著眼鏡的男同學站起來說道。

「在我看來，身為創作者，還是要有全知全能的視角的，只有這樣創作者才能全面了解自己筆下的人物。至於是否在作品中以這種視角進行敘述，那就要看創作者自己個人的想法了。」福樓拜老師總結道。

第三節　作家對於遣詞造句的推敲

顧悠等四人今天早早到了教室，距離上課還有很長時間，四人便閒聊起來。

「上了福樓拜老師的兩節課後，我回去對他進行了全面了解，我發現他寫的作品數量並不多。」蔣蘭蘭說道。

顧玄又來插嘴：「雖然福樓拜老師作品不多，但每一部作品都是精品呀！」

「那顧玄，你知道什麼原因不？」邢凱問道。

「據說是因為福樓拜老師對於遣詞造句的要求極高，他每完成一部作品，都要推敲上好幾遍，才會出版。」顧玄解答著他們的疑問。

「什麼？在他們文學界，不都是一開始的初稿是最優的嗎？一般不都是越改越爛嗎？」顧悠有一些詫異。

「我可不同意你的觀點，所謂慢工出細活，這個道理你不懂嗎？」蔣蘭蘭加入了爭論。

「當然，慢工出細活我不反對，但是也分什麼活呀！寫文章靠靈感，靈感就是一瞬間的事情，這寫文章就是不能太過於斟酌。」顧悠回答道。

「我跟你說，中國歷史上還就真有在遣詞造句上使勁推敲的文學家，最後他那篇文章特別受歡迎。」蔣蘭蘭見顧悠堅持己見，便開始上論據了。

「願聞其詳。」顧悠說道。

「西晉有位文學家叫左思，他曾經寫過一篇《三都賦》，這《三都賦》全篇就一萬餘字，你們知道左思用了多長時間來寫嗎？十年，他用了整整十年，反覆推敲斟酌裡面的字句，才使得這篇作品大受歡迎。」蔣蘭蘭解釋道。

顧悠還是不認可，反駁道：「可是你這說的只是個例，大多數作家根本就不會這樣啊！」

「算啦，我們不要在這熱火朝天地討論了，一會還是聽聽福樓拜老師怎麼說吧！」顧玄見兩人的爭論愈演愈烈便出言制止道。

在二人激烈爭論時，福樓拜老師走進了教室，笑著對同學們說道：「大家這是在討論什麼呢？」

「老師，我們在討論為什麼您從事寫作這麼多年，但作品卻屈指可數。」邢凱答道。

「既然你們提出了這個問題，那我們今天就這個問題討論一番吧！」福樓拜老師說道，「你們知道我寫《包法利夫人》用了幾年嗎？」

同學們紛紛搖頭。

福樓拜繼續笑著說：「五年，我用了將近五年的時間完成了這部作品，所以大家現在能理解為什麼我的作品並不多了嗎？」

「老師，為什麼您一本書的創作週期這麼長呢？」蔣蘭蘭問道。

「因為大多數作家寫作依靠靈感，說實話，我並不相信靈感，靈感不一定能造就一部好的作品，但是時間可以。有很多作家每寫完一本書，便會選擇立刻發表，但是我不一樣，我寫完一本書，會暫時擱置下來，一個月之後再通讀一遍，反覆推敲裡面的字句。過幾個月，再看一遍，對其中的遣詞造句再仔細推敲。一本書我會反覆推敲好幾遍，不知不覺，戰線就被拉長了。」

顧悠還是不理解，於是向福樓拜老師提問：「福樓拜老師，寫書最重要的是靈感，要是一個作家在創作時沒有靈感，那給他再多時間也沒用呀！」

「確實靈感很重要，但是我始終認為，只有花時間仔細打磨的作品，才會是精品。我覺得這個道理在我的作品中，能很好地展現出來。」福樓拜老師解釋道。

顧悠搖搖頭，說道：「福樓拜老師目前出版的每一部作品確實都非常好，但我覺得這其中也有天賦在裡面，像您這種文壇上的佼佼者，一定都有非同尋常的寫作天賦，您是一個寫作天才！」

「首先我要謝謝這位同學的認可，雖然我在文學上確實有所成就，卻也擔不起『寫作天才』這個稱號，畢竟在文學界有太多比我優秀的人了。我之所以在你們的眼中被視為天才一般的存在，不是因為我本身就具有寫作天賦，而是我用耐心將自己打磨成了一個寫作天才，這才有了你們眼中的所謂的『天才』。歸根結柢，還是我願意花費時間和耐心在作品的遣詞造句上，才有了我今日的文學成就。」

「那我大概明白了，這就好比一個人想做一個首飾盒子，為了找到那塊最適合的木頭，就伐了一片森林，是同樣的道理。您對於作品中的字詞句反覆推敲，也是為了找到最適合這部作品的表達，看來時間和耐心確實可以造就偉大的作品。」顧悠說道。

「沒錯，這位同學完全領悟到了精髓，如果是靈感造就了作品，那願意花時間反覆去打磨和推敲就是在成就作品。」福樓拜老師總結道。

隨著福樓拜老師的話音落下，這節課也就結束了。經過這節課，同學們對文學創作有了更加深入的了解，可謂收穫滿滿、受益匪淺。

第七章
托爾斯泰主講「以文學求真理」

本章用三個小節講述托爾斯泰和他的文學作品。身為俄羅斯歷史上最偉大的作家之一，托爾斯泰作品的深度和廣度都是讓人嘆為觀止的，他將歷史完全帶入到文學創作中的寫作技巧，影響了後世大量的文學家和作品。

列夫·托爾斯泰（Leo Tolstoy，西元 1828 年 9 月 9 日～ 1910 年 11 月 20 日）

俄國著名思想家、哲學家、批判現實主義作家。他出身貴族家庭，但對俄羅斯底層人民充滿熱忱，代表作有《戰爭與和平》(*War and Peace*)、《安娜·卡列尼娜》(*Anna Karenina*)、《復活》(*Resurrection*)，以及自傳體小說三部曲《童年》、《少年》、《青年》。高爾基 (Gorky) 曾發出「不認識托爾斯泰者，不可能認識俄羅斯」的感嘆。

第一節　將歷史帶入文學藝術中

這天，顧玄、顧悠、蔣蘭蘭、邢凱四個人正在校園裡散步聊天，只見遠遠的校門方向突然湧出一大群人，走在中間的是一位留著大鬍子的老者，同學們看到他後都激動異常，不停地招手歡呼，瞬間就將校門圍堵得水洩不通。

「那是誰啊？這麼受歡迎真令人羨慕。」邢凱指著人流集中的地方問道。

其餘三個人互相看看都搖了搖頭，目送著老者和人群一路向另一個方向走去。

第二天，寒暄書院的新課開始了，顧悠他們四個人約好了提前去書院，一起討論昨天的奇遇。

「我現在還好奇呢，昨天那老者到底是誰呀？」顧玄說道。

「我也很好奇！」邢凱說道。

「嘿，我見過你們幾個小鬼頭。」一個蒼勁有力的聲音傳來，緊接著一位留著花白鬍子的老人走了進來。他穿著白色的長衫，腰身用粗布條束著，腳上蹬著長靴，手裡還拄著一個簡易的枴杖。

「您就……就是昨天我們看到的那個特別受歡迎的老者！」蔣蘭蘭大叫。

「哈哈，你們昨天在校園裡似乎沒有認出我，我都看見了。」老者雙手扶著枴杖站住，「現在知道我是誰了嗎？」

「嗯嗯。」四個人小雞啄米似的瘋狂點頭。

等同學們都到齊了後，托爾斯泰老師走到講臺上，依然是剛才的姿勢。

「今天，我們從哪裡講起呢？聽你們的。」托爾斯泰老師笑著問道。

「老師，我超喜歡看您的《戰爭與和平》。」一個男生起身說道。

托爾斯泰老師撇了一下嘴：「好吧，我對講課也沒什麼思路，那就從這部作品說起吧！」

「剛才那個小夥子，既然你超喜歡這部小說，那就先說說喜歡的理由或者說喜歡哪個方面？」托爾斯泰老師問道。

「戰爭，我最喜歡的是對戰爭場面的描寫，老師您寫得真的是太棒了，生動形象，引人入勝。」那男生有些誇張地說道。

「這麼說可不對，我寫的戰爭可一點也不生動，更不會引人入勝，因為真實的戰爭無趣得很，並不像電視劇和電影演的那樣，我所經歷過的戰爭就是如此，所寫即所見。」托爾斯泰老師糾正道。

「正是因為真實，所以才會生動。」那男生反駁道。

「哈哈，也對。」托爾斯泰老師沒有想到會被反駁，愣了一下突然笑了，接著語氣溫和了很多，「如果你喜歡這種類型的，可以去看看《塞瓦斯托波爾故事》，那是一本純軍事小說，是我在參加克里米亞戰爭之後根據那段經歷所寫的。」

「跑遠了，說回《戰爭與和平》，我看大家一臉茫然的樣子，是不是都沒看過啊？」托爾斯泰老師重新將話題拉到《戰爭與和平》上。

「我一直都在看，但是人物太多了，而且名字複雜又相似，腦袋好亂，根本看不懂。」顧玄抱怨似的說道。

托爾斯泰老師無奈地一攤手：「那我就大概說一下故事線吧，當然重要的情節不給你們劇透，自己去看。」

「故事主線是兩個年輕熱情、充滿活力的貴族青年皮埃爾和安德烈。西元 1805 年，拿破崙（Napoleon）正向俄國進軍，俄法大戰一觸即發，但此時俄國的上流社會依然燈紅酒綠。在宮廷女官舍萊爾舉行的晚會上，彼得堡上流社會達官貴人都出席了，其中也包括青年公爵安德烈和剛從國外留學回來的別祖霍夫老伯爵的私生子皮埃爾。當時，幾位公爵說到了戰爭的話題，大家一致認為拿破崙是個大壞蛋，但皮埃爾則認為他是個偉大的人，因為這個觀點他遭到了圍攻，是安德烈替他解了圍。兩個青年一見如故，成了好友。」托爾斯泰老師說道。

「皮埃爾回到彼得堡後一度沉迷奢侈的生活，後來在遠親華西里公爵設計下，與其貌美卻放蕩的女兒海倫結婚。婚後不久，海倫就給皮埃爾戴了綠帽子，為了維護自己的顏面，皮埃爾和情夫進行了決鬥並與海倫分居。皮埃爾一心嚮往理想的道德生活，但意志薄弱經不起誘惑，遂在貴族生活中絕望地掙扎著。」托爾斯泰老師接著說道。

「再說安德烈，自那次談話後，他便不顧懷孕的妻子毅然去了前線，在戰鬥中表現勇猛、屢立戰功，最終卻不幸負了重傷，被當地居民救起。康復後的他意識到功名利祿遠不如生命重要，便歷盡千辛萬苦回到了故鄉，當晚，他的妻子因難產去世，這對安德烈打擊非常大。後來，安德烈邂逅了娜塔莎，才又燃起了生活的希望，他積極參加政治活動，在農莊裡實行改革。然而，好景不常，娜塔莎在與安德烈約定結婚的期間受到海倫哥哥的蠱惑，與之私奔，安德烈再次被愛情打擊，就到國外休養去了。西元 1812 年，俄法之間又爆發了戰爭，安德烈在戰鬥中身負重傷，意外被娜塔莎所救，娜塔莎對自己的私奔向安德烈真心地懺悔，但安德烈因傷勢太重去世了，臨死前他說，原來死亡才是人最清醒的時刻。」托爾斯泰老師繼續說道。

「看到俄國節節敗退的皮埃爾有了新的打算，他要去刺殺拿破崙，卻沒料想被抓到變成了俘虜，後來他奮力逃出，中途救了一個小女孩。最後，俄國艱難地取得了勝利，皮埃爾和娜塔莎邂逅，兩人結婚後幸福地生活在了一起。」稍做休息後，托爾斯泰老師又說道。

「老師這麼一說的確清晰了很多，讓人能知道大概的故事框架，但是具體的內容和意義，那可就太多了，不是幾句話就能說清的。」蔣蘭蘭若有所思。

「哦？看來你對這部作品很有研究啊。」托爾斯泰老師饒有興致地打量著蔣蘭蘭。

「《戰爭與和平》雖然是一本小說，但描述的都是真實的歷史事件和場景，即是從西元 1805 年到 1820 年，拿破崙兩次攻打沙俄的歷史。托爾斯泰老師透過兩位貴族子弟截然不同的命運，以庫拉金、博爾孔斯基、別祖霍夫、羅斯托夫四大家族的生活為情節線索，從不同的方面展現了那個時期的沙俄社會。安德烈雖是貴族，但他有抱負、有胸襟，希望為國家貢獻自己的力量，他真正代表的是軍人形象，小說透過安德烈這條線索描寫了戰爭場面以及戰爭之後沙俄軍人的品行和處境。皮埃爾也是一位貴族子弟，他對戰爭有著不同於其他貴族的見解，但他卻不像安德烈一樣能夠果斷行動，性格上有著很大的矛盾。他既清醒又糊塗，既倔強又軟弱，所以前期一直在奢靡的貴族世界中痛苦沉浮，小說透過皮埃爾的前半生展現的，正是戰爭背景下沙俄貴族們寡廉鮮恥的生活以及其中蘊含的情感和人性。」蔣蘭蘭說道。

「雖然兩位主角的理想追求和生活軌跡不同，但他們的聯繫卻從沒有斷過，他們親密無間的朋友關係使得戰爭前線與戰爭後方之間緊密連繫了起來，戰爭前線的線索是為了展現拿破崙，戰爭後方的線索是為了展現亞歷山大一世。在虛構的故事慢慢展開的同時，庫圖佐夫（Kutuzov）元帥以及沙皇亞歷山大一世等歷史真實人物和情節也不斷插入，才最終呈現出史詩的感覺。」蔣蘭蘭繼續說道。（如圖 7-1 所示）

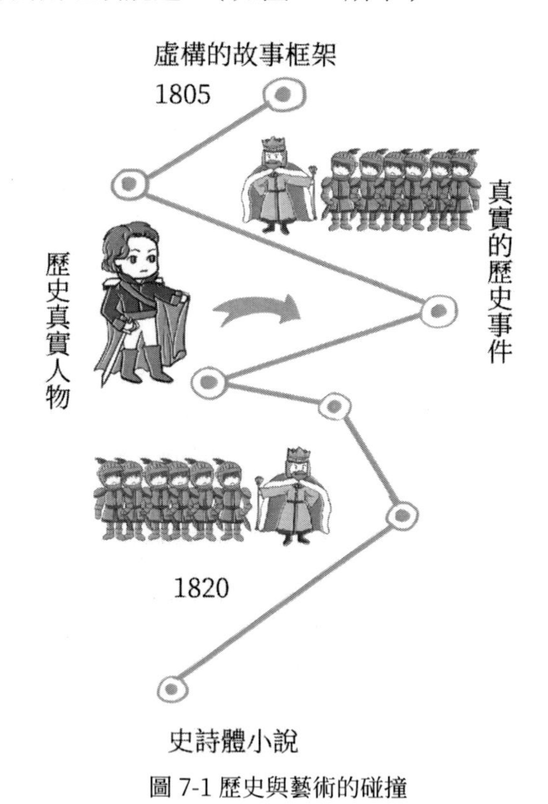

圖 7-1 歷史與藝術的碰撞

「《戰爭與和平》運用小說的形式極大限度地還原了歷史。當時，法蘭西帝國已經征服了幾乎整個歐洲，而沙皇則擁有遠大於歐洲大陸的領土。但小說並沒有偏袒沙皇，虛構出勢均力敵的戰爭場面，而是尊重歷史，真實還原了拿破崙如何連連獲勝，勢如破竹地一路抵達莫斯科，而沙皇又是怎樣從當初的不可一世，到最後的節節敗退。《戰爭與和平》是一部歷史與文學藝術碰撞下的史詩鉅作，讓讀者能夠透過趣味性的故事了解這樣一段相對沉悶的歷史。」蔣蘭蘭一口氣講完一大段內容。

「嗯。」托爾斯泰老師摸著鬍子，瞇著眼，「今天的課先到這裡，大家回去思考一下蔣蘭蘭同學所說的內容，下節課我們再繼續研究這個問題。」

第二節　作家在作品中的自我投射

課堂剛一開始，托爾斯泰老師就問道：「上節課蔣蘭蘭所說的歷史與藝術的碰撞也就是你們所說的『史詩體小說』吧？」

「是的。」同學們異口同聲地說道。

「老師，您為什麼要透過這樣的方式去表達歷史呢？」蔣蘭蘭問道。

「實際上，我要展現的既不是歷史，也不是事件，而是人。換句話說，當人生活在那樣的特定環境下，應該以怎樣的方式去生活？生命的意義是什麼？我經常去想這些問題，也常常感到迷茫，而這本《戰爭與和平》可以看作某一段時間裡探索的過程和結果的紀錄。」托爾斯泰老師解釋道。

「那是否意味著書中的主角就是您本人呢？只是透過虛構的人物形象來展現自己的處境和思想。」蔣蘭蘭追問道。

「的確，我透過安德烈和皮埃爾兩個人表達了很多我在現實中所進行的思考，他們兩個人的經歷和我在現實中的經歷幾近相同。」托爾斯泰肯定了蔣蘭蘭的觀點。

「那他們兩個人中，誰更像您呢？」蔣蘭蘭又提出了新的疑問。

「與其說他們是兩個人，倒不如說是一體兩面，其中一個接近理想化的我，另一個接近現實中的我。他們在思想上有很多一致的地方，卻在行為上呈現出不一致。安德烈和皮埃爾有兩個共同點，一是對現有制度抱批判否定態度，隨著他們思想和性格的發展，這些批判性越來越尖銳、深刻；二是不看重貴族地位，不安於奢華富有的生活，更傾向於認真探索人生的目的和意義，把解決農民的痛苦和祖國的前途當作自己的最終目標。」托爾斯泰老師解釋道。

「不同的是安德烈更理性，果敢且堅毅；皮埃爾則偏向於感性，複雜且矛盾。安德烈很清楚自己要去做什麼，應該怎麼做，並且能夠付諸實踐，甚至可以為此變得冷酷不近人情，比如他不顧妻子反對執意走上了戰場。當然他的選擇不一定都是正確的，在經歷過很多事情後，他也會對自己曾經的所作所為進行反思。他是一直在前進的，在痛苦和磨難中不斷成長。我心中理想的俄羅斯貴族青年就是安德烈這樣，擁有進步意識，百折不撓地探索著民族的命運，堅定不移地去做自己想做的事情，為理想而奮鬥，並在過程中不斷蛻變和昇華。」托爾斯泰老師繼續說道。

「然而，現實中的我同皮埃爾一樣具有複雜又矛盾的性格，總是在思考，對問題有著自己的見解，卻又總被自己的想法困住，不知道用怎樣的方式解決問題，或者不敢突破現狀。皮埃爾的性格張揚激烈、懦弱懶惰、脆弱迷離。他沉迷於醉生夢死的生活，肆意地揮霍著一切，但與此同時他又無比清醒和充滿熱情，有孩子般的純真，不安於貴族生活，希望透過自己的力量去改變世事。然而，他自制力又極差，常常被誘惑牽著鼻子走。比如，有一次他下定決心聽從朋友安德烈的建議，不再過那種墮落的生活，可是當天還是禁不住誘惑加入娛樂活動中。」說到這裡，托爾斯泰老師稍微停頓了一下。

「皮埃爾就是一個複雜的矛盾體，他生活在富貴之中，卻對此充滿鄙夷，又沒有勇氣從中完全脫離，於是就這樣痛苦迷茫地度過了前半生。好在，經歷了一系列事情後，皮埃爾開始覺醒，踏上了刺殺拿破崙的征程，然而他骨子裡的猶豫、懦弱並沒有完全消失，最終被拿破崙俘獲。就在當俘虜的這段時間裡，他走進了戰爭，看到了無數的死亡，接觸到了俄國底層人民的悲慘生活，也體會到了世間最簡單也最美好的幸福，思想獲得了昇華。他的思想得以徹底覺醒，放下了纏繞自己的枷鎖，最終找到了人生的真正意義，獲得了重生。」托爾斯泰老師總結道。

「那麼，他尋找的所謂的人生意義究竟是什麼呢？我在書中沒有很明確地看出來。」半天沒說話的顧悠突然問道。

「你看過嗎？別在老師面前裝勤奮好學了。」顧玄鄙夷地小聲說道。

「你知道？還好意思說我。」顧悠回懟道。

「我當然知道了，不看看我是誰？」顧玄的音量因為得意忘形不由得變大了些。

托爾斯泰老師聞聲看了一眼，說道：「既然你知道，那就你說吧。」

顧玄愣了一下，但牛皮已經吹出去了，只好厚著臉皮站了起來，他稍作思考，說道：「其實很簡單，曾經的皮埃爾迷茫痛苦，是因為他追尋的是一種自己都不知道是什麼的東西。他也想獲得一種恰當的生活方式，來獲得幸福和寧靜。但是他心中希冀的東西、嚮往的生活方式，與他經歷的一切都毫無關係，它們遠在千里之外。於是他戴上了思想的望遠鏡去眺望，在茫茫的遠方有無數他無法看清的東西——因為看不清，因為不屬於他的生活，所以他覺得那是偉大的、無限的，也因為看不清、不能得到，所以更加痛苦和絕望。

「直到後來，他走進了一個完全沒有經歷過的世界，那裡到處都是死亡、是悲劇、是黑暗，但是生活在那裡的人卻善良、正直、樂觀。皮埃爾才開始明白，每一種生活都存在幸福與不幸，關鍵在於你怎麼對待它。於是他拋棄了手中的望遠鏡，開始重新審視自己的人生，他發現自己一直苦苦追尋的東西其實就在身邊，幸福和寧靜的種子早已種下，只等待著發芽和開花。他回到家鄉，開始興辦農場，和農民們一起進行改革。他熱愛自己的生活、熱愛身邊的人、熱愛周圍的一切，他重新啟用了體內善良和正義的天性，成了人人愛戴的人，也收穫了幸福。」顧玄說道。

托爾斯泰一邊點頭，一邊說道：「嗯，說得雖然有點感性，但大致意思是對的。我曾談到過『何為戰爭』，我把它比作了一個結構複雜的機械錶。機械錶是怎麼運作的？當主輪慢慢地轉動一下，其他的小齒輪就會一個接著一個跟著轉，最後的結果就是指標均勻地移動。在戰爭中，皇帝就是中心主輪，他推動著戰爭中各種活動的進行，而那些軍隊中的士兵，就是一個個的小齒輪，當主輪不動時，小齒輪就只能靜靜地待著，彷彿能夠沉寂百年之久。一旦到了開動的時刻，它們就會被槓桿抓住，只能聽從運轉規律的支配，軋軋地轉動著，重複著自己也不知道目的和結果是什麼的行動。

「我想說的是，這個世界上的大多數人也服從著這樣的規律，他們的每一個決定或者行動看似是自由的，實際上卻在被無形地控制著。那麼，什麼樣的人才會感覺到非常痛苦？那就是意識到自己被控制，想要擺脫卻又無能為力的時候。皮埃爾就是這樣一個狀態，而脫離這種痛苦的方法其實很簡單，那就是不再關注被控制這件事情本身，著眼於自己的生活，做自己喜歡的事情，做自己認為有意義的事情，皮埃爾也是這樣透過實際行動找到了希望的烏托邦，獲得了重生。」托爾斯泰老師解釋道。

「《戰爭與和平》是一部什麼樣的作品？它不是傳奇，更不是長詩，尤其不是什麼歷史紀實。我希望讀者不要在我的書裡看出和尋找我不想也不會表達的東西，而把注意力集中到我要表達的東西上：歷史的命運並不由人類主觀的思想決定，事件的結果是成千上萬微小活動匯聚而成的。在歷史事件中，所謂的偉大人物也只有微小的作用。」托爾斯泰老師強調道。

聽完托爾斯泰老師的糾正，同學們都若有所思地點了點頭。下課時間也剛好到了。

第三節　矛盾而複雜的角色內心世界

一進教室，蔣蘭蘭就衝著顧悠說道：「其實上節課一聽完老師的話，我就想起來一部電影裡的臺詞——『我們一路奮戰，不是為了改變世界，而是為了不讓世界改變我們』。」

「啊啊啊，我知道，這是那部特別紅的電視劇裡的臺詞。」顧悠花痴地叫道。

「我發現同學們都很感性啊，不愧是學文學的。不過，人還是要有一點夢想，萬一這個世界能夠因為你們而有一點點的不同呢，哈哈。」托爾斯泰老師說著緩緩走進來。

「老師，您好像比我們更感性呢。所以，您和皮埃爾並不完全一樣，您的思考和探索要比他深入得多，也曲折得多。」蔣蘭蘭說道。

「也不能說深入，主要是我這個人『很善變』，有時候覺得心裡有了一個答案，但很快又否定了，有時候讀過一些書後有了新的想法，但過一段時間或閱讀了新的書後，想法又會發生變化。所以很長一段時間裡，我的內心是充滿矛盾和疑問的，思想上也一直在轉變，心態也一直在變化，我就透過文字將上述心理活動表現在我建構的故事中。」托爾斯泰老師笑著回應道。

「《戰爭與和平》之後，我開始構思《安娜·卡列尼娜》，這是一部描述上流社會的家庭與婚姻生活的小說。我寫作時習慣兩條線並進，並透過某種方式將它們連接起來。《戰爭與和平》是這樣，《安娜·卡列尼娜》也是這種結構。安娜、卡列寧、佛倫斯基是一條主線，列文、吉娣是另一條主線，多莉、奧勃朗斯基則是連線兩條主線的次要線索。幾大家族、幾個重要人物因此彙集在一起，又因為他們彼此身分的特殊性，政治、經濟、道德、心理等方面的矛盾都透過故事的開展得以展現出來。」托爾斯泰老師說道。

「上流社會的貴婦安娜，有著姣好的容顏和溫和的性格。她的丈夫卡列寧是一位政府高級官員，兩人育有一子，她本人在聖彼得堡也擁有無與倫比的社交地位，可以說，剛過二十歲的安娜·卡列尼娜已經擁有了一切同齡人渴求的東西。然而這一切，都被安娜的哥哥奧勃朗斯基的一封來信給打破了。安娜的哥哥因為自己不檢點的行為和妻子多麗之間出現了婚姻危機。他希望安娜能來調節和挽救自己和妻子的關係，維護表面的和諧。安娜在去往莫斯科的途中邂逅了帥氣的騎兵軍官佛倫斯基，雖然只是匆匆一面，但兩人已經被對方吸引住。」托爾斯泰老師接著說道。

「奧勃朗斯基的住宅除了安娜，還有另一位訪客 —— 列文。他是一位性格敏感、細心謹慎、善良溫暖的農場主。在這裡，列文愛上了多莉的妹妹吉娣，但吉娣也傾心於佛倫斯基。列文向吉娣求婚被拒後心灰意冷，回到家後一心投入農場工作，實施改革。而此時的安娜雖然對佛倫斯基抱有愛情的幻想，但無法擺脫道德的枷鎖，掙扎著重歸平靜。於是，她急忙趕回聖彼得堡的家，但佛倫斯基卻一路尾隨。她試圖重新回到過去的生活，卻又對佛倫斯基充滿迷戀，最終兩人還是踰越了道德的界限，這一切也在聖彼得堡的社交圈鬧得沸沸揚揚。」說到這裡，托爾斯泰老師似乎想到了什麼，卻欲言又止。

「這讓身為政治官員的卡列寧陷入一個進退不能的境地，他與安娜之間一直和諧友好，雖然缺少愛情的滋潤，但至少給外人展現出來的是美滿且體面的樣子。而安娜的放縱，讓他顏面盡失，但為了最後的尊嚴，他並不想與安娜離婚，而是給自己的妻子下達了最後通牒，讓她與佛倫斯基徹底了斷。最終，安娜在愛情與道德的糾葛中選擇結束自己的生命。」托爾斯泰老師繼續介紹著《安娜·卡列尼娜》的故事內容。

「你們中間也一定有人看過這部小說，不知道對安娜是什麼樣的感受？」托爾斯泰老師彷彿回憶了一個冗長的過往後，輕聲問道。

「安娜美麗端莊、高貴典雅、聰慧善良、自然真誠、富有激情，有著令人無法抗拒的美貌和深刻豐富的精神世界，在思想、感情、才智、品德等方面都遠遠高於當時一般的貴族婦女，是一位呈現出多樣性格的新型女性。」一位同學說道。

「這個人物是極其複雜的，並不能單以出軌的蕩婦形象來看待。」另一位同學給出了不同的回答。

「安娜追求個性解放和不被虛偽道德所束縛的精神是可貴的。」一個甚少發言的女生回答道。

……

「看來大家都很喜歡安娜這個人物，也對她的所作所為給予了寬容而正面的理解。」托爾斯泰老師說道。

「老師，您不喜歡嗎？您對安娜這個人物是怎樣的感情呢？或者說，您刻劃這個人物的目的是什麼？」蔣蘭蘭問道。

「坦白說，我自己也不知道，與其說安娜是一個人物，倒不如說她是我精神世界的一部分，關於探索道德和人性的那部分。在寫《安娜·卡列尼娜》這本書時，我的內心是逐漸轉變的，也可以說是矛盾的，這也展現在對安娜的描寫上。在故事的前半部分我本想把安娜塑造成一個膚淺的擁有低階趣味的女性，但隨著故事的深入，我又給這個人物增加了很多正面的品德，以至於大家都對她充滿了讚美和認可，有人說真愛是偉大的，有人說安娜思想前衛，也有說她勇於打破虛偽道德，追求個性解放……」托爾斯泰老師回答得有些模糊。

「每個人理解不同，也沒有對錯之分，但這與我要表達的意思是有偏差的。首先，我並不是為了歌頌所謂的真愛，更沒有絕對讚揚安娜的做法。我是在想，人的命運、人的個性和倫理道德準則之間究竟該是怎樣的關係，或者說如何達到一個平衡的狀態。我們可以讚美安娜，讚美她的勇敢、讚美她的真誠、讚美她沒有被現實框架綁架的朝氣，但不能忽略她的悲劇結局及其所作所為給周圍的人帶來的傷害。我歌頌人的生命力，讚揚人性的合理要求，但我不認同某些極端思想對改善人們命運的作用。換言之，我希望每個人都是自由的、有個性的、有活力的，能夠追求自己想要的一切，但同時我也認為每個人都應當承擔起自己的責任，規規矩矩地完成自己應該做的事情。但究竟為什麼，我自己也說不清。」托爾斯泰老師繼續說道。

「除了安娜外，另一條主線列文的故事又有什麼樣的意義呢？」蔣蘭蘭追問道。

「列文這條線索一方面描繪的是資本主義勢力侵入農村後地主經濟面臨危機，列文苦苦探索出路的情景，另一方面也展現了列文的思想和精神境界的高度。他和安娜有相似之處，那就是對現實和人生鍥而不捨的探究，但不同的思想與精神境界最終造就了不同人生。安娜是隱藏在被壓抑的情感之下的暗流湧動，最終以死亡換取永恆；而列文一直在為幸福和人生的意義而思考，故事的結尾他獲得了始終追尋不止的信仰。」托爾斯泰老師說道。

「列文對農業生產的探究以及頭幾年的婚姻生活，是我的真實寫照，也是我世界觀劇變前夕的思想和生活感受，結尾列文獲得了真理則是我後半生趨向精神革命的反映。」托爾斯泰老師又補充道。

第八章

馬克 · 吐溫主講「幽默與諷刺」

本章用四個小節講述馬克 · 吐溫的創作經歷和文學技巧。幽默與諷刺是文學作品永恆的主題之一，而將它們上升到藝術高度的馬克 · 吐溫則是公認的大文豪。如何學習馬克 · 吐溫用幽默的語言，對醜惡現象進行最鞭辟入裡的諷刺，這是我們閱讀本章所要思考的問題。

馬克·吐溫（Mark Twain，西元 1835 年 11 月 30 日～ 1910 年 4 月二 11 日）

原名塞姆·朗赫恩·克萊門斯（Samuel Langhorne Clemens），美國著名作家、演說家，馬克·吐溫是他的筆名。他擅長用幽默和諷刺的文學手法批判和揭露美國社會中存在的不合理現象，是美國批判現實主義文學奠基人。代表作品有《競選州長》（*Running for Governor*）、《鍍金時代》（*Gilded Age*）、《湯姆歷險記》（*The Adventures of Tom Sawyer*）、《頑童歷險記》（*Adventures of Huckleberry Finn*）、《百萬英鎊》等。

第一節　旅行生活對作家的影響

幾天後，寒暄書院又開課了。顧玄雖然不知道老師是誰，但因為和顧悠鬧彆扭所以很有鬥志，早早就到了教室等著上課。

他剛到沒一會兒，馬克·吐溫老師就到了。馬克·吐溫老師和別的老師大有不同，他以年輕時的模樣出現，穿著領航員的服裝，意氣風發、神采飛揚，但又自帶威嚴，很有領導風範。

「老師，我們今天第一節課講什麼啊？」顧玄打算先提前刺探下「情報」。

「保密。」馬克·吐溫老師則決定先賣個關子。

就在這時，同學們也陸續到了。看到如此年輕帥氣的老師，同學們紛紛側頭盯著看。

「我很奇怪嗎？」馬克·吐溫老師看到大家扭著頭看著自己的樣子，好奇地問道。

「老師，您的確有點奇怪，怪帥的。」顧悠說完，又不好意思地低下了頭。

馬克·吐溫老師清了清嗓子說道：「第一節課，我們不講其他，只談談心好不好？」

「好啊！」大家興奮地說道。

「不知道你們平常都喜歡做什麼啊？」馬克·吐溫老師問道。

「讀書」、「看電影」、「逛街」、「發呆」，大家你一言我一語地回答著。

「哈哈，同學們的愛好真是各式各樣，難道沒有喜歡旅行的嗎？」馬克·吐溫老師問道。

「當然有了，我們都很喜歡旅行，但是奈何沒有錢。」一個女生委屈巴巴地說道。

「身體和心靈，總要有一個在路上，而我們的這兩個都宅在家。」蔣蘭蘭也無奈地說道。

「其實，你們能夠在大學上課，心靈已經是在路上了，我像你們這麼大的時候可沒有這種條件，所以我就一直讓身體在路上。」馬克·吐溫老師說道。

「我小的時候家裡很窮，孩子又多，唯一的收入來源就是父親幫人打官司賺來的一點錢，就這樣我的七個兄弟姐妹中也只有三個活過了童年。更糟糕的是，父親在我十一歲時就去世了，從那時起我就必須出去打工賺錢補貼家用，十二歲的時候在家鄉漢尼拔做了印刷工；十五歲的時候，我又做了排字工人，偶爾還為我哥哥奧利安（Orion）創辦的《漢尼拔雜誌》寫稿；十八歲時，我覺得自己長大了，就想去別的地方闖蕩，我去過紐約、費城，也到過聖路易和辛辛那提市。雖然顛沛流離，但我並不覺得這樣的生活有什麼不好。後來，我在外面也沒闖出個名堂，就又回到了家鄉，在密西西比河的輪船上我遇到了一個熟人，他是輪船上的領航員，在他的推薦下，我上船做了水手，這就是我最初的旅行生活了。」馬克·吐溫老師講起了自己的成長經歷。

「那您一定見識過很多有趣的人和事吧！」蔣蘭蘭好奇地問道。

「那是當然了，不管是像我這種『工作式』的旅行，還是一場特意的旅行，最重要的都不是旅途的風景，而是在這個過程中遇見的平常生活中不能見到的人和物，以及由此產生的心境和感悟，而這些後來成了我一生的財富。」馬克·吐溫老師驕傲地說道。（如圖 8-1 所示）

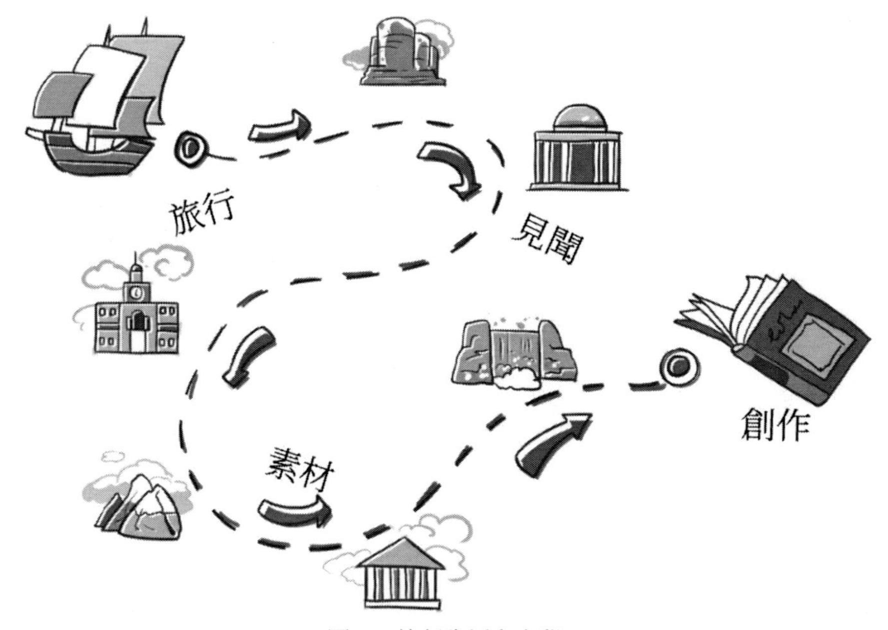

圖 8-1 旅行生活和文學

「那您給我們說說，您都去過什麼地方啊？都有什麼難忘的經歷？」顧玄似乎也對馬克 · 吐溫老師的旅行充滿了興趣。

「最開始的時候，我就是在密西西比河的輪船上工作，工作內容也很枯燥，我記得當時最大的挑戰就是獲取專業的領航員執照。領航員需要對不斷改變的河流有豐富的了解，以避開河岸成千上百的碼頭港口，我花了兩年多的時間研究密西西比河，才終於符合要求。」馬克 · 吐溫老師說道。

「後來在擔任領航員期間，最讓我難以忘懷的一件事，就是我弟弟亨利的去世，當時我看領航員的薪資很可觀，就說服弟弟也加入了領航員的隊伍。一開始還很順利，但因為一次事故，我的弟弟喪生了，這對我打擊很大。那時候的輪船都是用易燃的木材製造，我的弟弟就死於一場船艙爆炸事故。」說到這裡，馬克 · 吐溫老師有些感傷。

「老師，您也不要太自責了，我們相信您的弟弟也一定不會怪您的。」同學們小聲安慰道。

馬克 · 吐溫老師輕輕用手帶過眼角，繼續說道：「1861 年南北戰爭爆發，密西西比河上的交通受阻，航線被削減了，於是我就沒了工作，心想著應該為戰爭出點力，便加入了聯邦的民兵隊伍。我參加了一次戰鬥，但那次戰鬥並不激烈，死傷很少，然而就是在戰鬥中，我發現自己對死亡有著莫名的恐懼，不是我自己怕死，而是我根本下不去手去殺任何一個人，但戰爭就是殺戮的機器，我無法改變這個事實，只好做了『逃兵』。」

「我無處可去，只能投奔哥哥，恰好碰上他工作調動，我便跟著他到內華達走馬上任，在路上走了半個月的時間，這算是我離開輪船後的第一次旅行。我和哥哥穿過了中部大平原，沿著洛磯山脈到了美國西部，在這裡我又見識到了一種不一樣的生活。」馬克 · 吐溫老師繼續說道。

「老師您真的好像一直在路上，沒有安定下來過。」蔣蘭蘭感慨道。

「我也有過安定。到達內華達後，我就在弗吉尼亞城的銀礦那裡找了份工作，成了一名礦工，這就是你所說的安定的工作吧。不過我這個人可能天生愛折騰，沒有辦法一直待在一個地方，所以我很快就辭職了，又想著要經營木材生意，但最終還是在報社找了份記者的工作。這份工作讓我接觸到了更多人，有了更多見聞，累積了採訪報導的經驗，也鍛鍊了自己的文筆。後來我開始以記者的身分四處旅行，在加州舊金山，我見到了很多知名作家，包括幽默作家阿特姆斯·沃德（Artemus Ward）和小說家布勒特·哈特（Bret Harte），他們在寫作方面給了我很多指導和建議。在夏威夷州，我做了生平第一次演講。隨著時間的流逝，我在採訪報導方面累積了一些經驗，開始有報社邀請我。在我三十歲那年，一家報紙為我提供了一次免費的輪船旅遊，目的地是地中海地區。旅程中，我整理了以往的數據並寫成書籍，還見了到查爾斯·蘭登（Charles Langdon），這一度改變了我的生活。」馬克·吐溫老師繼續說著。

「老師，那在這麼多的旅行經歷中，您有什麼樣的收穫呢？」顧玄追問道。

「收穫可多了，不光是精神層面的。你們知道嗎？我的家庭就是從旅行中誕生的，我的妻子是查爾斯·蘭登的姐姐。當年，我見到查爾斯·蘭登時也看到了他姐姐的照片，對她一見鍾情，後來我們便結了婚、有了寶寶。」說到這裡，馬克·吐溫老師的臉上充滿了笑容。

「哇，真幸福，真浪漫！」顧悠感嘆道。

「旅行讓我有了幸福的家庭，也讓我增長了見識，為我提供了取之不盡的創作素材，旅行中與人的交往鍛鍊了我的文字表達能力，為我鋪平了文學創作的道路，為我的精神世界開啟了大門。」馬克·吐溫老師總結道。

「旅行是消除無知和仇恨的最好方法。」顧玄突然蹦出了一句話。

聽了顧玄的感悟，馬克·吐溫老師邊笑邊點頭。

第二節　社會觀察對創作的影響

「當然了，我透過旅行獲得的經驗素材之所以非常豐富，也正是那個特殊的時代賦予的。」馬克·吐溫老師將話題從旅行轉到了時代背景上。

「我知道，當時美國正處於自由資本主義向壟斷資本主義過渡的時期，在這樣的背景下，美國社會的變化是非常快速的，簡直可以用日新月異來形容。」邢凱在歷史方面還是有一點記憶體的。

「沒錯，在我小的時候，美國中西部的密蘇里州還是聯邦的奴隸州，我也是從那時起就開始了解奴隸制的，後來奴隸制也成了我一些作品的關鍵內容，比如《頑童歷險記》……」馬克·吐溫老師說道。

「這本書我看過，講的是在密西西比河沿岸，一個荒無人煙的茂林處，頑皮的孩童哈克貝利遇到了正在逃跑的小黑奴吉姆，於是好奇的哈克貝利就和吉姆一起坐著小木筏沿著密西西比河順流而下，開啟了冒險之旅。這一過程中，他們遇到了各式各樣的人、經歷了很多事，在這個過程中哈克貝利得到了成長，雖然有時候他也為吉姆的身分感到矛盾，不過最終他還是改變了對黑人的偏見，和吉姆成為好朋友，並盡心盡力地幫助他。表面來看，故事驚險奇特，輕鬆有趣，但實際上反映了很多嚴肅的社會問題，例如奴隸制、種族歧視等。」顧悠一聽在自己的知識範圍內就著急忙慌地打斷了老師。

馬克·吐溫老師說道：「顧悠，你的嘴可真是太快了。」

顧悠不好意思地笑了笑。

馬克・吐溫老師繼續說：「顧悠說得對，不過那並不是我早期的作品。我們都知道，人類的行為和思想總是受文化的約束，那時候雖然我極大限度地接近了奴隸制，但是和其他人一樣，我並不認為奴隸制是不合理的。大家都說黑人為奴是上帝的安排，我甚至也覺得黑人的命運本該如此，同時在心裡暗自慶幸自己是白人。」

「看來再偉大的人也不是生來就高尚的啊！」顧玄似乎跟老師混熟了，肆無忌憚地調侃道。

「你居然這麼說老師……」顧悠指著顧玄說道。

「哈哈，沒關係，我就喜歡這樣心直口快的人。」馬克・吐溫老師並不計較，接著說：「那時，我並不認為自己周圍的一切有什麼不好的地方，相反因為西部新開發地區的繁榮發展，我對美國的未來，也對自己的生活充滿了希望。然而，在深入社會後，我才逐漸發現美國並不像我想像的那麼完美，很多人們輕易看不到的地方都藏著醜陋和黑暗。不過我的內心還是樂觀的，相信一切都會越來越好。於是在成為記者之後，我寫了很多以輕快幽默為主基調但也或多或少揭露現實醜惡的作品，比如《卡拉維拉斯郡著名的跳蛙》、《傻子旅行》、《競選州長》、《哥爾斯密的朋友再度出洋》等。我用這些作品來表達自己對美好生活的憧憬，希望人們能夠透過這些有所思考，進而使得社會有所改變。」

「然而，事情並沒有按照您預期的那樣發展。」邢凱說道。

「是的，很快美國進入了一個新的時期，我稱它為『鍍金時代』。投機和拜金主義狂熱開啟。人們唯金錢至上、不顧良知，種族歧視亦愈演愈烈，整個社會慘不忍睹。看到這一切，我陷入了深深的失望和不滿中，一時間不知道如何表達自己的情緒，便寫了《湯姆歷險記》，從孩子的視角去看待生活中的種種現象，這是一種釋放也是一種逃避。情感得到宣洩之後，我心裡又開始幻想 —— 或許是我之前的方式太溫和了，把問題更直接一些地擺出來才會引起人們的注意，不能一味地逗樂，要有更深的意義。於是我將幽默委婉削減了很多，更嚴肅直接地去揭露社會中的問題，《頑童歷險記》就是這一時期的作品，此外還有《百萬英鎊》、《傻瓜威爾遜》等。」馬克 · 吐溫老師繼續說道。

「緊接著，我的幻想又被現實打破了。我的生活也陷入了一連串的不幸，先是事業不順、投資失敗、負債纍纍，緊接著兩個女兒一病一死，妻子的健康也在惡化。我不明白自己生活的世界為什麼會變成這樣，而一直以來支持我鼓勵我的妻女卻不得善終，我終於忍不住將自己的不滿、憤怒透過作品發洩了出來。我心如死灰、再也看不到希望。不過，另外，我長久以來探索的問題似乎有了答案。」馬克 · 吐溫老師面露悲傷地說。

「什麼問題呢？」顧悠問道。

「老師的作品儘管風格發生了變化，但從始至終探索的主題都是不變的，那就是對『人與人類社會』的思考，我想老師說的問題應該就是這個。」邢凱替馬克 · 吐溫老師回答了顧悠的提問。

「不錯，但是要更具體一些。你們想聽嗎？可能會有些枯燥以及『不友好』。」馬克 · 吐溫老師小心翼翼地問道。

「想聽！」同學們熱情的呼聲打消了馬克 · 吐溫老師的顧慮。

「第一個問題，人的良心從何而來？中國的《三字經》中曾說過，人之初，性本善。」馬克 · 吐溫老師提出了自己的第一個問題。

「但是，也有主張『人之初，性本惡』的啊。」顧悠說道。

「從先天的角度看，人的行為被動物本能主宰，不管做什麼最終目的都是為了生存和繁衍；從後天的角度看，人可以被至上的權力馴化，本性也是可以發生變化的。人之所以履行責任，要麼是為了滿足個人所需，要麼是畏於最高指令。換言之，最一開始人並不知道良心是什麼，只是在做對自己有利的事情。隨著社會的發展，人們逐漸有了健全的心靈，但又會被訓練，有的人健全的心靈占上風，有的人心性搖擺不定。比如，我小的時候並不覺得奴隸制有什麼不合理，因為人們接受的教育就是維護奴隸制，誰也不覺得這有什麼不正常。再比如哈克貝利會因為幫助了小黑奴而時常在內心交戰，最終才打破種族歧視的鎖鏈。」馬克·吐溫老師解釋道。（如圖 8-2 所示）

「第二個問題，人有沒有進步？」馬克·吐溫老師提出了自己的第二個問題。

「當然有了！」顧玄說道。

「比如？」馬克·吐溫老師問道。

「人的思維越來越開闊，能力也越來越強，科學技術得到了極大的發展，飛機、火箭、航母、潛艇等都是進步的象徵。」顧玄回答道。

「事實確實如此，與我所處的時代與中世紀相比，你們所處的時代人們掌握了越來越多的前人難以想像的科學技術，發明製造了一系列上天入地、更加便利的設備，但這能代表人類自身的進步嗎？換言

圖 8-2 動物本能與健全心靈

之，這些只能表明人們所處的環境變了，而人卻還在原地，保持著愚昧的狀態，儘管比前人要懂得多、擁有更多的物質財富，但人類的本性並沒有改善。比方說，你們這個時代有關人類的罪惡事件消失或者減少了嗎？我想並沒有，甚至變得更多了，畢竟古代還有『夜不閉戶，路不拾遺』的場景呢。」馬克·吐溫老師解釋道。

「所以，你所謂的進步不過是先進的武器戰勝了落後的裝備，人類的本性和生存規則是沒有變化的，而這又怎麼能說是人的進步呢？」馬克·吐溫老師用自己的親身經歷反駁了顧玄的回答。

「我覺得老師說得很有道理啊，完了，我的世界觀崩塌了！」顧玄捂著頭誇張地叫道。

「能不能別這麼誇張？」顧悠很是嫌棄。

「我樂意！」顧玄擠出了一個更誇張的笑臉。

「看看你臉上的皺紋。」顧悠鄙夷地說道。

「有皺紋的地方只表示微笑在那兒待過。」顧玄笑著回應道。

「哈哈！」吐溫老師一直看著兄妹倆鬥嘴，最終還是沒忍住笑出了聲，「沒事，你們接著吵吧，一會兒就該下課了。」

第三節　幽默是個人的機智與文學妙語

「你這兩天怎麼總能說出那麼有哲理的話呢？」顧悠一進教室想起顧玄上節課的發言，便忍不住問道，「你真的是我哥嗎？不會是誰假裝的吧？」

「小妹妹，你對哥的魅力一無所知。」顧玄回答。

「別理你哥，他那是借用的馬克·吐溫老師的名句。」蔣蘭蘭毫不留情地揭穿了顧玄，「其實，除了這一句，馬克·吐溫老師的經典語句還有很多，而且特別有意思，要知道他可是著名的幽默大師，擅長的就是幽默諷刺。」

「是嗎？我現在就去網上找找。」顧悠興奮地說道。

「我這有一句，絕不要和愚蠢的人爭論，他們會把你拖到他們那樣的水準，然後回擊你。」邢凱已經在一旁默默地搜尋了。

「很有趣，也很有道理，怪不得我每次覺得顧悠很蠢，但又說不過她。」顧玄真是不放過任何一個與顧悠鬥嘴的機會。

「即使閉起嘴看起來像個傻瓜，也比開口讓人家確認你是傻瓜來得強。」顧悠用吐溫老師的話回擊道。

正在四個人說得熱火朝天時，馬克·吐溫老師進了教室。

「老師您可真是『靈魂段子手』！比現在那些網路段子手厲害多了，又有意思又有內涵，能不能告訴我們您是怎麼做到的？」眼尖的顧悠看到馬克·吐溫老師後，屁顛屁顛地跑過去問道。

「我曾說過喜劇是悲劇加上時間，而幽默正是源自內心的悲傷。」馬克·吐溫老師沒有直接告訴顧悠，而是說了這麼一句含糊不清的話。

「這句話是什麼意思呢？」顧悠疑惑地問道。

「我想，老師大概是想說喜劇或者幽默的背後都是悲傷的，需要經歷痛苦、經過生活的磨礪才能將很多悲傷或者不好的事情以『玩笑』的語氣說出來。換句話說，幽默是一種無法學習的個人特質，是歲月沉澱下裹著華服的傷疤。」蔣蘭蘭說出了自己的想法。

「意思是我們怎麼學都學不會了。」顧悠嘆氣。

「也不是，現在我能告訴你們的只能是一些浮於表面的技巧或是套路，真正的內涵需要你們親身經歷過一些事情後才能領悟，也就是說我能告訴你的只是一個框架，靈魂在於你自己。」馬克·吐溫老師解釋道。

「框架也行啊，我們不挑，老師您快講吧。」顧悠一聽又興奮了。

「首先，我先說一說我所認為的幽默在文學中應該是一種什麼樣的狀態。它是一種裝飾、一種特殊的芳香，能造成畫龍點睛的作用，但絕對不是主體。那些專門以幽默為生的幽默家們，其實是在隨波逐流地玩弄詞語和拼字遊戲，這種幽默是毫無意義的，在搏人一笑後，很快就會被遺忘。我不希望你們學會的是這種幽默。」馬克·吐溫老師繼續解釋道。

「那您希望的是什麼樣的呢？」蔣蘭蘭問道。

「這麼說吧，你們剛才也看了我曾寫的一些幽默句子，看過之後感覺如何？」馬克·吐溫老師問道。

「在笑過後，有的讓我反思了自己，而有的則讓我學習到了一些東西。」邢凱剛才看得最多，也最有感觸。

「不錯，這便是我想說的，幽默的目的並不是讓人發笑，而是能夠讓人在輕鬆的氛圍中學習到什麼，也就是寓教於樂。不管是現在還是我生活的時期，人們都不喜歡聽難聽的話、不喜歡被說教，這一點我深有感觸，所以如果你想去批評某些人的行為或社會狀況，表達自己對他們的規勸，還要使人不反感，那就只能用這樣的方法。也就是所謂的透過個人的機智和妙語，表達個性的觀點。」馬克·吐溫老師肯定了邢凱的回答。

「當然了，我在早期運用的也是單純的『逗樂』式幽默，後來才逐漸發展成了與諷刺相結合、悲喜相交、帶有強烈個人情感的馬克·吐溫式幽默。」馬克·吐溫老師繼續說道。

「了解啦，像老師這樣的人物，一般都是在不斷的自我探索中成長起來的。」顧玄嬉皮笑臉地說。

馬克·吐溫老師稍微停頓了一下，繼續說道：「任何語言本身其實都不具備幽默性，只有當語言與具體的語境和作者要表達的意圖結合在一起，再加上一些技巧的使用，讓讀者透過語境線索和自身的知識儲備感覺到有趣並有所思考，才算是真正的幽默。當然，讀者的知識儲備我們無法掌控，我們需要做到的是用語言營造一種具體的語境，透過人、物、事將自己的意圖表達出來，然後使用修辭等表現手法將語言生動化、深刻化。」

「這樣說可能有點空洞，舉個具體的例子，你們都知道《湯姆歷險記》吧？」馬克·吐溫老師問道。

「當然了，那是國中時必買的名著之一。」顧玄回應道。

馬克·吐溫熟練地背誦了小說中的段落，大家都很佩服他超強的記憶力：

> 在祈禱做到半中間的時候，有一隻蒼蠅落在湯姆前面的座椅靠背上，它不慌不忙地搓著腿，伸出手臂抱住頭，用勁地擦著腦袋，它的頭幾乎好像要和身子分家似的，脖子細的像根線……
>
> 當湯姆兩手發癢，慢慢地移過去想抓它時，又停住了，他不敢——他相信在做禱告時幹這種事情，他的靈魂立刻就會遭到毀滅。可是，當禱告講到最後一句時，他弓著手背悄悄地向蒼蠅靠過去，「阿門」剛一說出口，蒼蠅就做了階下囚；獅子狗把那隻甲蟲徹底地給忘記了，一屁股坐在甲蟲上面。於是，就聽到這狗痛苦地尖叫起來，只見它在走道上飛快地跑著……

「這一段話裡，對蒼蠅、獅子狗都運用了誇張、比喻和擬人的手法來表現它們悠閒的、搞笑的神態和狀態，而這也與教堂裡嚴肅莊嚴的氣氛形成了對比，不僅讓在座的人感到滑稽可笑，也讓讀者忍俊不禁。如果我們把蒼蠅和獅子狗放入另一種場景中，比如蒼蠅在飯桌上，獅子狗在被別的惡狗追趕，即使是同樣的動作描寫，我們也不會覺得有趣，這就是語境的作用，而上述修辭手法則加強了幽默的效果。」馬克 · 吐溫老師分析道。

「此外，利用語言邏輯的悖反來營造搞笑也是幽默語言常用的方式，如雙關、反語、暗諷等，這些手法悖反了語言邏輯，能夠使語言產生一種幽默的效果並賦予其更深刻的含義，當然也要結合具體的語境。」馬克 · 吐溫老師繼續說道。

「比如：『小蘭你今天真漂亮！』單這一句話並沒有什麼意思，如果我們給小蘭這個人物加一下設定，她為人不善、長相醜陋、身材肥胖，這一天她精心打扮了一番，一扭一扭地從家出來，路上踢飛了一隻柔弱的小貓，對不小心碰到她的人破口大罵，這些恰巧被小江看到，於是小江對她稱讚道：『小蘭你今天可真漂亮啊。』這樣一來，反語的作用和幽默的感覺就出來了。」為了說明上面的內容，馬克 · 吐溫老師舉了一個形象的例子（如圖 8-3 所示）。

圖 8-3 幽默是個人的機智與文學妙語

「老師，我覺得第二個例子有很大的諷刺意味，幽默和諷刺到底是什麼關係？」邢凱問道。

馬克·吐溫老師看了看時間，說道：「時間差不多了，這個具體的我們下節課再講。」

第四節　諷刺是對社會的洞察與文學剖析

「在我看來，幽默是比較溫和的表達情感的方式，它在笑聲中表達觀點，緩和氣氛，以避免衝突；而諷刺則是用尖刻的方式戳破虛偽的表象，真實而誇張地將事實血淋淋地擺在人們眼前。幽默和諷刺的關係到底是什麼呢？可以這麼說，幽默可以沒有諷刺（純逗樂），但諷刺中或多或少有幽默的意味，而幽默要想變得有深度，就必須與諷刺結合在一起，換言之，有了諷刺，幽默才能『教人』。」一上來，馬克·吐溫老師就回答了上節課邢凱提出的問題。

「其實上節課中的第一個例子也融入了諷刺，一個發展得不怎麼樣的小鎮舉行了一次普通的禱告儀式，卻引來了整個鎮的人傾巢出動，並且穿著和言行無比誇張，氣氛也異常莊嚴肅穆，牧師的禱告更是煞有其事，對求福的人、機構羅列了一大堆，還極力勸導人們行善。實際上呢，這些只不過空有其表，是教會拉攏人心的手段。『阿門』是感恩、悲憫的象徵，而蒼蠅卻在這時被小主角玩弄於股掌之間，獅子狗在教堂裡與黑甲蟲搏鬥，肆意狂奔，以上行為都是對教會的不屑和無視。上節課的選段乃至《湯姆歷險記》整本書都是透過諷刺揭露了當時社會的弊端，以及小市民的偽善庸俗以及教會的虛偽。」馬克·吐溫老師繼續說道。

「當然，要想體會到這種諷刺，需要對當時的社會狀況有所了解，要想靈活運用諷刺就必須深入感知所處的社會，因為諷刺源於對社會的洞察與剖析。某種程度上，幽默是一種退讓，作者透過它揶揄地表達自己；諷刺則是決不妥協，並且對現實進行毫不留情的批判。當幽默和諷刺恰到好處地結合在一起時，就能夠用相對輕快的方式深刻地揭露問題，就像是笑著將一把利劍插入醜惡黑暗的現實，且必是帶著血拔出來的。」馬克·吐溫老師突然做了一個用力擊劍的動作，彷彿在他面前真的站著一個壞人似的。

「那《湯姆歷險記》中這兩種手法是怎樣結合的？」蔣蘭蘭若有所思地問道。

「從我的角度來說，《湯姆歷險記》中諷刺的意味要少一些，幽默的成分更多，我的作品裡面要說分寸掌握得比較好的應該是《百萬英鎊》。不管是在人物描寫方面，還是在揭露社會黑暗上，都用到了幽默諷刺的手法，比如主角亨利去裁縫店時，店員的行為舉止就頗具喜感——『他心裡想看，一個勁地打量那張鈔票；好像怎麼看也飽不了眼福，可就是戰戰兢兢地不敢碰它，就好像凡夫俗子一接觸到那鈔票上的仙氣就會折了壽。』我用相對誇張的手法描寫店員的神態動作，意在刻劃他貪婪、膽小的形象，也想藉此諷刺當時底層人民金錢至上的扭曲觀念。」馬克·吐溫老師解釋道。

「那幽默和諷刺的結合有沒有什麼技巧呢？」顧悠又問道。

「上一節課說過的語境、修辭手法以及表現手法等都需要靈活運用，在特定的語境中，諷刺和修辭的聯合使用能夠使文章在幽默中獲得鋒利的批判效果。除此之外，還有一些具體做法需要補充。第一種，喜劇與悲劇的結合。幽默本身是『討喜』的，但有時候在某個情境中單用喜劇反倒會顯得單薄，另一方面，諷刺的背後往往是『悲劇』，所以悲與喜的結合不僅能在一定程度上增加喜的效果，還能更好地將諷刺融合進來。在《競選州長》中，我就把一齣喜劇安排成了悲劇的結局，更加突顯出荒誕和諷刺之感。」馬克·吐溫老師說道。

「第二種，將故事的主角安排成自己，比如我將《競選州長》中『我』也起名叫做『馬克·吐溫』，然後用第一人稱的方式一本正經地訴說發生在自己身上的一系列荒唐可笑的故事，讀者在讀的過程中會不自覺地聯想到現實中的我，這樣一來就會使得書中的描寫和敘述更加不協調，從而大大增加幽默效果。這種方式，也可以稱為『明諷』。相聲這門藝術，你們都不陌生吧？」在舉例說明之後，馬克·吐溫老師將話題引到了相聲上。（如圖 8-4 所示）

喜劇與悲劇的結合　　將故事的主角安排成自己

圖 8-4 諷刺是對社會的洞察與剖析

「當然，我老喜歡相聲了，雅俗共賞，既能逗樂也能說理。」顧玄一下子來了興致。

「可不咋地。」馬克·吐溫老師突然蹦出來一句中國東北的方言，引得大家哄堂大笑。

「好了，嚴肅。」馬克·吐溫老師繼續說，「說相聲的兩人，一個常常扮演各種喜劇角色，盡諷刺之能，另一個則隨聲附和，這就相當於小說中『我』和書中被教誨的人物之間的關係。說教者和被訓誨者都是明確的，這便是『明諷』。」

「我還有一個問題，單用幽默是沒有意義的，那麼單用諷刺呢？也就是在諷刺中減少幽默效果，會發生什麼？」邢凱突然問了這麼一個問題。

「我用親身經歷告訴你，會被『罵』得很慘，即使你說的話很有道理。我後期的作品大都是這種風格，一直以來我都是將自己對生活的理解、對人性的了解和對社會的觀察，透過相對溫和的方式表達出來，因為我還是抱有希望的。但是隨著時間的推移，我對所處的世界愈加失望起來，逐漸意識到用這樣溫和的方式無法喚醒被無知愚昧束縛的人類，所以乾脆拋棄了幽默的裝飾，直接進行諷刺批判，以至於很多人都說我是因為自己的不幸遭遇而向世人洩憤。」馬克·吐溫老師說完自嘲地笑了笑。

「老師，我總結了一下您說的，您聽我說的對不對。」顧悠思索良久，開口說道。

「想要創作出有趣又有言之有物的語句，首先要構想一個語境，接著將自己的想法透過一些與語境協調的人、物、事表達出來，在這個過程中要融入諷刺，可以使用大量的修辭表現手法，尤其是誇張、反語等，必要時可以用悲襯喜，或者用第一人稱或者其他方式增加幽默效果。」顧悠說道。

「總結得不錯，但是顧悠，學習講究的是理解並融會貫通，而不是死記硬背和生搬硬套。手法、技巧都是次要的，最重要的是你本身的經歷和認知水準。換言之，你讀了多少書、有多少人生經驗、對社會又了解多少，當你自身的這些方面都達到一定高度時，很多東西自然而然就會了，否則，即使你知道了這些技巧卻根本寫不出來、不會用，又有什麼意義呢？當然，我說這些的目的並不是說，我今天講的內容對你們沒有用處，而是希望你們多學習、多觀察、多發現、多思考、多經歷。」馬克・吐溫老師語重心長地說道。

「嗯，我知道了，老師。我理解您的意思，就像您一樣之所以能夠寫出這麼多膾炙人口的篇章，將幽默諷刺的手法運用得爐火純青，不也有賴於近乎一生的旅行和孜孜不倦的學習嗎？」顧悠笑著說道。

聽了顧悠的總結，馬克・吐溫老師也滿意地笑了。

「老師，您笑起來真好看。」剛正經了沒兩秒的顧悠又調皮起來。

這時，下課時間也到了。在同學們依依不捨的目光中，馬克・吐溫老師暫別了寒暄書院。

第九章
泰戈爾主講「愛與美的文學」

本章用三個小節講述泰戈爾的創作經歷和文學思想。身為一位思想勝於文學技巧的作家，泰戈爾是印度文化走向世界的推手，也是梳理印度哲學的集大成者，了解他的創作經歷，我們能更好地體會印度哲學的深邃，了解受印度哲學強烈影響的印度文學是怎樣一種風格。

羅賓德拉納特·泰戈爾（Rabindranath Tagore，西元 1861 年 5 月 7 日～ 1941 年 8 月 7 日）

印度詩人、文學家、社會活動家，亞洲第一位諾貝爾文學獎得主。他的作品涉及小說、詩歌、戲劇、散文等多種體裁，文筆清新自然，語言樸實純真，內容大多描寫底層印度人民生活，字裡行間常常含有發人深省的哲學見解，他的文學風格對中國現代文學也產生過重大影響。

第一節　「梵」的哲學思考

馬克·吐溫老師的課結束後，顧悠總是魂不守舍的，天天跟蔣蘭蘭唸叨：「幽默的吐溫老師什麼時候才能再回來啊？」

蔣蘭蘭幾乎快被她折磨瘋了，軟聲軟氣地求饒道：「姐姐，我真的服了，放過我好嗎？我請你吃好吃的，只求您別再碎念了！」

正在這時，邢凱捂著耳朵走了過來。

「你怎麼了，怎麼感覺像剛打完仗似的？」蔣蘭蘭看著他的慘樣一臉不解。

「別提了，我跟你說，我們上輩子肯定是欠他們兄妹的，所以這輩子來還債。顧玄也瘋了，吵著要找『酷酷的吐溫兄弟』，順帶把我貶得一無是處，說我品味差，穿衣服不好看，我也是真佩服。」邢凱抱怨道。

「算了，別跟他們計較了，下一個老師來了就好了。」蔣蘭蘭無奈又同情地拍了拍邢凱的肩膀。

「下一個老師我知道是誰，雖然也很厲害，但應該不是帥哥，所以對我吸引力不太大。」顧悠說話終於正常了點。

「別亂說，小心後悔都來不及！」蔣蘭蘭笑著說道。

「才不會呢！」顧悠傲嬌地說道，「誰也不能超越吐溫老師在我心中的地位。」

這天，情緒有些低落的顧悠慢吞吞地來到寒暄書院，但其實她心裡還是有些期待的。

與顧悠不同，蔣蘭蘭倒是興致盎然，嘴裡還哼著小曲：「世界以痛吻我，要我報之以歌，天空沒有翅膀的痕跡，但我已飛過，我不住地凝望渺遠的陰空，我的心和不寧的風一同徬徨悲嘆……」

「你唱的什麼啊？我怎麼沒聽過？」顧悠聽到後忍不住問道。

「我自創的，厲害嗎？」蔣蘭蘭鮮少地露出了得意的表情。

「調調一般，不過歌詞真的很好，還有點熟悉，是哪個名人寫的來著？」顧悠皺著眉頭想了想，「哦，我知道了，就是今天要來上課的泰戈爾老師的。」

「算你聰明。」蔣蘭蘭笑著說道。

兩人正說著，門口走進一位有著花白捲髮和茂密的大鬍子的老者，他穿著類似僧衣一樣的灰白色長衫，走起路來腳下生風，一臉雲淡風輕，看起來精神矍鑠並無老態。

「泰戈爾老師蠻佛系的樣子。」顧玄說道。

「嗯，看起來像位得道高人，看來我要拜師學藝了。」邢凱嬉皮笑臉地附和。

「你想得美！」另外三個人異口同聲地說道。

「同學們好，我是接下來給你們講課的泰戈爾老師，希望大家能夠喜歡我。」泰戈爾老師站在講臺上很是客氣地說道，「不過，不喜歡也沒有關係，只要你們高興就好。」

「老師，我們不喜歡你，但是愛死你了。」不知道是誰大喊了一句，瞬間把課堂的氣氛帶動了起來。

「這同學比我還能出風頭！」顧玄有些嫉妒地說道。

「哈哈，那就好。」泰戈爾老師擺了擺手示意大家先安靜下來，「那不知道大家喜歡我什麼呢？」

「最喜歡的當然是您的詩了，唯美且有意境，讀來還那麼有哲理。」蔣蘭蘭一臉崇拜地說道，「不過有很多詩句的內涵，我不太能理解，比如這一句，『羅網是堅韌的，但是要撕破它的時候我又心痛；我只要自由，為希望自由我卻覺得羞愧；我確知那無價之寶是在你那裡，而且你是我最好的朋友，但我卻捨不得清除我滿屋的俗物；我身上披的是灰塵與死亡之衣，我恨它，卻又熱愛地把它抱緊』。我只覺得這幾句詩很矛盾的樣子，但又不知從何理解？」

「實際上，要理解這些東西並不難，這只是我所思所想的一種表達。」泰戈爾老師說道。

「我記得文學史家鄭振鐸曾說過，在對著熠熠的星辰、潺潺的流水、浩瀚的天空，或偃臥於綠蔭上，盪舟於群山間，鬱悶地坐於車中，在驚駭的午夜靜聽奔騰呼嘯的狂風暴雨時，才能真正領會到泰戈爾老師詩中的含義。」一位同學激動地站起來說道。

「嗯，環境的確會促進思想的迸發，不過，只要知道了作品的思想旨歸，也就更容易理解了。」泰戈爾老師肯定了這位同學的回答。

「我知道您的詩歌中最顯著的思想精神就是泛神論，老師您能給我們具體解釋一下嗎？」蔣蘭蘭問道。

泰戈爾微微頷首，微笑著說：「當然，這也正是我想說的。」

「在印度，民族和傳統文化的核心內容就是『梵』。印度古籍《梨俱吠陀》以及《奧義書》中都有闡述，梵是宇宙的最高主宰和最高實在。書中寫道，最初，此處唯有梵。梵能成為一切，誰領悟到了梵，誰就是梵，誰就是一切，不管是神、仙還是人。換言之，梵就是宇宙萬物的統一體，世界萬物都由梵而來，梵也能化為世間任何事物，與『我』相統一，當個體靈魂擺脫了無明，在解脫中參悟了梵時，『我』便具備了梵的屬性，從而達到『梵我合一』的境界。」泰戈爾老師說道。

「梵就是『神』嗎？那這樣是不是可以理解為『神是無處不在的』？」泰戈爾老師的話引起了顧玄的興趣。

「可以說是神，但它是一種更高級更廣義的神，是超越客觀世界和人的思維、不依人的意志而轉移的，我更願意稱之為『無限』。它和『神無處不在』是不一樣的，後者的意思是，神可以存在於任何地方，比如樹木、山川、河流等之中，但這並不意味著，神就是它所依附的物體，而前者的意思是神可以是一切，比如樹木、山川、河流都可以是神。」泰戈爾老師解釋道。

「神和整個宇宙或自然是統一的，世界並非由某一個神比如上帝創造，它本身是完備的，每一種事物都能夠自我產生，它們在實體出現之前，是『無限』的，也就是說有限之物，乃出自無限，而並非由於創造。舉個簡單的例子，當人出現之前，有一個人的『無限』存在，隨後這個無限便衍生出了第一個人，由此人的實體就出現了，而『無限』則是人的本體。」泰戈爾老師繼續說道。（如圖 9-1 所示）

圖 9-1 泛神論的哲學思想

「我似乎有些理解了，梵可以理解為所有事物的『無限』，無限產生有限，而當有限的事物頓悟參透『梵』之後，無限與有限便融為一體了。但這與理解您的詩歌有什麼關係呢？」顧悠還是有些不解。

「梵、神或者說無限，本身是沒有意義的，它只有被表現出來才能產生意義，而無限只能透過有限表現出來，就像歌要透過歌唱表現出來一樣。為此，我們要在一切『有限』中去發現『無限』，才能理解『無限』的意義。所以我在創作時，就會把『梵』付諸山川河流、日月星辰等自然生命的現實之中，在我看來世間萬物都是可以表現出『神性』或是『梵性』的，神的存在不是為了統治世界，凌駕於一切之上，而是為了呼喚人與人、人與自然、人與世界的和諧。自然景物都有『梵』的意志，而他們又與『自我』相關，『梵我合一』也是『物我如一』，我們和大地上的一切都是一體的。」泰戈爾老師解釋道。

「明確了這一點，就容易理解詩中要表達的意思了。就拿蔣蘭蘭舉的那一個例子來說，因為物我合一，即使它是羅網，是囚籠，是俗物，是死亡之衣，它們和我也是一體的，要撕碎拋棄它們，我就會感到痛苦和自責。」泰戈爾老師總結道。

「黃仲蘇先生研讀泰戈爾老師的作品後，曾這樣評論，『泰戈爾看自然界的花草蟲鳥、風雨山水、日月星辰等是無法描寫的，它們的美是無窮的，世界唯有這樣的美才能喚起人類對宇宙誠摯而雄厚的愛。而他能理解這種情感，能觀察了解宇宙並透過音韻描寫永珍，所以他常常化身為宇宙的情人』。我想，這和老師要表達的意思是一致的。」蔣蘭蘭說道。

「原來，泰戈爾老師很多表達愛情的詩句是以宇宙為對象的啊。」顧悠似乎剛剛明白了泰戈爾老師所講述的內容。

「既然『梵我合一』、『物我如一』，那麼人就應秉著博愛的胸懷去對待世界的一切，人要對大自然以及人間事物普遍關愛，達到一種和諧且美好的狀態。」泰戈爾老師剛說完，下課時間也到了。

第二節　印度文學的恬淡意境

泰戈爾老師今天遲到了，邢凱忍不住調侃：「學生遲到了罰站，老師遲到了可也要罰站呀。」

泰戈爾老師笑了笑，拍了拍邢凱的頭：「讓我罰站，你先背一首我的詩來聽聽。」

「這個簡單，那老師我開始背了。」邢凱笑嘻嘻道，「人生的意義不在於留下什麼，只要你經歷過，就是最大的美好，這不是無能，而是一種超然。」

泰戈爾老師滿意地點了點頭，讓他坐下，然後又提問道：「同學們，我知道大家都對我的好多作品耳熟能詳，那你們知道我的詩是從什麼時候開始走進大眾視野的嗎？」

蔣蘭蘭率先答道：「老師，因為旅居歐洲的美國詩人龐德發表了您的作品，在當時的文壇引起了極大反響。」

「是的，我十幾歲到英國留學，同時擅長英語和孟加拉語。所以當我將《吉檀迦利》翻譯成英文之後，我熟練的英文很快就吸引了英國一些藝術家的眼光。1912 年時，大詩人葉芝讀到了我的詩，並稱讚我的詩歌『是高度文明的產物，如同沃土中長出的燈芯草』。藉著這個機會我認識了葉芝、龐德等一批西方詩人。」

「因為這些西方詩人的緣故，我的詩歌很快就在西方文壇流傳開來，我也因此吸引了更多作家的目光，緊接著不久，諾貝爾獎委員會又把諾貝爾文學獎授予了我，於是泰戈爾這個名字就隨跟我的作品一起傳遍世界了。」

臺下的同學聽得神往不已，有同學站起來問：「老師，這些西方文化人應該算是您的伯樂了吧？」

泰戈爾老師優雅地笑了笑：「印度詩歌能夠走向世界，我確實非常感謝當時英國、美國等國家的各位作家朋友，也要感謝英文，畢竟如果不是將作品翻譯成英文，也不會被這麼多人看到。不過在我看來，與英文的形式表象相比，更能打動大家的還是我詩歌中透露出的印度哲學，印度人所特有的恬淡的生活意境。」

「我不能算作一個純粹的詩人，我更喜歡自己以一個來自印度的思考者的身分，我喜歡透過文學向世界傳遞一種屬於我們印度的人生哲學。」泰戈爾老師一口氣說了這麼多。

顧玄忍不住站起來提問：「那麼老師，印度的哲學是什麼呢？」

泰戈爾說：「印度哲學就是一種融入自然的恬靜淡泊，有些類似於中國古代老子的清靜無為，在這個基礎上，又產生了一種人與人之間的愛和人對於美的追求。」

「老師，您講的太過抽象了！」同學們異口同聲地說。

泰戈爾老師解釋說：「確實是如此，印度哲學展現得更多是意境，確實是比較抽象的。而在我的文學作品裡，我則把這種哲學思想具象到了神祇和自然上。」

顧玄附和說：「是的，老師，我發現您的作品裡經常出現神仙、精靈、男人女人、智者老者這樣的人物，和飛鳥、太陽、月亮、白雲、大樹這些自然景物，這就是您說的具象吧！」

泰戈爾老師肯定了顧玄的說法：「確實是這樣，這些具象的人或物代表的就是一個個哲學符號，大家都聽過我那句『天空中沒有留下鳥的痕跡，但鳥已經飛過』的詩句吧！」

「聽過！」同學們一起答道，這麼有名的「金句」怎麼可能沒人聽過呢？

「在這句詩裡，我所表現的就是一種自有自在的哲學，而飛鳥代表的就是自有這個抽象的概念！所以，用具象的景物表達抽象的恬淡哲學，這就是我乃至印度文學的一個特點了。」泰戈爾老師總結說。

顧玄問道：「那麼愛和美又是如何展現的呢？」

泰戈爾老師回答說：「愛是印度哲學的永恆主題，也是我進行文學創作所圍繞的精神核心。我認為愛是在人的生活中無限延伸的，在我們的生命中，無處不被愛所包圍，所以最高的人生境界就是博愛，愛這個世界上的一切。在《飛鳥集》中，我說過這樣一句話——當我死時，這個世界，請在你的沉默中替我留著『我已經愛過了』這句話。而在另一些著作中，我又將作者的視角轉換為自然景物，用主觀的視角寫出自然的魅力和人生，這也展現了我對自然的愛。至於男女之愛，人與人之間的愛，則更

是我的文學主題，例如《園丁集》就完全是一部反映人與人之間的愛的作品。」

「我懂了，博愛就是印度文學的精髓之一，但其實我們中國古典哲學也有對博愛的追求！」顧玄說道。

「確實如此，像中國和印度有著深厚積澱的古老文化，都必然會孕育出博愛的精神。」泰戈爾老師點頭稱讚了顧玄，然後又接著說：「至於美，在我的作品中美是符號化的，有人說符號化的文學元素過於生硬，但我卻不這樣認為。例如在我的大多數作品中，『神』就代表著美和人類對美的追求。」

「確實，有的老師認為符號化的文學元素是要極力避免的。」有同學小聲回應。

「不錯，對文學的理解本來就見仁見智，每個人喜愛的文學形式都不同，我們所需要做的就是理解並尊重任何一種文學特點，給每個人探索自己的文學才能的可能性！」泰戈爾說道。

「我明白了！」顧玄大叫起來，「這就是您說的博愛！」

看到大家有這樣的領悟力，泰戈爾老師露出了欣慰的表情。

第三節　「愛國主義」的文學表現

「馬上又要見到博愛的泰戈爾老師啦！」蔣蘭蘭眉飛色舞地說道，滿心期待著與泰戈爾老師見面。

「怎麼上了泰戈爾老師兩節課，你變成他的小粉絲了，是嗎？」顧悠看著蔣蘭蘭笑呵呵地開玩笑道。

蔣蘭蘭反問顧悠：「難道你不喜歡浪漫又博愛的泰戈爾老師和他的詩嗎？」

邢凱這時走了過來，對著蔣蘭蘭翻了個白眼：「蔣蘭蘭你每天把喜歡掛在嘴邊不害羞嗎？低調一點吧！一會兒全世界都知道你喜歡泰戈爾老師了。」

邢凱的話頓時讓蔣蘭蘭有點難為情，她大聲反駁道：「我這是欣賞，欣賞懂嗎？泰戈爾老師的詩歌寫得這麼好，我愛屋及烏，連帶人一起欣賞一下，有什麼問題嗎？」

顧玄這時插了一句嘴：「絕對沒問題，泰戈爾老師值得！」

四人聊天聊得正開心，泰戈爾老師推開門，走進教室，和藹地笑著說道：「大家聊什麼這麼開心，說出來讓我也高興一下？」

顧悠馬上接了泰戈爾老師的話：「老師，我們在誇獎您呢，尤其是蔣蘭蘭，對您讚不絕口，她說上了您的兩節課後，感覺您既博愛又浪漫。」

蔣蘭蘭瞬間小臉紅得像蘋果，小聲嘟囔著：「本來就是啊！」

泰戈爾摸著他那白花花的鬍子，笑著說道：「那真是謝謝蔣蘭蘭同學的認同呀！既然說到了博愛，我要問大家一個問題，你們所理解的博愛應該去愛什麼呢？」

「愛父母。」邢凱脫口而出。

「愛朋友。」顧玄緊隨其後。

「我認為博愛就應該愛這世界上的一切呀！」蔣蘭蘭說道。

「其實我覺得還是愛國家比較重要。」顧悠最後說出了答案。

泰戈爾老師這時候說道：「大家說得都有道理，博愛就是應該愛一切，但是今天我想就顧悠同學的答案展開來講一下——愛國。」

泰戈爾接著說道：「眾所周知，我筆下的愛國詩歌有很多，而我之所以會在作品中注入愛國主義，這與我的一些經歷有關，我的國家印度曾被英國殖民者占領過，因此我對殖民主義深惡痛絕。1905 年，印度的反殖民主義運動達到一個高潮，我也投身愛國運動，在此期間，我寫下了很多愛國詩篇。不知道同學們有沒有讀過我的愛國詩作呢？」

蔣蘭蘭搶答道：「我曾經讀過您的《我生長在這片土地上》，其中『我們在這裡生息繁衍，我們在這裡委曲求全』兩句真是讓我印象深刻，尤其今天聽您講了您的經歷後，我更能體會您詩中的那種愛國情感了。」

「確實，這首詩作是寫於印度被英國殖民時期，國家淪喪，國土被侵占，我再也抑制不住滿腔的愛國熱情，於是將自己的愛國主義精神融於這首詩中，希望我的國家可以早日實現民族獨立。」泰戈爾老師語重心長地說道。

「當時，我真的太希望我的國家可以早日獲得獨立和自由了，所以在一些作品中對民族主義和自由也做過一些闡述，我曾在 1899 年寫過一首名為〈世紀的黃昏〉的詩歌，不知道大家有沒有讀過？」

坐在講臺下面的學生紛紛搖頭。

泰戈爾老師接著說：「既然大家都沒有讀過，那就聽我來給大家講一講吧！我認為英國之所以會侵占我的國家，就在於他們的民族意識過於膨脹，竟然會選擇透過這種『強盜』行為來突顯自己的民族，所以我在〈世紀的黃昏〉中先是痛斥了西方民族意識膨脹所帶來的危害，接著呼籲大家要警惕民族利己主義，應保持本民族溫良恭儉讓的傳統，並呼籲自由時代的到來，好在現在這一切都已經實現了，真心推薦大家課下去讀一讀這首詩，來深切體會一下我今天所講的內容。」

「老師，關於愛國主義和民族主義還有沒有一些其他作品推薦？我可以一口氣都讀下來！」蔣蘭蘭激動地說道。

泰戈爾老師笑著說道：「其實，關於民族主義，我還寫過兩本長篇小說——《戈拉》和《家庭與世界》，大家如果感興趣的話，可以找來讀一下，課上時間有限，我就不細說了。」

「泰戈爾老師，英國曾經侵略過您的國家，那您是不是對這個國家的一切都很討厭呢？」邢凱問道。

「有一點我想一定要說明白，雖然我很憎惡英國殖民者的侵略行為，但是身為一個理智的學者，我並沒有對他們持全面否定的態度。英國這個國家有它厲害的地方，不然我的國家也不會成為它的手下敗將。

「我想，在這裡，有必要和你們講一下我和我的朋友甘地的故事，我們對『英國』的態度簡直是兩個極端。我知道我的國家有不足，所以即使面對侵略者，也並沒有持全盤否定的態度。很多印度人為了洩憤去焚燒英國貨物，並且辱罵英國人，這些我都不提倡，我提倡學習英國先進的科學技術，並透過教育的方式來推廣這些科學技術。

「可我的朋友甘地並不這麼想，他對英國就是堅決鬥爭、絕不合作的態度，我絲毫不否認我們兩個都是愛國的，只是方式不一樣罷了。但是你們放心，我們的關係依舊很好，並沒有反目成仇。」

泰戈爾老師話音剛落，下課時間也到了，同學們似乎還沉浸在泰戈爾老師的「愛國情懷」中遲遲沒有走出來。

第十章
羅曼 · 羅蘭主講「人道主義」

本章用四個小節講述羅曼 · 羅蘭至高無上的人道主義精神。在本章中，我們將了解羅曼 · 羅蘭以英雄為主題的文學作品，以及這些作品背後所蘊含的無與倫比的人文關懷，以及羅曼 · 羅蘭以全人類為一體，意圖以蘊含人道主義精神的文學作品，凝聚全人類精神的偉大構想。

羅曼‧羅蘭（Romain Rolland，西元 1866 年 1 月 29 日～ 1944 年 12 月 30 日）

法國文學家、思想家、音樂評論家和社會活動家。他追求人道主義精神，一生為爭取人類自由和光明而抗爭。代表作品有劇作《群狼》、《丹東》，傳記《貝多芬傳》，小說《約翰‧克利斯朵夫》、《母與子》，等等。

第一節　英雄的文學主題

終於，新的課程又開始了。一進入寒暄書院，顧悠就看到一個穿著講究的挺拔男子站在講臺上。

顧悠迫不及待地湊到講臺邊上，像是欣賞藝術品似的近距離端詳起來：高挺的鼻梁，深邃的眼睛，有個性的鬍鬚，鋥光瓦亮的前額，白襯衫加西裝大衣的穿著。顧悠小聲問道：「您是羅曼‧羅蘭老師吧？」

「是的，這位同學請你回到座位上，馬上要開始上課了。」感受到羅曼‧羅蘭老師犀利的目光，顧悠乖乖回到了自己的座位上。

「某些方面來說，閱讀和創作給了我新的生命。」羅曼‧羅蘭老師開口說道，「閱讀、創作過程中所遇到的偉大靈魂讓我獲得了重生。我的第一次重生是與莎士比亞先生的邂逅……」

「老師，您和莎士比亞並不是一個時代的啊，怎麼可能邂逅呢？」顧悠不經意的發問再次打斷了老師。

羅曼．羅蘭老師沉浸在自己的情緒中，沒有說話，只是沉默著。當顧悠意識到犯錯，不好意思地低下頭後，羅曼．羅蘭老師才再次開口：「我的父母都是老實本分的普通人，他們認為生活不易，沒有什麼比擁有一份穩定工作更有價值，所以我從小就被寄予厚望，那就是找一份穩定且收入可觀的工作。而我呢，因為保母的粗心大意（把不滿一歲的我忘在了冬天的院子裡），從小身體就十分孱弱，再加上性格敏感，妹妹早夭，童年的我幾乎是在壓抑中慘澹度過的。很多時候我都覺得自己實在太柔弱、太渺小了，好像稍不注意就會死去。直到十六七歲時，我讀到莎士比亞的《哈姆雷特》，莎翁用他強健有力的筆觸穿過歷史的雲煙與我進行了一場跨時代的『暢談』，讓我的內心充滿了力量。可以說，莎翁給了我生活下去的勇氣，並讓我清楚地見識到了文學的魅力。」羅曼．羅蘭老師雙手撐住講臺，環視著在場同學，激動地說。

「現在我的父母也是這樣的想法，認為穩定最重要，最好考個公務員，找個穩定的工作，別想著自己去創業，安安穩穩就夠了。」邢凱感同身受地說道。

羅曼．羅蘭老師的一番話引起大家強烈的共鳴，不過大家的關注點似乎和羅曼．羅蘭老師的關注點並不太一樣。

「好了！」羅曼．羅蘭老師出聲制止了同學們的熱烈討論，繼續說道，「後來，隨著閱讀的深入，我又遇到了托爾斯泰，於我而言，他就是一個『活著的莎士比亞』，是照進我生命裡的又一束亮光，是我畢生的偶像。」

蔣蘭蘭問道：「那您見過托爾斯泰本人嗎？」

「沒有，不過我們曾經透過書信聯繫過。」羅曼．羅蘭老師笑著回答，眼睛彎彎的，像是想起了很有趣的事情。

顧玄有點小驕傲地炫耀道：「那我們可比您幸運多了，前幾天，托爾斯泰先生還給我們講過課呢。」

羅曼．羅蘭老師一聽眼睛更亮了幾分，激動地問道：「真的嗎？那先生現在在哪裡？」

「可能離開了吧，通常上完課後就消失了。」蔣蘭蘭有點惋惜地說道。

「好吧。」羅曼．羅蘭老師眼神黯淡下來，繼續說道，「他的作品對我觸動很大，是我的指路明燈，我一直透過它們跟著他的腳步，認同他所讚揚的，厭惡他所批判的，思考他所探討的，直到他的世界觀激變，他推倒了曾經的自己，也使得我陷入了迷茫中。苦苦找尋不到出路後，我抱著一絲希望寫信向他求教，令我詫異且驚喜的是，我居然收到了長達 8 頁的親筆回信。這封信對我意義非凡，我將其稱為人類德行的典範，是我創作的起源，也是我思想道德的基礎。」

「那信裡寫了什麼？」顧悠問道。

「很多很多，其中有一句話讓我的內心受到極大的震動——只有使人們團結的藝術才有它的價值，只有為自己的信仰勇於犧牲的藝術家才能得到承認，不應該是熱愛藝術，而要熱愛全人類，這才是一切真正志趣的前提。」羅曼．羅蘭老師說到這裡十分動容。

「從那之後您就開始了文學創作？」顧悠繼續追問道。

「不，還要再晚幾年。這時候我雖然有了靈感，但還缺少素材，在學習遊歷了幾年後，我才準備好進行創作。或許是受到莎士比亞先生的影響，一直以來戲劇是我最喜歡的藝術形式，剛開始創作時，我所寫的也都是戲劇。那時候，巴黎乃至全法國，人民意志普遍消沉，缺乏鬥志，貪圖享樂，很多作家文人為了迎合觀眾們的要求，創作的都是那種庸俗不堪、缺乏深意、充斥著色情意味的文學。可笑的是，這些作品非常受歡迎，很快便占據了法國文壇的半壁江山。」羅曼・羅蘭老師有些悲痛地說。

「這就是當今社會的『奶頭樂』啊！如果人們都被這種文學控制，那整個社會就會混亂不堪。」邢凱評論道。

「沒錯，我一定得喚醒他們，我心裡這樣想著，手中的筆也握得更緊了。但是寫些什麼呢？我滿腦子都是勇敢的、革命的、理性的英雄形象，所以我就以『政治』、『英雄主義』為主題，用歷史上的英雄事件為題材開始寫劇本，並設想它們可以在『人民劇院』輝煌上演。」羅曼・羅蘭老師動情地說道。

「聽說您還組織了一場『人民戲劇運動』，把自己寫的這些劇本都搬上了舞臺？」顧悠問道。

「說來慚愧，雖然我的想法很美好，但現實卻是人們對我寫的這類東西根本沒興趣，即使搬上了舞臺，他們也選擇視而不見。我不停地寫劇本，但似乎並沒有什麼用，我覺得自己與周圍的一切都格格不入，感到了一種前所未有的孤獨和煩悶。」說到這裡，羅曼・羅蘭老師突然停住，仔細看了看同學們的反應後問道，「你們是不是覺得我說的牛頭不對馬嘴，不知道在講什麼呢？」

「沒有啊，我聽起來很有興趣。」知道自己惹了老師生氣的顧悠見縫插針，忙不迭地討好道。

還是蔣蘭蘭足夠理性，她指出：「是有些混亂，不過，我想您從自己的身世講到自己的創作，從個人處境說到社會常態，這其中應該是有什麼關聯的。」

「嗯，不錯。」羅曼・羅蘭老師臉上有了一絲笑意，「我想要跟大家探討的是關於『誰是真正的英雄』這一問題，在大家的心目中，真正的英雄是什麼樣的？」

羅曼·羅蘭老師的問題，讓同學們陷入思考之中，討論爭辯的聲音也隨之響起。

「老師，不如，您先說說您的理解吧。」大家爭辯不出個結果，只好將問題推回給羅曼·羅蘭老師。

「從創作之初我便在想，到底什麼人才是真正的英雄，是那些推動歷史程式的帝王將領，還是博學多識的思想大家？我突然看到了小時候的自己，畏畏縮縮地躺在床上，渺小、恐懼又絕望，我又看到了莎士比亞，想到了托爾斯泰，聽到了貝多芬說：『我要扼住命運的咽喉，它妄想使我屈服』……於是我便將目光轉到了自己崇敬的對象身上，開始深入研讀他們，研讀得越深，我就越是為他們的不幸感到震驚，並逐漸開始被他們的不屈奮鬥深深折服。最後，我恍然大悟，這才是英雄的樣子。」羅曼·羅蘭老師解釋道。

「您認為那些能夠克服困難的人便是英雄嗎？」蔣蘭蘭問道。

「你要問我英雄到底是什麼，我也說不大清，我只知道他們會做自己能做的事情，而旁人卻做不到這一點，他們明知世界殘酷，卻還是熱愛它，他們可以給不幸絕望的人帶來希望的微光，他們有著偉大的人格和博愛的思想，他們的高貴精神可以拯救墮落的世界，他們不以思想或強力稱雄，而是因為心靈而偉大。」羅曼·羅蘭老師回答道。

「這就是您創作名人傳記的原因吧？」蔣蘭蘭繼續追問。

「沒錯，貝多芬、米開朗基羅、托爾斯泰，這些人的偉大之處不僅僅在於留下了多少經典名作，而是在於他們的人格。偉大的靈魂有如崇山峻嶺，普通人雖不能登頂高峰，但也應該心嚮往之。透過心靈的接近，他們可以與英雄交換肺中的空氣以及脈管中的血液。他們也將感到更貼近永恆。當再回到人生的荒原，他們心中就會充滿戰鬥的勇氣。這便是英雄的作用，同時也是我創作名人傳的初衷。」羅曼·羅蘭老師總結說。

第二節　用文學謳歌人類的精神

羅曼·羅蘭老師剛在講臺上站定，蔣蘭蘭就說道：「上節課您所說的那些可以稱之為英雄的人，他們都有著寬廣的胸懷，在自己的生活之外，他們更關心人民疾苦，關注人類命運，厭惡戰爭，痛斥殺戮，這些都和您所倡導的人道主義、和平主義是一致的，我想這也是老師推崇他們的原因之一。」

羅曼·羅蘭老師一邊點頭，一邊說道：「對於凱薩、拿破崙等以武力稱雄的人，我不否認他們的功績，也肯定他們思想的前瞻性，但他們與我所認為的英雄相距甚遠，英雄之於世界當是寬容和救贖，而不是殺戮和征服。」

「所以說《名人傳》就是一部為社會探索真理的英雄奮鬥史。」蔣蘭蘭繼續說道。

「雖然《名人傳》將老師心中的英雄主義展現得淋漓盡致，但要說英雄主義的集大成之作，我覺得還是小說《約翰·克利斯朵夫》。」顧玄提出了自己的觀點。

聽到顧玄的話，羅蘭老師顯然來了興趣，微笑著問道：「你為什麼這麼認為？」

「小說主角的經歷展現的是羅曼·羅蘭老師本人精神探索的直接經驗，這一主角形象原型來自於兩個人，一是老師自己，一是貝多芬先生。」顧玄說道。

「約翰·克利斯朵夫（Jean-Christophe）出生在德國萊茵河畔小城一個貧窮的音樂師家庭，小時候受到祖父英雄創世觀念的影響產生了做大人物的想法。他在童年和少年時代就表現出卓越的音樂天賦，但因為階級差別經常受到貴族少爺小姐的壓迫和淩辱，他對父母卑躬屈膝的樣子深感厭惡。由此，反抗意識逐漸形成。隨著年齡的增長以及對社會深入的了解，克利斯朵夫成為一位才華橫溢又有個性的音樂家，骨子裡的反抗意識越來越強烈。他從對單一貴族的反感上升到了厭惡整個統治階層。與現實世界格格不入的他沉迷於音樂中，然而，在這個領域他與周圍的一切也極度不合拍。他痛斥那些迎合小市民趣味的感傷音樂，後來又因仗義救人，造成命案流亡法國。」顧玄繼續說道。

「這的確就是羅曼·羅蘭老師啊。」聽到這裡，顧悠忍不住說道。

「對啊，只不過在小說中，老師是從音樂的角度來表達的。」顧玄解釋道。

「先聽這位同學說完。」羅曼·羅蘭老師提醒顧悠不要插話。

「逃亡到巴黎後，克利斯朵夫目睹了文學界乃至整個社會的墮落和虛偽，深感失望，但他並沒有沉淪，而是潛心於音樂事業，窮困潦倒且高傲地活著。後來他和法國青年文學家奧利維成為知己，在奧利維的影響下，克利斯朵夫意識到那些為人類做出貢獻的偉大的理想主義者應該選擇的道路，也因此到達思想自由的高峰。當遷居到貧民窟的克利斯朵夫看到了底層人民的苦難生活後，他又開始研究貧困問題，尋找革命的方向，但並沒有造成作用。緊接著好友奧利維在示威鬥爭中死去，他也因為打死了一名軍警，逃亡到瑞士。接連遭受打擊的克利斯朵夫開始逃避鬥爭，反省自己的一生，不再過問世事。晚年的他內心趨於平靜，陶醉在愛情中，向現實妥協，與過去和解，轉向宗教音樂創作，在追求內心和諧中死去。」顧玄繼續說道。

「你講是講完了，但是英雄主義是如何展現的呢？」蔣蘭蘭向顧玄發問。

羅曼·羅蘭老師也點了點頭，示意顧玄解釋一下。

「老師透過對主角克利斯朵夫一生心靈歷程的講述，也將普法戰爭到『一戰』前 40 年的法國社會全景展現了出來。老師在小說中將克利斯朵夫的一生如長河一樣鋪展開來。作品講述了主角天賦個性初現的童年，抗爭權貴的青年，以及發生精神危機的中年。克利斯多夫彌留之際達到精神寧靜的崇高境界，全然依靠的是堅毅純淨的心靈以及對人類自由巔峰的追求。」顧玄解釋道。（如圖 10-2 所示）

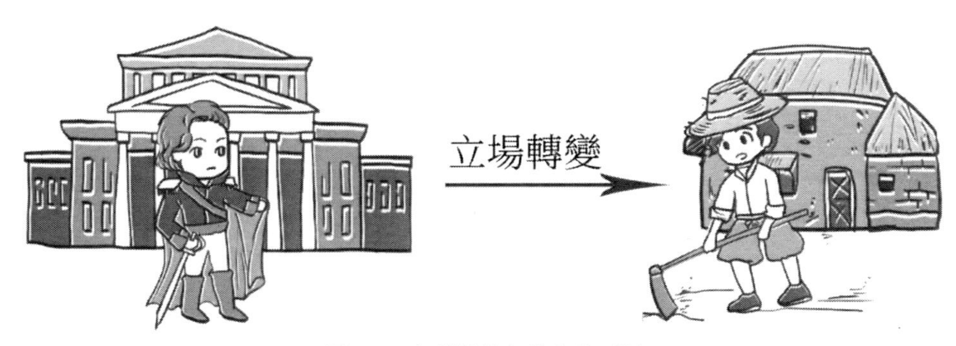

圖 10-2 克利斯朵夫的心路歷程

「他不斷戰勝內心的陰暗面，擺脫現實的汙穢，在與虛偽的反動勢力作鬥爭的過程中實現自我的完善和昇華，這是一個追求真誠藝術，為健全社會而努力奮鬥的音樂家的形象，表現出了個性反抗、不甘墮落、為探尋真理而鬥爭的英雄氣概以及光明終將戰勝黑暗的信仰。克利斯朵夫正像羅蘭老師所崇敬的偉人以及他自己一樣，勇於揭露社會的弊端，在不幸中仍不忘追尋真理，鍛造出偉大的人格和靈魂。他個性的張揚，對自由的渴望，對強硬勢力的不妥協以及對平民生活的關注等都是英雄主義的展現。」顧玄繼續說道。

「還有一點內容，你沒有說到。」羅曼·羅蘭老師補充道，「我在寫小說時習慣走進人物的內心世界，以感情和靈魂歷程為主線展開故事。也是因為如此，我會使用大量筆墨去刻劃主要人物的所思所想，使他們具備多重性格，對於克利斯朵夫，坦白講，他的性格很複雜，身上的缺點也不比優點少。縱觀那些靈魂偉大的人，他們在生活中都不是聖人，一點都不完美，但他們能夠戰勝自我的狹隘而不受外界的汙濁之氣影響，最終到達思想的至高巔峰。」

「多重性格、多重身分所帶來的複雜性在克利斯朵夫的身上和諧共存，並不會讓人感到違和與不適。」顧玄說道。

「事實上，克利斯朵夫本身是極其矛盾的，他的身上同時有著愛和恨的力量、軟弱的內心和偉大的願望、高傲的自尊和可悲的處境……不過，伴隨著他的經歷，這些對立面最終達到了神聖的『統一』，抵達了生命的澄明之境 —— 精神的和諧。」羅曼．羅蘭老師繼續說道。

「您透過這樣一個落魄音樂家的奮鬥經歷來倡導英雄主義、人道主義、理想主義，也謳歌不朽的生命力、永不言敗的靈魂以及人類的和諧精神，讓人深感震撼，故事所展現出的生命力是持久的、永恆的。」顧玄補充道。

對於顧玄的論述，羅曼．羅蘭老師點點頭表示肯定，接著以自己寫在小說扉頁的那句話「獻給各國的受苦、奮鬥，而必戰勝的自由靈魂」結束了這堂課。

第三節　超越極端主義的人文關懷

「今天我們暫且不談文學作品，我想為大家分享一段十分難忘的經歷。」今天的羅曼．羅蘭老師興致不錯，一進門就笑著說道。

大家一聽瞬間安靜下來，都坐回座位，擺出了聽故事專用臉。

「1914 年 7 月末，我在瑞士的一個火車站等車，突然看到牆上的一則通告，我震驚地發現那是『一戰』爆發的公告，為此一路上我都感到莫名的不安。回到旅店後，我顫抖著開啟日記本記下了自己的感受 —— 在這一年中最晴朗的日子裡，在溫柔的風和美麗的景色映襯下，歐洲各國卻開始了相互廝殺……」羅曼．羅蘭老師說道。

「您為什麼會有如此強烈的反應呢？」顧悠太關注老師的狀態，忽視了主題內容，提出了個有點不合時宜的問題。

「這不是廢話嗎？聽到國家要打仗了，你能不緊張不害怕嗎？」一個同學大聲說道。

「我……」這次顧悠無話可說了。

「其實這位同學說得也不錯。」羅曼．羅蘭老師替顧悠解圍後說道，「相比周圍的人，我的反應確實過於強烈，這與我之前的經歷相關。此前德法之間從各種爭端到開戰，持續了相當長一段時間，這使得我整個青年時代都生活在動盪與不安中，戰爭與死亡每天都在我眼前發生。我親眼見到過戰爭的殘酷，深知那種戰戰兢兢、與死神近距離接觸的窒息感，所以得知歷史又要重演時，我內心深埋的恐懼和憎惡就再一次被召喚了出來。」

「怪不得您對戰爭這麼深惡痛絕。」顧悠說道。

「戰爭是死神的盛宴，是生者的地獄，也是文明的最大破壞者，它絕不應該發生在這可愛的世間。但可悲的是，自從托爾斯泰離開後，歐洲再沒有一個人具備那種偉大的道德權威，繼承他光輝的人格靈魂，承擔起喚醒和引導人們的重任。」羅曼．羅蘭老師強調道。

「所以我自告奮勇扛起了一面『和平』的旗幟，企圖阻止戰爭。1914 年 9 月 15 日，我就在《日內瓦日報》上發表了我人生中第一篇對政治問題進行評論的文章——〈超然於紛爭之上〉，以此表明各民族各個國家文化的完整性以及它們各自的優點和內涵，希望不要發動戰爭去破壞它們，有可能的話，可以建立『最高道德法庭』來阻止戰爭。」羅曼·羅蘭老師繼續說道。

「您肯定失敗了，而且被一通亂罵。」顧玄很直白地說道。

「為什麼反對戰爭會被罵呢？」顧悠好奇了起來。

「歷史讀得少才會問出這樣的問題。」對歷史有些了解的邢凱接住了問題，「『一戰』前夕各交戰國社會各個階層都被極端的民族主義所裹挾，人民對戰爭是相當支持的。」

「什麼是極端民族主義？」顧悠又問。

「你還讓不讓老師講課了？」邢凱望向老師，得到應允後才說道，「就是有強烈的民族優越感，只服務於本民族，歧視其他民族，為了本民族的利益可以毫無原則地對其他民族進行排斥傷害、踐踏侮辱，漠視他們的自由和生存權。」

看到顧悠點頭，羅曼·羅蘭老師才繼續說起來：「我的老朋友褚威格曾對當時的社會場景進行過一段看似誇張卻十分契合的描述。商人的信封上印著『願上帝懲罰英國』的郵戳；社交界的婦女們紛紛寫信給報社，發誓自己再也不說法語；莎士比亞從德國歌劇院被逐出；瓦格納和莫札特也無法在英國和法國的音樂廳演奏……沒有一個城市，沒有一群人不被這種可怕的仇恨的歇斯底里所感染。」

「這種情況下，老師的這種舉動可真是『不識時務』。」顧玄的刀子嘴又開始了。

「是啊。」憶起這樣的往事，羅蘭老師的眼裡似有淚光閃動，「這種逆社會潮流的行為引起了一片譁然，很快就招致來自輿論的譴責，他們說我是賣國賊，是虛偽的中立主義者。當時，歐洲的很多有威望的作家也都深陷狂熱的愛國主義中，毫無底線地支持本國政府，比如霍普特曼和湯瑪斯·曼。還有一些作家，他們內心是反對戰爭的，但迫於壓力不敢言表只能順服。」

「帝國主義戰爭就是一小部分人為滿足慾望實施的陰謀。政客們可惡貪婪地操縱著戰爭，在背後鼓動著狂熱的愛國主義，煽動無辜的人民奔赴戰場，做出毫無意義的犧牲，摧毀無價的文明和財富。」蔣蘭蘭憤慨地說道。

「沒錯！在這種情況下，各國學識淵博的思想家們，理應承擔起喚醒民眾，阻止戰爭的職責，可他們卻反其道而行，盲目地附和發動戰爭的熱情，煽動民族仇恨，宣傳混戰，任由民眾和國家迷失在黑暗中。那時的知識分子失去了自由的意志，失去了自由的判斷，他們的思想『受制於他們民族的狂熱』，而他們本身成為狂熱的有用工具，這是可恥的、笨拙的、荒謬的。」羅曼·羅蘭老師說道。

「您沒有被『一戰』時期那病態的民族主義吞噬，勇於表達自己內心的真實想法，即使背負罵名也要同邪惡勢力做鬥爭，這才是真正的英雄所為。」蔣蘭蘭有些激動地說道。

「不不，這與英雄還差得遠呢。」羅曼·羅蘭老師謙虛地表示，「我只是在做我想做且力所能及的事情，況且英雄哪是那麼好當的。」

「是啊，英雄的特立獨行通常是不被理解的，他們的處境往往都不怎麼樂觀。」顧玄說道。

「德國人指責我，法國人攻擊我，一些之前很要好的朋友在這件事發生後怕受到牽連，便公開和我斷絕了關係，我還經常收到匿名的辱罵信件，甚至差點遭人暗殺。那段時間我的生活一片混亂，精神上遭受無盡的折磨，常常發高燒，整夜整夜地失眠，就是因為這樣，好幾次我都想一死了之。」羅曼・羅蘭老師傷感地說道。

聽完老師的這段經歷，大家的神色也都凝重起來，見狀，羅曼・羅蘭老師話鋒一轉，換了一種相對輕鬆的語氣說道：「好在，我還有一位知心的老朋友褚威格，他也同樣立場堅定，反對戰爭，在《柏林日報》上發表文章公開表明自己反對分裂和廝殺，也因此他的境遇和我差不多，遭受各方譴責和排斥。後來，我們透過信件鼓勵彼此，互相扶持著走過了那段黯淡無光的日子。」

「這樣的友情真令人羨慕，濃而不膩，淡而不遠，心靈相通，不離不棄。」蔣蘭蘭有感而發，「您和褚威格先生這種反對戰爭、愛好和平的思想和行為，超越了國界，超出了民族的局限，真正做到了『超然於紛爭之上』。」

第四節　人道主義的內容與表現

再次走進寒暄書院，羅曼・羅蘭老師用略微低沉的嗓音說道：「在最後一節課，我將之前所講的做一個總結。英雄、和平、自由、博愛、真理……或許還有更多，它們的源頭和終點都歸結於一種思潮，那就是人道主義。」

「其實，我還不知道人道主義究竟是什麼意思。」顧悠自己都有點難為情。

「沒關係，不懂就要問，敢說出自己不知道的總比假裝知道好。」可能是最後一節課的原因，今天的羅曼・羅蘭老師讓人覺得很親切。

「簡單來說，人道主義就是一種思想，一種世界觀，一種理論。歐洲文藝復興時期，在基督教神學思想盛行、教會力量強大的情況下，出現了那麼一群人，他們抨擊神學的愚昧和禁慾主義，反對教會對人精神世界的控制，並針對此，提出了以人為中心的世界觀，提倡人權，關懷和尊重人，這便是人道主義的雛形。隨著社會的發展和時代的進步，人本思想的內容也在變化和豐富著，法國大革命啟蒙運動的思想家將其內涵具體定義為自由、平等、博愛，而我所倡導的人道主義精神就是以此為基礎的。」羅曼．羅蘭老師解釋道。（如圖10-4 所示）

「我知道了，人道主義的雛形在文藝復興時期也被稱為人文主義，英文中其實是同一個單字，只是中文為了區分不同時期的humanism，翻譯不同而已。」蔣蘭蘭說道。

以人為本，尊重愛護人

神、真理和博愛

個人意識

圖 10-4 人道主義的內容與表現

「是的，你的英文很棒。我曾說過，世界上只有一種英雄主義，那就是在得知生活殘酷的真相後，依然熱愛生活並積極地為之尋找出路，這種英雄主義的核心就是維護社會和諧，關注人的生活。同樣，和平主義、反戰思想、博愛情懷、平等自由意識等也都是人道主義的具體表現，反對戰爭和殺戮，崇尚和平，強調人的尊嚴，注重人格平等，尊重人的價值。」羅曼·羅蘭老師強調道。

「所以，傳記三部曲《貝多芬傳》、《托爾斯泰傳》、《米開朗基羅傳》濃厚的英雄主題色彩背後散發的是強烈的人道主義氣息。」顧玄又適時插了一句。

「正如老師所說人道主義的內容隨著社會和時代的變化也在不斷改變著，不同時期、不同社會條件下，甚至在同一時期，不同的階層或個人身上，人道主義也都會表現出不同的特徵，那麼老師，您的人道主義除了『以人為本，尊重愛護人』這一基本內容外，還有什麼特別之處呢？」顧玄問道。

「最基本的是博愛，這種愛當是無條件的，沒有界限的，對所有的人都一視同仁，普遍關愛，而不是設定在某些條條框框之下的偽善。在文學作品中，不能追求空洞的形式美，而是要立足於真，依附於愛，創造出有靈氣、有血有肉的美，如此才能有動人心魄的精神感召力。然後是個人意識或者說個性的釋放和對自由的追尋，人道主義的核心是人，一個人有了個人意識，才會有愛的能力，對真理產生渴望，最終達到博愛的崇高境界，如果人人都能做到如此，那麼人類的泛愛將得以實現。」羅曼·羅蘭老師從兩個維度解釋了自己眼中的人道主義。

「個人意識這一點，在您的小說《約翰·克利斯朵夫》中展現得最為深刻，主角克利斯朵夫從一開始就具備鮮明的個人特性和反抗意識，且在後續的發展中越來越強烈，沒有被社會的殘酷磨平稜角，而您晚年的逃避鬥爭、反思過往，也並不是對現實的妥協，而是在經歷了太多後，最終達到了超然物外、精神寧靜的博愛境界。」顧玄接過羅曼·羅蘭老師的話說道。

「實際上，英雄主義的作品不管是《名人傳》，還是《約翰·克利斯朵夫》，我想要展現的都是人類對自由、平等和真理的嚮往與追求，而反戰小說《皮埃爾和呂絲》描寫的則是人類對和平的渴望，這些都是人道主義思想的表現。」羅曼·羅蘭老師說道。

「老師所說的，似乎和泰戈爾老師的『真善美』是一致的，最終的目的也都是『普遍關愛』。」蔣蘭蘭在思考時想到了前面所學的內容，不禁脫口而出。

「我一直以來都很關注亞洲國家尤其是印度，也曾拜讀過泰戈爾先生的作品，支持他和甘地倡導的非暴力主義。泰戈爾先生也是一個愛好和平、爭取光明、推崇博愛的人道主義者，他曾在我那篇發表在法國《人道報》的『精神獨立宣言』上籤過名，還與我有過一面之緣。」羅曼·羅蘭老師肯定了蔣蘭蘭的觀點。

「是嗎？這麼奇妙的緣分啊！」顧悠感慨地說道。

「我記得大概是 1926 年，那時候正是萬惡的法西斯猖狂之時，泰戈爾先生先到義大利見了很多受到迫害的義大利知識分子，安慰並鼓勵了他們，隨後他又到了瑞士，我們兩個正是在那裡見面的。」羅曼·羅蘭老師回憶道。

「你們都聊了什麼，您對泰戈爾老師是什麼樣的感覺？」蔣蘭蘭追問道。

「志同道合的兩位大師，必定是惺惺相惜。」邢凱搶先說道。

羅曼．羅蘭老師回憶了一下，嘴角略帶笑意地說道：「泰戈爾或者說印度人總是籠罩著一種濃烈的宗教神祕色彩而讓人覺得不可捉摸，有種超脫凡世的感覺。」

「我就說吧，像位得道高人。」邢凱再次強調。

「後來，1930 年泰戈爾先生就受邀去了蘇聯訪問，而我也在這 5 年後接受了老朋友高爾基的邀請去了蘇聯，說來，我們還真挺有緣分的。」羅曼．羅蘭老師笑著說道。

「老師，你的好朋友可真多，而且都是大人物。」顧悠羨慕地說道。

「我也沒有什麼愛好，就喜歡寫寫東西、聽聽音樂、交交朋友，而我能有所作為，全仰仗這些朋友，也是他們帶領我走上了人道主義的創作之路。莎士比亞的人文思想、伏爾泰的自由與平等激發了我的創作靈感，托爾斯泰的欲求真理為我指明了方向，莫札特和貝多芬兩位音樂大師的旋律讓我找到了精神的避風港，他們都是我的好友也是我的良師，即使我們無法相見，心靈也是相通的。他們的信念之美讓我體會到了博愛、真理、自由的偉大。」談到這裡，羅曼．羅蘭老師的笑容變得更加燦爛。

「人類高貴的靈魂果然是相通的。」顧玄若有所思地說。

「老師，據說您和一位中國年輕的詩人也有過交流？」刑凱不失時機地提問。

羅曼．羅蘭的眼光望向遠處，似乎要穿透歷史的迷霧。

「是的。你說的那位詩人是梁宗岱，我一共和他有過兩次會面。第一次是 1929 年的夏天，我住在瑞士的峨爾迦別墅。梁宗岱那時候是個 26 歲的年輕小夥子，他剛和我見面的時候還有些許惶恐。但是聊到文學的話題，我就滔滔不絕起來，梁宗岱也就不那麼拘束了。我還帶他參觀了毗鄰的盧梭和雨果居住過的別墅。後來，梁宗岱將翻譯的《陶潛詩集》郵寄給我。當讀到『藹藹堂前林，少無適俗韻』這些詩句的時候，我彷彿聽見了亞爾班山上一座別墅裡泉水演奏的莊嚴音樂。」羅曼·羅蘭老師講到這裡，眼神溫柔地望著大家。

「我與梁宗岱君的第二次會面是在 1931 年秋天。那時候我大病初癒，又兼喪父之哀，一直閉門謝客。但當得知梁君要來拜訪的時候，我破例接待了他。我們兩人都崇拜歌德和貝多芬。他給我講述了遊學德國和義大利的印象。臨別時，我贈送了他兩部新寫的書，這是他答應我譯成中文的。自此一別之後，我們就再也沒見過面。」羅曼·羅蘭老師說到這裡十分傷感，眼睛裡似有淚花。

第十一章
高爾基主講「理想主義」

本章用三個小節講述高爾基的創作歷程和文學特點。在本章中，我們將了解高爾基是如何從社會底層人士成長為世界文壇巨匠的，並由此了解高爾基的文學特點，和由他奠基的、帶有理想主義特質的社會主義現實主義文學。

馬克西姆·高爾基（Maxim Gorky，西元 1868 年 3 月 28 日～ 1936 年 6 月 18 日）

蘇聯作家、政論家，社會主義現實主義文學奠基人，蘇聯文學的創始人之一。他年幼時做過學徒、搬運工，後來專心從事文學創作。他的作品中處處洋溢著對積極人生的讚美，熱情地歌頌無產階級革命。代表作品有散文詩〈海燕〉，故事集《義大利童話》、《俄羅斯童話》，長篇自傳體小說《童年》、《在人間》、《我的大學》。

第一節　流浪漢中的創作者

「同學們好，我是流浪漢中的創作者——馬克西姆·高爾基。」高爾基老師走上講臺，微笑著望向大家說道。

看著同學們激動、興奮的表情，高爾基老師接著說道：「大家可能會覺得奇怪，我為什麼這樣定義自己呢？這是因為我年輕時曾流浪多年，這段經歷讓我對底層人民的生活狀況有了更深刻的了解，對我後來的寫作產生了非常重要的影響。根據這段經歷，我寫了很多流浪漢題材的作品，像《草原上》、《我的旅伴》、《阿爾希普爺爺和廖恩卡》、《葉美良·皮里雅依》、《切爾卡什》、《柯諾瓦洛夫》、《奧爾洛夫夫婦》、《淪落的人們》、《瑪麗娃》等。大家讀過這些作品嗎？讀過的同學可以站起來幫大家簡單介紹一下。」

顧悠一聽，正好有自己剛讀過的書，連忙站起來說：「我讀過您寫的《草原上》和《葉美良·皮里雅依》，這兩部都是流浪漢題材的作品。《草原上》講的是『士兵』、『大學生』和『我』在俄羅斯草原上的一段流浪經歷。三個人一路飽受飢餓折磨，途中遇上了一個身患重病的細木匠扔給了他們幾塊麵包，但三個人並不滿足，趁著夜色搶走了細木匠身上所有的食物。深夜時，『大學生』趁他人熟睡，掐死了細木匠，搶走了他所有的錢財，逃跑的時候還企圖嫁禍給『士兵』，把細木匠的手槍塞到『士兵』懷裡。」

顧悠頓了頓，接著說道：「《葉美良·皮里雅依》講的是葉美良在去鹽場找工作的路上，和同行的朋友講起的一段往事。八年前，有人幫葉美良介紹了一樁交易：謀殺一個商人，奪取他的錢財。他深夜埋伏在橋頭，沒等來那個商人，卻等來了一位想投河自盡的少女。少女的悲痛激發了葉美良的同情心，他放棄了殺人，竭力勸說這位少女，讓她恢復了對未來生活的信心。」

聽完妹妹的精彩發言，顧玄也少見地沒有戳穿她「臨時抱佛腳」的事實，只是用調侃的語氣說：「沒想到我妹妹懂這麼多，不愧是中文系的人才。」顧悠瞪了他一眼，也沒反擊。

高爾基老師聽完笑著說：「顧悠同學說得很好。流浪的那些年，我接觸到了各式各樣的人，這些現實主義作品是當時底層人民生活的真實寫照。在面臨生活困境的時候，當時的沙俄有很多像『大學生』一樣自私自利的人，但也有不少葉美良這樣純潔善良的人。不過，我們不應該把目光局限在個人品德上。從根本上來說，是社會制度的不合理導致了底層人民困苦的生活。正是因為黑暗的現實存在，才讓人們萌發出建設美好社會的理想。那麼，你們知道我寫過哪些理想主義的作品嗎？」

這一次邢凱第一個站起來說道：「〈海燕〉就是理想主義的作品，還有《鷹之歌》、《馬卡爾·楚德拉》、《伊則吉爾老婆子》等。」

高爾基老師點點頭：「這位同學說得不錯，〈海燕〉大家應該都很熟悉了，你能說說自己對這首詩的理解嗎？」

「我覺得〈海燕〉寫的是1901年俄國革命前急遽發展的革命形勢。這首詩裡用了很多象徵手法，『大海』象徵著廣大人民群眾的力量；『暴風雨』象徵著推翻沙皇獨裁統治的無產階級革命；『烏雲』、『狂風』象徵著當時黑暗的社會環境和強大的反革命勢力；『海燕』象徵著勇敢的無產階級革命先驅們；『海鷗』、『海鴨』、『企鵝』象徵著苟且偷安的假革命者和不革命者。」邢凱繼續說道。

高爾基老師笑著說：「你說的這些都沒問題，不過還少了一點——『烏雲遮不住太陽』這一句中的『太陽』，象徵著無產階級革命的光明前途。我寫這首詩，也是想要讓勞動人民都能看到『烏雲』後面的『太陽』，積極行動起來，參與到偉大的革命鬥爭中去，還有沒有同學想說說自己對我其他作品的理解呢？」

「我讀過您寫的《鷹之歌》，感覺和〈海燕〉有很多相近的地方，也有一些不同的地方。」顧玄站起來說道。

「哦，那你說說，哪些地方相近，哪些地方不同？」高爾基老師問道。

顧玄解釋道：「在《鷹之歌》中，『鷹』和『蛇』的對比，與『海燕』和『海鷗』、『海鴨』、『企鵝』的對比相近，都是對無產階級革命者的讚頌。不同的地方是〈海燕〉中您著重描寫的是『海燕』，讓我感覺豪情萬丈，對革命充滿信心；而《鷹之歌》中『鷹』在革命中受傷犧牲了，您用了更多筆墨去描寫『蛇』對革命的消極態度，讓我感覺有些悲涼和無奈。」

高爾基老師笑著說：「既然這樣，讀完《鷹之歌》後，你是想做『鷹』還是想做『蛇』？」

顧玄馬上答道：「當然是想做『鷹』了！與其苟且偷生，我更願意為革命事業獻出生命！」

高爾基老師讚許地看著他說：「這就對了。之前給你們講課的羅曼・羅蘭老師，在《名人傳》中寫過一句話：『世界上只有一種英雄主義，就是看清生活的真相之後依然熱愛生活。』無產階級革命戰士就是這樣一群英雄，他們知道自己很可能會犧牲，知道會有人不理解甚至冷嘲熱諷，他們的心中也有悲涼，也有無奈。但即便如此，他們仍然義無反顧地參加革命，為了理想、為了自由進行鬥爭。我希望大家明白，理想主義文學並不是讓人們脫離現實，沉浸在幻想之中，而是鼓勵人們在看清殘酷的現實後，仍能為建設理想中的美好社會不斷努力。只要遇到合適的環境，理想主義將會變成一場現實的社會運動。」

同學們聽高爾基老師講完，都覺得受益匪淺。不知是誰先帶的頭，大家開始熱烈地鼓掌。

等掌聲停止，蔣蘭蘭站起來說道：「您的講解讓我對理想主義的理解更加清晰了。當年正是這些理想主義文學作品，給苦難中的勞動人民指明了方向，幫助他們轉變成一群懷揣理想的革命者，最終推翻了沙皇的黑暗統治，建設了強大的蘇聯，難怪巴金先生說您是一位『偉大的做夢的人』。」

高爾基老師笑著說：「這實在是過譽了，就像剛開始說的那樣，我只是一個流浪漢中的創作者罷了，真正偉大的是理想主義。理想主義為人類設計的美好藍圖就像一顆種子，只有在現實社會的土壤中開枝散葉、開花結果，才能證明它的價值。我們的理想既要高於現實，又必須與實踐相結合，不斷嘗試對現實做出調整。換句話說，理想主義的目標就是讓社會變得更美好，這也是我致力於無產階級文學創作的原因。」

同學們聽完由衷嘆服，再次熱烈地鼓掌。高爾基老師向同學們施了一禮，宣布下課。顧玄和邢凱回宿舍的路上，還在思考、討論著高爾基老師講的理想主義。

第二節　「生活」是最崇高的藝術

第二天，高爾基老師早早來到了教室。等所有同學入座之後，高爾基老師說：「同學們，昨天的課上，我們講到了理想主義。那麼理想主義是從哪裡來的呢？哪位同學可以說一下自己的想法？」

顧玄馬上站起來說：「我覺得理想主義是人們基於信仰的一種追求，它來源於人們的信仰。您之前講過，理想總是高於現實的。在我看來，理想主義是一種精神指導，雖然它並不排斥物質，但始終是以精神層面為核心。」

邢凱也站起來說：「我的觀點和顧玄的觀點不太一樣。我認為理想主義來源於生活。人們因為對生活不滿，想要改造現實社會的思想傾向，就是理想主義。」

高爾基老師說：「這兩位同學說的都有各自的道理。其他同學怎麼看呢？如果有其他的見解也可以提出來。」

同學們開始小聲討論，最終還是落在這兩種觀點上。顧悠表示支持哥哥的觀點，蔣蘭蘭則表示支持邢凱的觀點。高爾基老師面帶微笑，靜靜地聽著同學們的思辨。

過了幾分鐘，高爾基老師說道：「好了，同學們靜一靜。我聽了一會兒，其他同學的觀點主要也是這兩個方向。顧玄同學的觀點有一定的道理，但需要先對信仰做一個限定，即積極的、高尚的，能引導人們去建設未來的信仰。將來有一天，同學們離開校園、進入社會，就會發現人們的信仰各不相同，並非所有的信仰都是積極的、高尚的，有些信仰其實是消極的、鄙陋的。基於這樣的信仰產生的追求往往是在逃避現實，尋求一個『烏托邦』，用你們中國的典故來說，就是世外桃源。」

高爾基老師頓了頓，接著說：「因此，我更贊同邢凱同學的觀點，理想主義來源於現實生活。我寫過很多描寫現實生活的作品，現在回想一下，裡面有很多我的理想主義思想產生的痕跡。」

蔣蘭蘭接過高爾基老師的話說道：「最著名的就是您的自傳體小說三部曲《童年》、《在人間》和《我的大學》了。」

「今天就先講一下《童年》。蔣蘭蘭同學，你能先給大家介紹一下你眼中的《童年》嗎？」高爾基老師點了點頭，微笑著問道。

「《童年》這部小說講述的是主角阿廖沙三歲到十歲的童年生活。阿廖沙三歲時失去了父親，母親瓦爾瓦拉把他寄養到諾夫哥羅德城的外祖父家。阿廖沙來到這裡時，外祖父的產業已經開始衰落，人也變得越發殘酷暴躁，經常打罵工人甚至自己的親人。阿廖沙的兩個舅舅米哈伊爾和雅科夫更是互相仇恨，不斷吵架甚至鬥毆。只有外祖母慈祥善良，她愛親人，愛鄰居，愛所有的人。」

「外祖母給阿廖沙講了很多歌頌正義和光明的民間故事，幫助阿廖沙建立起了正確的價值觀基礎。此外，純樸的小茨岡，正直的老工人葛利高裡，也給阿廖沙愁苦的童年帶來了一絲歡樂，讓他對底層人民產生了好感。可惜後來小茨岡搬運十字架的時候被壓死，葛利高裡也被外祖父趕出家門。」說到這裡，蔣蘭蘭停頓了一下。

講臺上高爾基老師臉上的微笑已經消失了，見蔣蘭蘭看向自己，他點點頭，示意蔣蘭蘭繼續說。

「後來，外祖父遷居到卡那特街，招了兩個房客。一個是搶劫教堂後偽裝成車伕的彼得，他的殘忍和奴隸習氣讓阿廖沙極度反感；另一個是進步的知識分子，綽號叫『好事情』。他是一個內心友善、熱愛讀書的人，在他的影響下，阿廖沙的內心深處產生了對知識的渴望。

「又過了一段時間，阿廖沙的母親回來了，她變成了一個愁苦的怨婦。後來母親再婚，阿廖沙跟著母親一起搬進了繼父的家中。再婚並沒有讓這對母子的生活得到改善，反而掉入另一個深淵。貧困、疾病和丈夫的家暴，將阿廖沙的母親折磨得不成人樣，阿廖沙與繼父之間也產生了激烈的衝突。

「因為實在無法繼續與繼父相處，阿廖沙又回到外祖父家中，而此時外祖父家已經破產。為了生活，阿廖沙只能在放學後和鄰居的孩子們一起撿廢品補貼家用。這讓阿廖沙在學校受到很多歧視和刁難，他讀完三年級就被迫輟學。沒過多久，母親去世了，阿廖沙結束了自己的童年，進入社會謀生。」蔣蘭蘭一口氣說完了阿廖沙的整個童年。

聽著蔣蘭蘭的敘述，高爾基老師眼含熱淚，很多同學也眼圈泛紅。高爾基老師示意蔣蘭蘭坐下，哽咽著說：「其實我很早就想寫自傳，但每次回憶起這段經歷，就壓抑得無法動筆。直到列寧同志跟我說，這些經歷有極好的教育意義，應該把它們都寫下來。」

高爾基老師停頓了幾秒，接著說道：「對信奉理想主義的文字工作者來說，寫作不必迴避生活中的任何醜事。因為要改變這種醜惡的現實，就必須先讓人們了解它、重視它，從這個角度來看，生活就是最崇高的藝術。我希望《童年》傳達給大家的是一種積極的思想。無論環境多麼惡劣，生活多麼艱難，大家都要懷著一顆正直善良的心，為了理想而不斷努力。」

第三節　高爾基的理想主義文學

高爾基老師整理了一下自己的情緒，微笑著說：「《童年》就先說到這裡，哪位同學願意介紹一下自己眼中的《在人間》呢？」

顧悠站起來說道：「《在人間》講述的是主角阿廖沙少年時代的生活。為了生活，他先是在鞋店和繪圖師家當學徒，在輪船上做洗碗工，後來又在聖像作坊做學徒。做洗碗工期間，阿廖沙結識了正直的廚師斯穆雷。斯穆雷對阿廖沙很好，讓他免受其他幫工欺負，並引導他開始讀書。後來，阿廖沙又遇到了裁縫的妻子和『馬爾戈皇后』。裁縫的妻子把書借給阿廖沙看，開闊了阿廖沙的思想，幫助少年的阿廖沙建立了正確的善惡觀；『馬爾戈皇后』不僅經常把書借給阿廖沙看，還多次勸他上學。」

「阿廖沙在少年時代確實遇到了許多好人。」高爾基老師動情地說道。

顧悠看向高爾基老師，發現他的眼中有一抹亮光，似乎滿含著感激。顧悠接著說道：「但這樣的好人只是少數。在這段人生中，阿廖沙周圍的人大多都是低俗、鄙陋的小市民，他們不僅不懂讀書的益處，還極力阻止阿廖沙讀書。雖然現實生活是齷齪可憎的人間，但普希金的詩集、阿克薩柯夫的《家庭紀事》等優質的書籍，構成了阿廖沙少年時期的閱讀天堂。阿廖沙就這樣度過了五年時光。豐富的閱歷和大量的閱讀擴展了阿廖沙的視野，帶給他堅強和智慧，也讓他無法再像身邊的人一樣麻木地隨波逐流。上學的渴望越來越濃烈，最終，16歲的阿廖沙下定決心，離開家鄉奔赴喀山。」

「顧悠同學說得很好，讀完這部小說後，你有什麼感想嗎？」高爾基老師點點頭，示意顧悠再多說一些。

顧悠思考片刻說道：「汙濁的社會環境和小市民們齷齪的行為，讓我感到無比的壓抑，而阿廖沙的善良和堅強，又深深震撼了我。小說裡的人之間沒有愛和信任，只有恨和欺騙，就連美好的愛情，也被扭曲為骯髒的肉慾。如果我生活在這樣的環境中，很可能會絕望，和周圍的人一起墮落。很難想像，阿廖沙生活在那麼汙濁的環境中，內心仍能保持正直善良、積極向上，最終打破環境的桎梏，勇敢地去追求自己的理想。」

高爾基老師的眼神更亮了，嘴角也翹得更高，他笑著說：「非常感謝顧悠同學的分享，同學們是否有其他的見解或者疑問，現在可以提出來。」

蔣蘭蘭猶豫著站了起來問道：「高爾基老師，我有一點疑問。在這部小說中，大部分時候阿廖沙給我的感覺是善良而熱情的，與小市民的麻木截然不同，但在面對周圍人的死亡時，他又好像表現得過於平靜，甚至讓我覺得有些……。」

高爾基老師笑著說：「有些什麼？沒關係，你繼續說。」

蔣蘭蘭想了想，說：「有些冷漠、麻木，似乎這些人的死並沒有在阿廖沙的心裡激起什麼波瀾。」

高爾基老師臉上仍然帶著微笑，說道：「其實這些事發生的時候，我並沒有那麼平靜。只不過後來我寫這部小說的時候，刻意避開了那些消極的情緒。」

高爾基老師看著同學們疑惑的眼神，接著說：「我寫自傳並不是想讓大家憐憫我，或者憐憫那些底層人民，而是想讓大家了解我的心理成長過程，了解我的理想主義是如何形成的。因此在某些時候，我需要把阿廖沙的心靈當作一個客觀存在的實體來寫，從旁觀者的角度來描述阿廖沙的心理活動。與周圍的人不同，阿廖沙不是被動、消極地接受生活的擺布，而是積極主動地去探索生活，透過不斷地學習和思考去了解社會。少年阿廖沙在成長過程中，一直在積極地從現實的生活和優秀的書籍中汲取經驗和知識。當然，這些經驗和知識不僅有美好的、高尚的，也有醜惡的、低俗的。前者喚醒了他內心的善良，激勵他變得堅強；後者讓他意識到現實存在的醜惡，引導他去鬥爭，去改變。正是在這個過程中，他磨練出了反抗精神，培養出了進步理想。」（如圖 11-3 所示）

見同學們還是似懂非懂，高爾基老師又補充道：「我在文字中掩飾那些傷感、痛苦，是希望大家在成長過程中，能夠冷靜而積極地面對現實，不要害怕現實、逃避現實。一個健康積極的內心世界必定是和現實生活緊密相關的。我們只有投身到現實生活中，面對殘酷的現實，積極地去分析、解決遇到的各種困難，才能得到真正的成長。」

圖 11-3 每一段經歷都是一種成長

「在這個過程中，最困難的就是保護自己靈魂的純淨，避免被環境玷汙。我希望每個少年都能像阿廖沙那樣勇敢起來，保持正直善良、積極向上的心態，長大後成為一個心中充滿希望的理想主義者，共同建設一個美好的社會。」

「理想主義的文學作品就是要激發人們積極向上嗎？」邢凱問道。

「我認為理想主義文學不只是建構一個美好的理想社會，更重要的是要向讀者傳遞積極向上的精神，現在有些年輕人心態比較消極，遇到挫折總是逃避，經常說什麼『生而為人，我很抱歉』。我希望透過我的作品能夠傳遞給讀者一些我自己對人生和社會的積極看法。年輕人需要從理想主義文學作品中汲取積極的養分，不要總對自己的人生說抱歉，要因自己生而為人感到自豪！」

第十二章
魯迅主講「批判現實」

本章用四個小節講述魯迅先生作品的文學特點。在本章中，我們將了解批判現實主義文學的相關內容，從批判現實主義的內涵，到故事題材的選擇。身為中國批判現實主義文學的代表人物，魯迅先生擅長運用誇張、反語等手法諷刺、抨擊社會現實，在這一章中，我們將為大家詳細講述這些諷刺手法的運用。

魯迅（西元 1881 年 9 月 25 日～ 1936 年 10 月 19 日）

原名周樟壽，後改名為周樹人，中國著名文學家、思想家、革命家，新文化運動主將，中國現代文學的奠基人之一。早年學醫，後棄醫從文，代表作品有小說集《吶喊》、《徬徨》、《故事新編》，雜文集《華蓋集》、《三閒集》，散文詩集《野草》和散文集《朝花夕拾》，等等。

第一節　批判現實並不是否定現實

這天一早，在眾人的期待中，魯迅老師穿著他的灰色中式長衫來到講臺上。他清了清喉嚨說道：「這節課我要給大家講的是批判現實主義文學。它是 19 世紀歐洲等地流行起來的一個流派。批判現實主義的作家們會在自己的作品中真實地記錄社會風俗、人情、國民性和社會矛盾，勇敢地揭示其黑暗面給人民帶來的痛苦感受。」

「這位同學你來說說對批判現實主義的看法，或者也可以說說自己對批判現實主義有哪些不太理解的地方。」看大家聽得有點困惑，魯迅老師隨機叫起來一位同學提問，這人正是邢凱。

邢凱早已有所準備，他迫切而誠懇地詢問道：「對於『國民性』這三個字，學生不太理解，您能詳細解釋嗎？」

魯迅老師似乎看出了邢凱的小心思，他在講臺上走了幾步後說道：「要說『國民性』這個詞，對於生活在當下這個和諧社會中的你們可能確實不好理解。我、李大釗以及陳獨秀等人生活的時代，國民意識本就淡薄，還被大量封建的、落後的思想充斥和束縛著，為此，我們不斷地進行國民性批判是為了讓國民意識到自己身上存在的劣根性，能夠積極去接納和學習新的思想。」

「這麼說來批判現實主義，就是對現實主義的批判嗎？」顧悠問道。

「錯！大錯特錯！批判現實主義是對社會現實的批判，而不是對現實主義的批判，正相反，它是現實主義的一種形式，在某種程度上，文學領域的批判現實主義也可以等同於現實主義。」魯迅老師說道。

魯迅老師就是有這樣的魅力，用他的方式一解釋，大家就有如醍醐灌頂，一下子明白了大半。就連平時從不記筆記的顧玄，此刻也默默拿出筆記本刷刷地寫著，只不過別人可能一字不落地全記下來，顧玄則是三言兩語一筆概括，能寫一句絕不寫兩句。

當眾人正在記筆記時，蔣蘭蘭提出了自己的問題：「魯迅老師，聽說您大學時讀書成績優異，拿到了去日本公費留學的機會，並且當時您在日本學的是醫學專業，後來棄醫從文也是為了批判國民的劣根性嗎？」

魯迅老師仔細看了看眼前的女孩子，思考了幾秒後答道：「批判現實主義的作家們多對殘暴專橫的舊制度充滿敵意，他們同情下層人民的悲慘境遇，揭露社會的種種黑暗，其目的就是要激起廣大人民要求民主、追求自由、勇於破壞舊秩序、反抗腐朽統治的決心。我的父親被庸醫的偏見所害，因此我最初想學習日本先進的醫術來拯救被疾病困擾的國民，但後來我發現體格強壯但精神麻木的健康國民比僅僅身體有疾的國民更加可怕，這又讓我有了回國後著手籌辦文學社的動力。」

「靠文學的力量就能拯救麻木的國民嗎？」蔣蘭蘭繼續問道。

「即使到現在，我也沒辦法回答你這個問題，大多數批判現實主義作家都能看到尖銳的社會矛盾，並能『以筆為刀』直截了當地指出社會存在的問題，但他們卻很少能看到或找到解決這些矛盾的途徑，因為想要真正解決社會存在的問題，必須依靠新的世界觀和新的社會力量才行。」魯迅老師解釋道。

「高爾基似乎也說過這樣的話，他認為批判現實主義揭示了社會的惡習，描寫了個人在家庭傳統、宗教教條壓制下的『生活和冒險』，但卻沒法給人指出一條出路。」邢凱接過魯迅老師的話說道。

「的確如此，批判一切現存事物是很容易的，當看到一些不公正、不道德的熱點事件時，你們也能給出一些批判性的意見來，但批判現實主義僅停留在這一步顯然是無意義的。在這一方面，我很喜歡俄國的批判現實主義作家們，我自己的文學創作也曾經受到他們的影響。」魯迅老師說道。

邢凱再一次提問道：「1907 年，您在〈摩羅詩力說〉中第一次提到國民性時就說『或謂國民性之不同，當為是事之樞紐。西歐思想，絕異於俄，其去裴倫，實由天性。』可見您當時就不準備照搬西方的革新之路，而是要回歸本國國民的天性，從本國國情出發解決國民劣根性的問題。並且在您之後的文學作品中，對國民劣根性的批判視角也在不斷改進。您是怎麼做到從一開始就精準掌握住國民天性的方向，並且還能不斷改進的呢？」

魯迅老師的面部表情依舊嚴肅，但語氣卻溫和了許多，說道：「其實批判現實的過程也是一種思辨的過程，需要有一種『眾人皆醉我獨醒』的勇氣和自信，需要不斷進行批評與自我批評、否定與自我否定，這樣才能擁有一些新的視角和見解。文學創作可以博採眾長，但最終還要立足於根本之上，我當時創作批判現實主義作品的根本在哪？就在當時的中國社會之中，所以我的作品或者說我的批判必須從當時中國的社會現實出發。」

在魯迅老師的講解下，邢凱有了一種豁然開朗的感覺，好像一下子想通了很多事情，以至於下課回到宿舍，還沉浸在剛剛與魯迅老師的一問一答之中。他輕撫了下起伏的胸口，微微平復著和偶像交談的激動心情，開始期待下一堂課。

第二節　諷刺，文學的極高技巧

在宿舍中，邢凱一遍遍地撫摸著雜誌扉頁上燙金的字跡，字跡內容是魯迅老師說過的話：「願中國的青年都擺脫冷氣，只是向上走，不必聽自暴自棄者流的話。能做事的做事，能發聲的發聲。有一分熱，發一分光，就令螢火一般，也可以在黑暗裡發一點光，不必等候炬火。此後如竟沒有炬火，我便是唯一的光。」

蔣蘭蘭在網上看到一篇很有趣的文章，題為「魯迅是怎樣罵遍民國無敵手的」，她從頭到尾看完之後，笑得眼淚都快流出來了。沒想到魯迅老師竟然如此會「罵人」，蔣蘭蘭決定明天要向老師好好請教一下「罵人的藝術」。

第二天的課程在大家望眼欲穿的期盼中終於到來了。

「老師您好準時呀！」蔣蘭蘭盤算著心中的問題，不知道怎麼開口，只好先套套近乎。

魯迅老師站到講臺前一本正經地說：「生命是以時間為單位的，浪費別人的時間等於謀財害命，浪費自己的時間等於慢性自殺。既然答應給大家來上課，自然是要準時的。」

沒等同學們反應過來，魯迅老師就開始了課程：「今天，我們來學習一下，批判文學的寫作手法，說白了就是如何有文化地諷刺你要批判的對象。」

蔣蘭蘭一聽這不就是自己正關注的問題嗎？難道魯迅老師有未卜先知的能力，提前知道了自己心中所想？正當蔣蘭蘭高興得忘乎所以的時候，魯迅老師點到了她的名字，要求她回答一下「批判與罵人的區別」。

蔣蘭蘭雖然覺得批判就是罵人的另一種說法，但她卻不敢這麼說出來，於是委婉地說出了自己的回答：「罵是批判的一種，但批判不是無根據地謾罵，而是一種科學的、有理有據的批評。」

魯迅老師很滿意蔣蘭蘭的回答，說道：「我曾經在〈論諷刺〉和〈什麼是諷刺〉兩篇文章裡用過一個道理來解釋諷刺，現在我還可以用它來解釋批判。某個作者，用精煉的或者誇張的藝術手法，寫出一群人真實的一面來，那麼被寫的一群人，就會稱這部作品為批判的作品。」

「批判少不了誇張、戲謔甚至帶點攻擊性的語言，就算是罵，也要罵得有文化。我的雜感常不免於罵，那麼到底要怎麼罵呢？第一點就是要守住底線。」魯迅老師補充道。

「守住底線？罵人的底線是什麼？」蔣蘭蘭不解地問道。

「不是罵人的底線，是諷刺的底線。在我看來，非寫實絕不能稱為『諷刺』，這便是諷刺的底線。你要諷刺的事情不必是曾有的實事，但必須是會有的實情，它不能是捏造的，也不能是臆想的。」魯迅老師解釋道。

「沒有事實根據的諷刺就是汙衊！」邢凱附和道。

「沒錯！除此之外，諷刺還要出於善意，充滿熱情。我們諷刺的目的，是為了促成改善，並不是為了將一群人或某些事徹底定性，如果你的諷刺作品，讓讀者讀完之後覺得一切世事一無足取，也一無可為，那就並非諷刺，而是『冷嘲』了。」魯迅老師繼續說道。（如圖 12-2 所示）

我所佩服諸公的
只有一點，
就是這種東西
居然也有發表的勇氣。
——魯迅

猛獸總是獨行
牛羊才成群結隊。
——魯迅

浪費別人的時間
等於謀財害命。
——魯迅

圖 12-2 要「熱諷」不能「冷嘲」

「批判現實主義的作品要『熱諷』，而不能『冷嘲』。」邢凱接過魯迅老師的話說道。

「沒錯，『熱諷』這個詞是很好的，突出了諷刺的意義。在立足於事實的基礎上，為了更好地表達諷刺意味，我還常會用到反語、誇張等手法。」魯迅老師補充道。

「這個我知道，您在〈洋服的沒落〉中寫道：『脖子最細，發明了砍頭；膝蓋關節能彎，發明了下跪；臀部多肉，又不致命，就發明了打屁股。』這一句給我留下了很深的印象，很具有諷刺意味。」邢凱略有興奮地說道。

「看來這位同學是有備而來啊，沒錯，這部分確實使用了反語手法。那麼，有沒有同學能說一說我在哪些文章中使用了誇張的手法來表達諷刺意味呢？」魯迅先生肯定了邢凱的回答，並提出了新的問題。

「在〈病後雜談〉中有一句『願秋天薄暮，吐半口血，兩個侍兒扶著，懨懨地到階前看秋海棠。』這裡面的『吐半口血』便是一種誇張手法，其中的諷刺意味也是頗為明顯的。」邢凱再次搶到了發言權。

「很好，在運用誇張這種手法來表現諷刺意味時，同學們一定要注意諷刺的底線，我們必須對『曾有的事實』或『會有的實情』進行誇張，而不能隨意誇張。」魯迅老師強調道。

「關於諷刺，可用的手法多種多樣，這便是文學創作的魅力所在，但無論大家採用何種手法去諷刺，都不能突破了諷刺的底線，不能胡說八道、胡言亂語，這樣的諷刺是綿軟無力、站不住腳的。」魯迅老師用這句話總結了這堂課的內容。

第三節　別具一格的社會題材選擇

「為什麼魯迅老師筆下令人印象深刻的人物，像祥林嫂、孔乙己、阿Q、小D、閏土、吳媽、小尼姑等，都是一些小人物形象呢？這是一種巧合嗎？」這是邢凱一直在思考的問題，藉著魯迅老師在講臺上喝水的間隙，邢凱站起身來準備提問。

魯迅老師見狀，把水杯穩穩放下，看向邢凱。

「您的小說中農民題材占據了大量的篇幅，甚至可以說貫穿了您整個小說的創作過程，請問這是偶然的嗎？因為感覺您應該是和知識分子更親近，怎麼會寫了那麼多農民題材的作品？」邢凱問道。

「沒錯！」魯迅老師嚴肅的臉上露出些許笑意，他對同學們笑笑說，「不知你們有沒有讀過果戈理先生的一句話？」

「什麼話？」同學們齊聲問。

「事物越平常，詩人就越要站得高，才能從平常的東西中抽出不平常的東西，才能使這樣不幸的東西變為完美的真理。如果讓我來說這句話，我會將『詩人』這個詞改一改，這便能符合我們國家的社會環境了。」魯迅老師說道。

「我知道，因為中國是農業大國，農村人口眾多，所以要開啟新思維就要先開啟農民的思維。」顧玄搶答說。

聽了顧玄的回答後，魯迅老師一邊點頭，一邊微笑。

「那您是有過農村生活的經歷嗎？怎麼會將農村題材挖掘得如此深刻？」邢凱追問道。

「魯迅老師的母親就是農民出身，在老師的少年和青年時代，由於種種原因，到過紹興的四十幾個農村，這些都說明老師是體驗過農村生活的。」顧玄再次搶答道。

「是的，雖然年少時我的家庭環境還算不錯，但在外祖母家的生活讓我有機會接觸到農民生活並有一些了解。」魯迅老師說道。

「您是在了解到農民生活的苦難後，才覺得應該將他們的故事寫出來嗎？」顧悠問道。

「小時候我看勞苦大眾就像看花看鳥一樣，閏土是那樣的自由自在、無拘無束。但真正和農民親近、接觸後，我才認知到他們畢生都受著壓迫，和花鳥是完全不一樣的。」魯迅老師繼續說道。

「老師選擇農民題材作為切入點，主要還是為了在精神上啟蒙大眾，畢竟當時多數國民的思想還是愚昧無知的。」邢凱說道。

「我所生活的年代，恰逢中國社會轉型時期，社會各方面都發生了劇變，唯獨民眾的精神思想變化不多。深受封建社會毒害的勞苦大眾尚未獲得思想上的啟蒙，新文化運動就難以獲得最廣泛的群眾基礎。」魯迅老師解釋道。

「當時的社會現實確實是值得批判的，將勞苦大眾的生活確定為創作題材，其實也是您對『國民性』主題的延續，您要批判的是當時國民身上的種種痼疾。」邢凱繼續說道。

「在講批判現實主義文學時，我們說過批判現實並不是否定現實，我同情勞苦大眾的不幸，也痛恨他們精神思想上的弊病，我用手中的筆尖銳地揭露這些痼疾，也是希望能夠喚醒他們的自覺，治癒這些痼疾。」魯迅老師在講述的同時，給同學們提出了一個問題，「既然大家都很了解我對國民身上痼疾的批判，那有誰能說說我筆下都描述了國民身上的哪些痼疾？

聽到魯迅老師的提問，課堂中先是一片寂靜，短暫沉默後，邢凱第一個站起來說道：「阿 Q 的『精神勝利法』就是一種當時國民身上存在的典型痼疾。清王朝還沒滅亡時，中國就逐漸淪為半殖民地半封建社會，對於當時的國民來說，自我欺騙也是一種消解現實苦難的方法，他們無法在現實中取得勝利，所以只能去追求精神上的自足。」

邢凱剛一說完，蔣蘭蘭便接過話說道：「您曾說過，深受封建專制思想毒害的國民，都有著根深蒂固的奴性，他們不會想著擺脫奴隸身分去追求自由，而更樂於安安穩穩地做好奴隸，就像您筆下的祥林嫂一樣。」

「你們說的都不錯，當時的國民身上確實有太多的痼疾需要批判了，最廣大的群體還帶有這樣的思想痼疾，想要靠他們推動社會發展、改造整個社會，就是一句空談。所以，改造社會之前要先改造國民的思想，傳播新文化，培育新青年，才能創造新社會。」魯迅老師越說越激動，一時間忘記了這是一堂文學課，而並非政治課。

「這樣說來，創作批判現實主義的文學作品，題材選擇很重要，如果所選題材沒什麼可批判的，或者說我們只從個人主觀角度對其進行批判，那創作出來的作品就成了胡說八道的文章了。」邢凱的及時總結也將魯迅老師從回憶中拉了回來。

「沒錯，正是如此，我一直強調文學創作『選材要嚴，開掘要深』，不能將那些瑣碎的、一點意思也沒有的事，隨便填充成一篇文章。既然要針砭時弊，那就要選擇那些無懈可擊的題目，以免自己洋洋灑灑寫了幾萬字，對方隨便提出兩個問題，就把你的所有立論都擊倒了。」魯迅老師解釋道。

「您在《南腔北調集》的〈作文祕訣〉一文中所總結的『有真意，去粉飾，勿做作，少賣弄』說的是否也是這個意思？」顧悠問道。（如圖 12-3 所示）

「不渲染、不鋪陳，用最精煉、最簡省的文字描繪出人物的精神面貌，反而最能展現人物的基本特徵，這要比那些使用華麗辭藻矯揉造作一番的文章更有可讀性。在批判現實主義文學創作中，這一點尤為重要，如果不能一針見血地指出問題，那讀者看你的文章就會感覺雲裡霧裡一般。」魯迅老師回應道。

圖 12-3 別具一格的題材選擇

第四節　獨特的人物形象塑造

「這節課我們一起來研究一下如何刻劃批判現實主義文學中的人物形象。」魯迅老師說道。

聽了魯迅老師的開場白，同學們立刻來了精神，坐得筆直等著聽魯迅老師的下文。

「我寫的小說雖然不算多，但塑造過的人物卻不算少，各位同學對我筆下的哪些人物印象比較深刻，可以與大家交流一下。」魯迅老師繼續說道。

顧悠接過話來說道：「孔乙己！他是個可愛又可悲的人，他會耐心教小孩子們學字，每次欠了酒錢也都會如數償還，但因為生活所迫淪為竊賊，遭人嘲笑，最後悄然結束了自己悲慘的一生。」

「孔乙己確實很有特點，他是封建知識分子的典型代表，有知識分子清高自重的特質，同時也深受封建禮教思想所害。」魯迅老師補充道。

「《孤獨者》中的魏連殳也是典型的封建知識分子，與孔乙己不同的是，他對封建禮教制度具有反叛精神，曾經和封建勢力作過鬥爭，但他太過脆弱了，在鬥爭遇到挫折後便一蹶不振，變得迂腐孤獨，也是挺可悲的。」蔣蘭蘭略有惋惜地說道。

「《孤獨者》中的魏連殳和《在酒樓上》的呂緯甫很像，他們都有與封建勢力做鬥爭的經歷，但最後都以失敗告終，這樣的知識分子在當時的中國有許多。」魯迅老師說道。

「《傷逝》中的涓生也是五四時期的知識分子，他與子君衝破封建勢力的阻礙，追求婚姻自主，雖然取得了階段性勝利，但最終又被日常生活中的柴米油鹽之事擊敗。他們的故事放在現在也同樣適用，拋開『柴米油鹽』的婚姻自由是難以長久的。」邢凱說道。

「知識分子算是我的小說中出現較多的人物形象，之所以會這樣，或許與我自身就是知識分子有很大關聯，在描繪當時社會的知識分子形象時，我更能感同身受一些，所以刻劃起人物來也會更得心應手。」魯迅老師繼續說道。

「您的小說中也出現了許多農村的小人物，他們給我的印象反而要比這些知識分子給我的印象更為深刻，像是阿Q、祥林嫂、閏土等人，尤其是您對少年閏土和中年閏土的描寫，更是讓我感到震撼。」一個胖胖的戴著眼鏡的男生說道。

「沒錯，我也覺得您對閏土的形象塑造實在是太精彩了，可以說少年和中年閏土判若兩人，真不知道他在這段時間中都經歷了什麼。」顧悠接過男生的話說道。

「閏土啊……確實，他的變化也令我感到震撼，可這就是當時的社會現實。作為一堂文學課，我們暫時先拋開對當時社會的分析，單純從文學的角度來說一說用何種藝術手法才能更好地塑造人物形象。」魯迅老師說道。

「在塑造閏土這一形象時，您用到了對比的手法，將少年閏土的外貌與中年閏土的外貌進行對比，將少年閏土與中年閏土對生活的態度進行對比，突出表現了封建社會對人性自由的禁錮。」戴眼鏡的男生回答道。

「對比確實是一種很好的藝術表現手法，在批判現實主義文學中，這種藝術手法的運用能夠很好地展現作者所批判的內容。在我眼中，少年閏土是活潑可愛、富有生命力的，他有自由的思想、善良的心地和靈活的頭腦……但中年閏土卻變了樣子，他被生活壓得喘不過氣來，對生活也失去了信心，只把幸福寄託在神靈身上。」魯迅老師說道。

「我發現老師還很喜歡透過描繪人物的眼睛來展現人物性格、行為和形象的變化。」蔣蘭蘭說道。

「對，在《祝福》中，有二十多處都描寫了祥林嫂的眼睛，從她到魯鎮時『順著眼』，到她再次來到魯鎮時『眼中帶著淚痕，沒有了過去的神采』，再到祥林嫂臨死前『眼睛麻木地轉』，僅從老師對祥林嫂眼睛的描寫，就能感受到她悲慘的命運。」顧悠接過蔣蘭蘭的話說道。

「這種『畫眼睛』的表現手法，是中國傳統小說中很常見的一種藝術表現手法，在我看來，想要極為儉省地表現出一個人物的特點，畫出他的眼睛是最好的方法。大家能從祥林嫂眼睛的變化，看出她所經歷的精神上的折磨，以及她那悲慘的人生，也正說明了『畫眼睛』這種方法是可行的。」魯迅老師說道。

「這樣說來，語言也是展現人物的重要因素，您筆下的每個人物似乎都有自己獨特的說話方式，比如孔乙己說的『竊書不能算偷』、『讀書人的事，能算偷嗎』，還有楊二嫂說的『不認識了嗎？這真是貴人眼高』、『啊呀呀，真是愈有錢，便愈是一毫不肯放鬆，便愈有錢』，從這些話語中，都能看出他們的個性特徵。」蔣蘭蘭說道。

「沒錯，在文學創作中，人物語言是刻劃性格的重要手段，在塑造人物時，必需根據人物的不同職業、經歷、生活習慣和精神狀態，來設計個性化的人物語言，以此來表現人物的不同性格特徵，使人物形象更為完美。有興趣的話，大家可以研究一下中外文學作品中的典型人物形象，他們都有自己獨特的個性化語言。」魯迅老師解釋道。

「這樣看來，想要塑造好一個人物，可用的方法還是很多的，很多優秀的故事正是靠著那些經典人物支撐起來的。」邢凱感慨道。

「確實如此，對人物形象的塑造可以提升小說敘事的自由度，增大敘事內容的密度和力度，從而使小說人物的形象更為豐滿，小說故事也更為精彩，在這一基礎上，我們再去諷刺、再去批判，讀者就會更容易接受了。」一番論述後，魯迅老師又將話題轉回了批判現實主義文學。這時候下課鈴聲也響了起來，同學們都感覺到意猶未盡。

第十三章
卡夫卡主講「表現主義」

本章用四個小節講述法蘭茲·卡夫卡表現主義文學的特點和風格。從表現主義文學開始，我們將領略到卡夫卡獨具特色的文學作品的魅力，體會他的荒誕文字背後對世界的哲學思考，並走進卡夫卡孤獨又神祕的內心世界。

法蘭茲・卡夫卡（Franz Kafka，西元 1883 年 7 月 3 日～ 1924 年 6 月 3 日）

歐洲著名的表現主義作家，出生於奧匈帝國治下捷克的一個猶太商人家庭，早年曾做過保險業務員，後從事文學創作。作品大都採用詭異荒誕的形象和象徵直覺的手法，代表作品有《審判》（*The Trial*）、《城堡》（*The Castle*）、《變形記》（*The Metamorphosis*）、《與醉漢的對話》等。

第一節　獨特的表現主義文學

等待上課的時間略顯漫長，顧悠翻看上次在閱覽室摘抄的文字，那正是卡夫卡《城堡》中的一段文字：「城堡的輪廓已漸次模糊，它仍一如既往、一動不動地靜臥在遠處，K 還從未見到那裡有過哪怕一絲一毫生命的跡象，或許站在這樣遠的地方想辨認清楚什麼根本不可能吧，然而眼睛總是渴求著看到生命，總是難以忍受這一片死寂……」

「啊！」正看得出神時，顧悠猛然發現一個男人正目不轉睛地看著她的摘抄本。

男人用手指著其中一處說道：「談談你對這一部分內容的看法吧。」

顧悠稍微一想，便知道眼前的男人就是這堂課的老師卡夫卡了。於是她瞄了瞄摘抄的文字，思考片刻回答道：「我看見了一座一直被迷霧籠罩、空靈飄渺、讓人無法看清真實面貌的城堡。城堡中的故事看似真實，卻又籠罩著一種詭異的氣氛。」

說到這裡顧悠頓了頓，看了看卡夫卡老師，滿是欽佩地說道：「老師，您是怎麼把城堡描寫得如此朦朧，卻又能讓它在人心中留下深刻的烙印的？」

卡夫卡老師長嘆一聲，低著頭說道：「《城堡》來源於我內心深處的一種渴望。」

「就像是〈桃花源記〉中，人們對桃源聖地的嚮往和渴望一樣嗎？」顧悠繼續問道。

卡夫卡老師並沒有讀過〈桃花源記〉，也不知道如何回答顧悠的提問。

「〈桃花源記〉是中國東晉時期的文學家陶淵明所作的一篇散文。陶淵明運用虛景實寫的手法，借武陵漁人行蹤這一線索，把現實和理想境界結合起來，使人感受到桃源仙境是一個真實的存在，透過對桃花源的安寧和樂、自由平等生活的描繪，表現了作者追求美好生活的理想和對現實的不滿。」蔣蘭蘭補充道。

聽了蔣蘭蘭的介紹，卡夫卡老師說道：「不，桃花源是超然物外的令人神往的天堂的化身，它是能讓人們安身立命、怡然自得的外部環境。而城堡是官僚的國家機器的象徵，它象徵的是與桃花源相反的主觀的精神世界，充滿了靈魂與國家機器的鬥爭。」

「《城堡》的主角 K 是一名土地測量員，一天他收到一封信，上面通知他到一個城堡附近的村莊就職，可是他來到城堡後，城堡的工作人員不承認聘請過他。K 想盡了一切辦法，也無法走進城堡，只能在附近的村莊徘徊掙扎，始終無法與城堡中的領導者取得聯繫，至死也未能進入城堡。」卡夫卡老師說起了《城堡》的故事情節。

「對，我還記得有一段描寫是這樣的：雖近在咫尺，卻虛無飄渺，一路上，孤獨地求索開啟城堡大門的鑰匙，卻遇見冷漠與荒誕隨時間奔跑。城堡的門緊閉著，終成寂寥……」蔣蘭蘭小聲說道。

聽到蔣蘭蘭的感慨，卡夫卡老師繼續說道：「我的大多數作品，都具有濃厚的表現主義色彩。表現主義產生於20世紀初的德國，到了1930年代時已經風靡全球，是一種強調作家自身情感和自我感受，誇張展現客觀現實形態的文學思潮。這類文學作品多以厭惡現代西方城市文明為主題，批判西方社會對人的個性的壓抑、人的異化以及帝國主義戰爭。在具體的表現手法上，我比較喜歡用『父親』與『兒子』的矛盾來表現年輕一代對專橫殘暴的舊制度的反叛和抗議。」

「在您的作品中，父親的形象總是很權威，他們的話就像紀律與秩序一樣。」顧悠說道。

「沒錯，父親總是代表著權威、紀律和秩序，這種秩序是荒謬愚蠢的，它泯滅了青年人生命的激情。除了這一點，表現主義還突出表現了資本主義社會人的異化，比如我所寫的《變形記》……」卡夫卡老師說道。

蔣蘭蘭似乎忽然想到了什麼，舉手問道：「老師，《變形記》裡的主角格里高爾有一天睡醒後變成了一隻昆蟲，這是為了表現什麼呢？」

「我是想透過身體的變形這一荒誕的情節來表達20世紀初期人性的變形與異化。格里高爾在變形以前兢兢業業地做著一份不喜歡的工作，忍受著上司的暴脾氣，他也幻想著有一天能夠離開這樣的職位。但是，家庭的重擔和責任，讓他不得不一再犧牲和壓縮個人的需求和特質，去適應社會和家庭的要求。在格里高爾的心裡，他把自己當作一臺必須持續高效執行的機器，一個必須為家庭賺錢的工具。」卡夫卡老師解釋道。

「這樣說來，現代社會有很多人也像格里高爾一樣，背負著各種債務和家庭責任，一旦丟掉了工作，他們的家庭就會陷入危機之中，所以他們只能默默負重前行。」顧悠感慨道。

「對於現在的生活，他們肯定是有不滿的，就像格里高爾一樣，他在變形最初還保留著人類的語言功能，但到了最後，就連語言功能也喪失了。透過這樣的細節安排，可以表現出格里高爾喪失掉了身為人的最後一點意志和需求。在面對生活的重壓時，縱使內心有諸多不滿，格里高爾也沒有去反抗，或是尋求改變，從這一角度來說，現代社會的大多數人確實也是如此。」卡夫卡老師解釋道。

第二節　謎語特徵式的小說結構

接下來的幾天裡，顧悠拉著蔣蘭蘭和哥哥顧玄泡在圖書館裡讀《城堡》。當顧悠讀到「K 已經走到前廳，蓋斯泰克又一把抓住他的袖子，這時老闆娘在他身後嚷道：明天我會得到一件新衣服，也許我會讓人把你叫來呢」這句話時，小說便結尾了，這讓顧悠感到頗為不解。

「什麼？就這樣結束了嗎？」顧玄也對這突然到來的結尾感到不解。

「這有什麼好驚訝的，你去看看卡夫卡老師的其他作品，很多都沒有結尾呢！」相較於顧玄的驚訝，蔣蘭蘭就顯得淡定多了。

「怎麼會這樣？」顧悠明顯很是不解，「不行，我明天要好好問問老師。」

他們終於盼來了卡夫卡老師的第二堂課，這堂課的主題叫「沒有謎底的謎題。」卡夫卡老師雖然有點社交恐懼症，但早就洞穿了同學們的心理，他打算這堂課給大家好好解釋一下自己謎語特徵式的小說結構。

「同學們知道什麼是謎語嗎？那位女同學先來說說你的理解。」卡夫卡老師指著蔣蘭蘭說道。

蔣蘭蘭起身說道：「謎語就是用最簡短的語言對同一個事物進行不同角度的表述。」

「嗯，沒錯，但是不夠全面。」卡夫卡老師評價道。

「謎語由謎面、謎目、謎底三部分構成。蔣蘭蘭回答的表述部分就是謎面，謎目是給謎底限定的範圍，謎底就是謎面所提問題的答案。」顧悠補充道。

「嗯，將你二人的回答結合起來就完整多了。」卡夫卡老師示意顧悠和蔣蘭蘭坐下，在講臺上繼續講道，「我是一個自傳式的作家，我筆下的人物角色皆來源於我自己，而我自己到底是誰這樣的問題，一直困擾著我，這也是我的很多小說都沒有結局的原因。」

「老師要跟我們講謎語背後的故事了，太好了！」蔣蘭蘭激動地抓起顧悠的手。

卡夫卡老師自嘲地笑著說道：「其實我一直試圖去給《城堡》和《審判》填一個結尾，但我的內心不允許我這樣做。」

「是沒信心嗎？」顧玄小聲嘀咕道。

「才不是，一定是老師追求完美！」顧悠說道。

卡夫卡老師聽到，不禁感慨道：「一切還要從我的父親說起。」他走上講臺，一口氣在黑板上寫下好多詞語——強壯、健康、食慾旺盛、聲音洪亮、能說會道、自鳴得意、高人一等……「我會用這些詞語來形容自己的父親！」不善言辭的卡夫卡老師談到自己的父親不免有些激動，他的雙拳緊緊握著。

看到「自鳴得意」這個詞，有幾位同學已經捂著嘴偷偷笑了，顧玄、顧悠兄妹倆也偷偷交換了一下眼神。

卡夫卡老師並不理會臺下同學們的舉動，繼續說道：「我的父親是個極為強勢的人，這或許來自猶太人的文化傳統。他強我弱——地位的迥異使我們視對方為彼此的威脅。我特別期待父親可以對我說一句軟話，可以不動聲色地引導我，甚至是給我一個鼓勵的眼神，可我的父親從不這樣做，我們倆甚至沒有過一次心平氣和的交談。我的一生都想要逃離我的父親，我想去母親那裡尋找慰藉，可發現母親那裡到處都是父親的影子，她太愛我的父親了。我覺得我一輩子都活在他的陰影下，於是我想要逃離一切。」

「那座城堡就是您逃離家庭後的歸宿嗎？」蔣蘭蘭問道。

「城堡不是我逃離後的歸宿。追逐城堡是我由內向外掙扎、表現自我的過程。我一方面想傾訴，同時又害怕人們進入我的世界。對於你們來說，我和我的作品是一個謎。但對於我個人來說，我只想透過文字重現我夢幻般的內心世界，僅此而已。」卡夫卡老師解釋道。

「我按照自己的心理模式塑造角色。我把他們看成現實自我的外化和延伸，於是賦予了他們和我自己相同或相似的人格屬性。凡是重要的人生體驗和感受我都會在人物角色當中展現。我這一生都在苦苦探求人生的價值與意義，可從未得到滿意的答案，因此我也無法給他們一個完整的結局。」卡夫卡老師越說越激動。

教室裡鴉雀無聲，許久之後，顧玄打破了這份寧靜：「人們評價您的小說，說它們是沒有謎底的謎題，而這種謎語特徵式的結構也成了您的小說的主要特徵，這種結構究竟該怎樣理解？」

卡夫卡老師解釋道：「我寫作不注重環境的寫實和性格的刻劃，而是透過現象表現本質。有些甚至時間、空間和人物都不確定，這才會讓大家感覺讀我的小說，就像是猜謎語一樣。就拿《審判》來說，主角約瑟夫·K在30歲生日那天莫名其妙被捕，他雖自知無罪，但仍擺脫不了被捕的下場。奇怪的是，被捕以後，他雖然要定期接受審判，中間卻可以自由地工作、生活。他試圖透過多種途徑證明自己無罪，找律師、法官，找所謂的證人，然而最終一切都是徒勞，沒有誰能證明他無罪，整個社會如同一張無形的網籠罩著他。他始終擺脫不了有罪的指控，最後被殺死在採石場，莫名其妙地結束了短暫的一生。」

「至於他因為何事被指控，原告是誰，審判官是誰，我並沒有在小說中提供明確的訊息，這似乎有些荒誕——這不是完全違背了小說創作的『六要素』嗎？但是那又如何？我不告訴讀者這些，他們也會自己去尋找貼近的答案，就當我為你們出了一個謎語好了，每個讀者都可以嘗試說出自己的謎底來，不也很好嗎？」

聽完卡夫卡老師的闡述，大家不約而同地鼓起掌來，久久不絕。

第三節　矛盾統一的敘事藝術

這時，卡夫卡老師做了個手勢，掌聲才漸漸停下。他接著說：「在表現主義文學裡，除了可以用荒誕戲謔、象徵直覺等寫作手法，敘事角度同樣舉足輕重。哪位同學可以談一談敘事的角度都有哪些？」

一位同學回答說：「我知道的有第三人稱全知敘事角度、第三人稱限制敘事角度和第三人稱客觀敘事角度。」（如圖13-3所示）

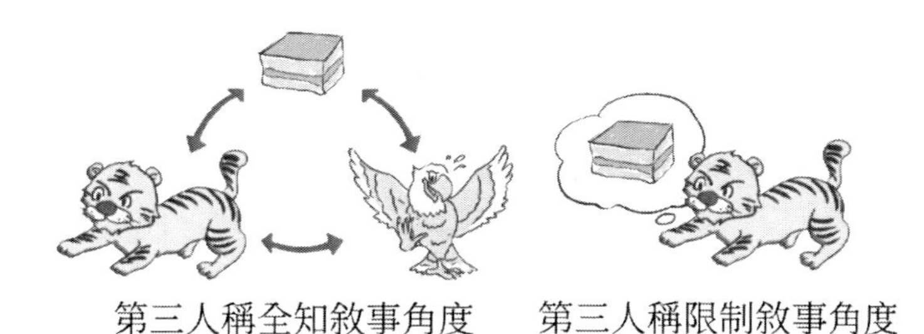

圖 13-3 矛盾統一的敘事藝術

「這位同學回答得很好，下面我分別用幾個例子，先給大家講解一下第三人稱的敘事角度。」卡夫卡老師說道。

一天，飢餓的老虎看見一隻老鷹正在天空飛翔，老鷹的嘴裡叼著一塊肉。這隻老鷹要把肉帶給自己的孩子，因為牠們已經有兩天沒吃東西了。

「同學們注意觀察畫線部分，不難看出第三人稱全知敘事角度，特點就在於『全知』。作者不但知道故事的全部，而且知道故事中所有人物的一切，包括其複雜微妙的心理變化。」卡夫卡老師解釋道。

一天，老虎看見一隻老鷹正在天空飛翔，老鷹的嘴裡還叼著一大塊肉。「我真想吃到那塊肉啊！」老虎心想。

「大家觀察畫線部分，限制敘事角度是指從故事中某一個人物的角度講述，只描述一個人物的思想感情，所有事情的發生都用一個標準去看待和衡量。」卡夫卡老師繼續解釋道。

一天，一隻老鷹嘴裡叼著一大塊肉在天空飛翔。「啊，我真想吃那塊肉！」老虎悄悄地說道。當老鷹落在附近的一棵樹上時，老虎跑到那棵樹下臥下來，臉向上衝著老鷹喊：「雄鷹先生，早安！您今天可真精神啊！你的羽毛多麼整潔！您的眼睛多麼明亮！」老鷹抖抖身上的毛，頭抬得高高的。老虎繼續說道：「您這麼英俊，嗓音一定高亢洪亮，能為我高歌一曲嗎？」

「客觀敘事角度呈現的就很像攝影機拍下來的畫面，作者完全處於畫面之外，只寫所見所聞，從不寫見聞之外的事，這也是我所喜愛的表達方式，可以很好地抹去作者的痕跡。那麼，除了第三人稱敘事角度呢？還有其他敘事角度嗎？」卡夫卡老師問道。

顧悠大聲說道：「還有第一人稱主要人物敘事角度、第一人稱次要人物敘事角度和第一人稱觀察者角度。」

「看來顧悠同學準備得很充分，我們同樣透過幾個例子來了解這些敘事角度。」卡夫卡老師說道。

一天，我看見一隻老鷹在天空飛翔，嘴裡叼著一塊肉。我是一隻聰明的老虎，我一定要想辦法把那塊肉弄到手。

「觀察畫線部分，老虎是這個故事的主要人物，我借用了老虎的眼睛去觀察就是第一人稱主要人物視角。」卡夫卡老師解釋道，「如果換故事裡的次要人物作為第一人稱，結果就會像下面這個例子一樣。」

一天，我銜著一塊肉在天空飛翔的時候，看見一隻老虎。當我落在附近的一棵樹上時，老虎便在這棵樹下坐下來，揚起頭衝我喊：「雄鷹先生，早安！您今天可真精神啊！您的羽毛多麼整潔！您的眼睛多麼明亮！」

「如果是第一人稱敘事角度，就又會變成下面這樣。」卡夫卡老師繼續說道。

一天，我看見一隻老鷹在空中飛翔，嘴裡叼著一大塊肉，牠被一隻老虎發現了。

同學們一邊聽著卡夫卡老師的講述，一邊刷刷地做著筆記。

「您在《城堡》的創作過程中都用到哪些敘事手法，可以解說給我們聽嗎？」寫字比較快的一個同學抓住機會趕緊提問。

「當然可以，剛才給大家講解敘事理論的知識，就是為了讓同學們能更容易理解我作品中矛盾統一的敘事藝術。」卡夫卡老師解釋道。

「這種矛盾統一的敘事主要表現在兩個方面。首先，我選取了兩種視角，一種是文章中主要人物 K 的視角，第二種是與 K 對話的人物的視角，兩種視角相互呼應，充分發揮了人物視角的聚焦作用，使城堡顯得更加夢幻朦朧。其次，在這部作品的敘事話語之中，還存在著矛盾統一的敘事視角，大家能否從《城堡》中找到一兩處這樣的語句來。」卡夫卡老師繼續說道。

顧悠翻開摘抄本，很快就找到一處，讀了起來：「在這裡，沒有一個人感到累，或者不如說，人人時時刻刻都感到累，但這並不影響工作，是的，反倒好像能推動工作。」

等顧悠讀完，卡夫卡老師解釋道：「在這裡我想強調的是城堡官員祕書的累和土地測量員 K 的累是不同的。利用『累』的矛盾統一加深大家對人在環境中越掙扎越無奈的理解。」

蔣蘭蘭這時候也找到一個地方，讀了起來：「有沒有監督機構？監督機構有的是，不過他們的任務不是查出廣義的差錯，因為差錯不會發生，即使偶爾發生一次差錯，就像在您的事情上，可是誰又能肯定這是一個差錯呢？」

卡夫卡點點頭繼續講道：「從話語上，在這裡我想借用村長自相矛盾的話，來揭露體制的缺陷，這種錯誤不是某個官員犯下的，而是資本主義體制本身犯下的。卑微的個人不可能與強大的資本主義體制抗衡，即使被損害利益，也只能屈辱地忍受。所以我認為人們並非只單純地渴望著荒誕世界的毀滅，毀滅不是人們想要的結果，重建才是。」

「荒誕的世界？對了，有人說老師您本身就是個充滿矛盾的個體，您認為這種評價是否客觀？」一個同學好奇地問道。

卡夫卡想了想回答道：「孤僻、脆弱、敏感是我的代名詞，我用盡一生的時光去想，為何我是這樣的我，並得出了三個原因：一是我所處的時代，『一戰』前後奧匈帝國政治腐敗經濟蕭條，人民都生活在痛苦之中；二是我的猶太血統，以及童年時期父親留給我的創傷幾乎讓我成為一個異類；三是我本身軟弱敏感的性格，所以我不否認這種評價。」

「正因為老師是這樣的人，所以才能寫出《變形記》這麼優秀的小說。」這位好奇的同學評價道。

第四節　荒誕世界中的小人物

顧您很喜歡《變形記》裡的格里高爾，她覺得格里高爾的形象最偉大，他是父母的孝順兒子，是妹妹的好哥哥，是公司的好職員，哪怕變形後遭受家人冷眼，他依然關心著父親的債務，心繫妹妹的學業前途，拚命賺錢替父親還債，送妹妹深造，可是他的家人卻始終不接納他，他實在是太可憐了！

「為什麼格里高爾變成了甲蟲，還要想方設法趕班車上班，而不是藉機放鬆自己，再也不用工作了，格里高爾不是不喜歡那份工作嗎？」顧您不解地問道。

「因為格里高爾是全家的支柱，因為有他每日的辛勞，家人才能住上大房子，父親才得以逐漸償還外債，每日都能悠閒地喝著茶水看報紙。母親才得以僱人為全家做家務，有時還會去參加舞會。妹妹才得以買各種首飾，有機會去音樂學院深造……這一切都因為格里高爾的變形而宣告結束。格里高爾的身上背負著兩個重擔，一是工作上的重擔，一旦丟掉工作，他就會失去經濟來源；二是家庭的重擔，全家人的生活都靠他的收入來維繫。由於金錢和物質的巨大壓力需要格里高爾一個人去承受，使得他從活生生的人被異化為揹著沉重外殼的甲蟲，釀成了人生悲劇。」卡夫卡老師解釋道。

「那您為何不讓格里高爾變成老虎、獅子這樣凶猛的動物，而讓他變成無用低能的甲蟲？」一個同學好奇地問道。

「因為格里高爾的原型就是我呀，我生活在奧匈帝國即將崩潰的時代，身為一個異鄉人，這成為我心中不可抗拒的夢魘。資本主義是一個從內到外、從上到下密布著層層從屬關係的體系，一切都有等級，一切都戴著鎖鏈。人太渺小、太脆弱了。」卡夫卡老師自嘲道。

「那為什麼不變異成毛毛蟲，而是帶著殼的甲蟲？」這個同學繼續追問道。

「因為即使變形，也不能放棄自我保護，人被異化後，面對外界的恐懼仍需要保留一副外殼。」卡夫卡老師解釋道。

「您塑造的這些荒誕世界中的小人物，譬如《變形記》中發現自己變成甲蟲的格里高爾，《城堡》中永遠徘徊在城堡之外無法進入的土地測量員 K，《審判》中莫名成為被告無法脫罪的 K 先生，他們的命運如此荒誕悲哀。您為什麼如此鍾情於刻劃這類人物呢？」另一個同學又提出了新的問題。

卡夫卡老師笑著說道：「事實上，作家總要比社會上普通人想像的敏感得多，脆弱得多。因此，他對人世間生活的艱辛比其他人感受得也要更深切、更強烈。」

「所以老師只是放大了這種悲傷，您並不是沒有感受過生活中的快樂，對嗎？」這位同學接過話來說道。

卡夫卡老師點點頭，繼續說道：「我在自己第一次訂婚的時候還是體會到了愛情的甜蜜的。但是，藝術向來都是要投入整個身心的事情，因此，藝術歸根結柢都是悲劇性的。」

「小說中的角色其實都是荒誕世界中的小人物，與他們所處的荒誕世界相比，實在是太過渺小、太過脆弱了。」顧悠似乎捋清了一些邏輯。

「是這樣的，如果荒誕世界裡人的心是一片冰封的海洋，那麼文學作品就是用來鑿破人們心中堅冰的一把斧子，這樣人們才能把模糊朦朧的世界看清楚，把喜、怒、憂、思、悲、恐、驚這七情整理清楚，把眼、耳、鼻、舌、身、意這六慾辨識明確，才能靈臺清明。為此，寫作的人更需多下幾番苦功夫。」卡夫卡老師說道。

卡夫卡老師的一番話說得顧悠熱血翻湧，但同時也讓她產生了一些新的疑問：「老師對文學情有獨鍾，也是因為這些嗎？」

「我不是對文學感興趣，而是我本身就是由文學構成的，我不是別的什麼，也不可能是別的什麼。我患有嚴重的肺結核，不顧一切地寫東西是我為了維持生命唯一可以做的事情。我的作品在生前都沒有發表，所以寫作對我來說是一種私人性質的心理治療，我透過它來撫平內心的創傷。」卡夫卡老師解釋道。

顧悠略帶迷茫地看著卡夫卡老師繼續問道：「老師，那我們應該怎樣看待周遭的世界呢？」

「不管別人怎麼看，在我的眼裡，我生活的那個世界就是荒誕的。我生活在一個惡的時代，沒有一樣東西是名副其實的。人的根早已從土地裡拔了出去，卻還談論著故鄉。儘管人群擁擠，但每個人都是沉默的、孤獨的，以至於那時候的歐洲人對世界和對自己早已不能正確地評價。『一戰』前後的西方人不是生活在被毀壞的世界，而是生活在錯亂的世界。」卡夫卡老師繼續說道。

「面對那樣的世界，您選擇了以寫作進行抗爭？」顧悠又追問道。

卡夫卡老師回答道：「如果活著的時候應付不了生活，我就用一隻手擋開一點籠罩著命運的絕望，同時，用另一隻手記下我在廢墟中看到的一切。我正是這樣做的。」

第十四章
海明威主講「迷惘的一代」

本章透過四個小節講述海明威的人生旅程和文學創作道路，以及由海明威所代表的美國「迷惘的一代」（The Lost Generation）。透過本章的內容，讀者可以了解「迷惘的一代」的本質是一種反叛和堅守，並了解「硬漢文學」和「冰山理論」的文學特點。

厄尼斯特‧米勒‧海明威（Ernest Miller Hemingway，西元 1899 年 7 月 21 日～ 1961 年 7 月 2 日）

美國作家、記者，20 世紀最著名的作家之一，美國「迷惘的一代」作家中的代表人物。他的作品文體輕鬆、造句簡單、用詞平實，常對人生、社會和整個世界都表現出迷茫與徬徨，代表作品有《老人與海》（*The Old Man and the Sea*）、《太陽照樣升起》（*The Sun Also Rises*）、《戰地春夢》（*A Farewell to Arms*）、《雪山盟》（*The Snows of Kilimanjaro*）等。

第一節　戰爭影響下的文學

「所謂『迷惘的一代』，也稱『迷失的一代』，指的是第一次世界大戰到第二次世界大戰期間出現在美國的一類作家。他們之所以迷惘，是因為他們這一代人的傳統價值觀念完全不再適合戰後的世界，可又找不到新的生活準則，從而感到徬徨並對美國社會發展產生一種失望和不滿。」顧玄一邊走，一邊說道。

之所以會談論起「迷惘的一代」，是因為這週到寒暄書院講課的人，正是「迷惘的一代」的代表人物海明威老師，他也是顧悠最喜歡的小說家之一。

來到寒暄書院後，顧悠的心情久久不能平靜，眼睛直勾勾地盯著講臺。而海明威老師似乎感受到了大家炙熱的目光，面向同學們給出了一個「硬漢式」的微笑。

待同學們都坐定了，海明威老師清了清嗓子說道：「大家平時是不是都不怎麼鍛鍊，怎麼看著一個個都弱不禁風的？像你們這樣在戰爭時期可是不行的啊！」

「現在是和平年代，怎麼還會有戰爭發生？」一個胖胖的男生回答道。

「和平年代？和平，這是多麼珍貴的字眼啊！戰爭是殘酷的，我曾與戰爭有過近距離的接觸，能夠深刻體會到死亡就在眼前的感覺……」說到這裡，海明威老師似乎陷入了悲傷的回憶之中，神情說不出的複雜。

「老師，跟我們分享您的經歷吧，我們很想聽。」顧悠一臉期待地說道。

「既然你們有興趣，那我就分享一下。」海明威老師調整了一下情緒，「童年時期我在農民的家庭長大，跟父親一樣，我也喜歡打獵、釣魚等活動。除此之外我還喜歡看各種漫畫書、聽好玩的故事。初中時期我為兩個文學報社撰寫過文章，高中時我成為文學報編輯。高中畢業後，我沒有去上大學，而是直接進入《堪薩斯城星報》當了記者。」

「聽說您還參加過第一次世界大戰，成了戰鬥英雄？」在海明威老師說話間隙，顧悠插話道。

「沒錯，第一次世界大戰爆發後，我就想加入美國軍隊觀察第一次世界大戰的戰鬥情況，我的父親不同意，但最後我還是按照自己的想法辭職參軍了。由於視力原因，體檢不達標的我被調到了紅十字會救傷隊擔任救護車司機，我的任務就是將巧克力、香菸和明信片送至戰場前線。在前往義大利前線時，我得以最近距離地接近戰場，在那裡我親眼看到並親身經歷了戰爭的殘酷，到處都是受傷的士兵。我記得，當時米蘭附近的一個彈藥庫發生爆炸，造成嚴重傷亡，停屍房放滿了屍體，並且很多都是婦女。」海明威老師說道。

「聽說您在戰爭中也受過重傷？」胖胖的男生問道。

「是的，在一次運送補給品時，我被一枚奧地利迫擊砲彈的彈片擊中頭部，隨後又被子彈擊中膝蓋，那種疼痛是無法忍受的，但當時我也不知哪來的勇氣和耐力能堅持那麼久。我和一群義大利士兵一起躺在獨木舟上，我們渾身上下都受了傷，但卻很平靜，最後等到這些受傷的士兵都得到照料，我才撤離，還因此而被授予了十字軍功章獎章。」海明威老師繼續說道。

「哇，老師您真是太厲害了，那麼堅強勇敢，要是我肯定就被嚇壞了。」蔣蘭蘭似乎是聯想到了電視劇裡殘酷的畫面，有些膽顫心驚的樣子。

「那可不一定，人的極限是可以提高的，環境就是一個很重要的因素。如果你處在那時的情境中，說不定比我更堅強更勇敢呢！」海明威老師解釋道。

「是啊，中國歷史上不也湧現出很多女英雄，都是巾幗不讓鬚眉。」顧悠說道。

「我第二次經歷戰爭是在 1937 年至 1938 年，西班牙內戰和第二次世界大戰期間。當時我的身分是戰地記者，透過隨軍行動拍攝紀錄片對戰況進行報導。那時我在軍中結交了不少好友，也有幾個工作夥伴，我常常和他們談笑聊天。」海明威老師接著說道。

「戰爭時期的友情是極為深厚和珍貴的！」顧悠說道。

海明威老師臉上露出懷念的表情，點點頭說道：「的確，因為相見和永別可能就是一瞬間的事情。西班牙內戰時，我曾到馬德里拍攝紀錄片，親眼目睹了一場激烈的突圍戰。我與真實戰鬥之間最近的距離也不過是戰場上的一處疏散點，眼前是來來往往的擔架和傷員，周圍是轟隆隆的聲響。那天我們拍攝的很多鏡頭都是塵土飛揚的山頭和緩慢移動的坦克。」

「幾天後，我們再次體會到了戰爭的滋味。那天，我們本來打算隱藏在公園內的一座小山上對軍隊進攻進行拍攝，因為這樣可以拍到近距離的透視縮影——槍口冒出陣陣白煙，然而可惜的是我們最終還是被隱藏的狙擊手和流彈逼退到了一棟被炮火摧毀的樓房中。我們艱難地拖著設備爬到了3樓，將鏡頭對準戰鬥場地，整整拍攝了一個下午，看到坦克似甲蟲般來回飛奔。」海明威老師說道。

「這樣的經歷真是太精彩了！」顧悠感慨道。

「精不精彩我不知道，這樣與戰爭近距離接觸的感覺卻是難忘的，但沒人想要再去經歷這些，沒人會喜歡戰爭……」海明威老師說話的聲音越來越小，隨後似乎又想起了什麼，陷入沉思之中。

「那您參戰的時候沒有寫作文學作品嗎？」一個學生的提問將海明威老師的思緒喚回。

「也不全是，我也有過一段世外桃源般的生活，常去狩獵、釣魚，做一些自己喜歡的事情。我在《老人與海》中對聖地牙哥與鯊魚鬥爭場面的描寫，很多也是來源於我自己身上的真事。有一次出海捕魚，我親手拖住了一頭鯊魚，準備拿手槍把牠打死，卻意外打到了自己的腿上，然後帶著傷和鯊魚進行了搏鬥。」海明威老師解釋道。

「我的天，老師您的經歷也太驚險刺激了吧，怪不得能把那些場景描寫得如此真實而生動。您的作品該不會都是根據親身經歷，以您自己為原型創作的吧？」顧悠驚訝地問道。

「嗯，這麼說也沒錯。」海明威老師點點頭。

「我在紅十字會工作時的經歷為《戰地春夢》這部小說提供了創作靈感。後來我隨狩獵的旅行隊去非洲，又根據在非洲的見聞和印象，創作了

《非洲的青山》(*Green Hills of Africa*) 以及《雪山盟》等作品。參與報導西班牙內戰後，我又出版了以西班牙內戰為背景的小說《戰地鐘聲》(*For Whom the Bell Tolls*)。」海明威老師總結道。

第二節　「冰山理論」的敘事藝術

第二節課剛一開始，一個聲音便從同學們中間冒了出來：「海明威老師，您的作品大多是小說，而小說最主要的就是寫人敘事，對這方面，您覺得哪些是需要注意的？」

這個問題立即得到了大家的附和，看來，大家對海明威老師別具一格的寫作方法還是更感興趣。

「我認為對一些動作、事件、感情的描寫沒有必要用太多的文字修飾雕琢，只要將事物描述清楚就行，其他的交給讀者來決定。所以我在寫作時，一般都是用最簡單的詞彙，最基本的句式，將名詞動片語合在一起，是什麼就是什麼，不用那麼多華麗優美的詞語進行修飾。」海明威老師說道。

「這就是所謂的『冰山原則』嗎？只寫出一部分內容，剩下的大部分交給讀者自己去想像，以有限的形式去表現無限的內涵。」蔣蘭蘭問道。

「沒錯，我很在乎寫作的客觀性，用簡單的語言揭示事物的本來面目，用客觀的方式抒發自己的情感，這就是我的敘事風格。舉個例子，在《老人與海》中，對老漢用魚叉制服大魚進行描寫，我使用了『老人放下釣索，把魚叉舉得盡可能的高，使出全身的力氣，加上他剛才鼓起的力氣，把它朝下直扎進魚身的一邊』這樣的敘述，簡單直接，這要比用諸如青筋暴起、快如閃電、眼神堅毅等修飾詞要好得多。當然，這也與我從事記者工作的語言書寫習慣有關。」海明威老師說道。

一個胖胖的男生接著說道：「在《戰地春夢》中您也使用了這種敘事手法，男主角不顧護士的阻攔執意要看妻子的遺容，看到之後卻沒有一句表述，也沒有一滴眼淚，這種無聲的訣別才更扣人心絃。痛哭流涕、聲嘶力竭這些詞語都比不上這種表述，那些隱含的內容，讀者會自己想像的，全寫出來反倒失了味道。」

海明威老師贊同地點了點頭，接著說道：「敘事時，我們常常需要描述幾個人在一起對話的場景，這時候我認為應該如實展示，而不是自我總結講述。也就是說，創作者要竭力營造一種不是自己在講話，就是作品中的某一個人在說話的假象，不介入或很少介入敘事，把發言權全部交給人物，盡可能不留下講述的痕跡。」

「仔細想想，如果全部由創作者來自我總結，那真的感覺有點刻意了。」顧悠總結道。

「沒錯，這樣的表達是極為簡潔的，為了配合這樣的效果，人物的關係和對話也要盡量簡單易懂。對話語言不用深奧冷僻的詞，不用大詞，而用小詞，句子短，結構簡單，只要讀者按照順序讀下來，就能明白每一段話的意思和說話者是誰。另外，每次參與對話者一般是兩個，一問一答，或聊天，或爭論，讓讀者容易搞清誰說的哪一句，這一點非常重要，當要出現第三者或更多的人對話時，一定標明說話人的姓名。」海明威老師強調道。

「老師您為什麼如此鍾情於這樣的敘事方式呢？」顧悠問道。

「你們知道結構主義中的『距離與角度』理論嗎？」海明威老師反問道。

大家互相看看，不約而同地搖了搖頭。

「作家在敘述一個故事或者某一事物時，其敘述角度是把他對現實世界的體驗轉化為語言虛構世界的基本角度，這也是作者聰明才智的展現，但作者的觀念和角度與讀者總歸存在差異。布斯曾說過，作家最重要的任務就是消除隱含在作者的觀念與讀者觀念之間的任何距離，但一般來說，距離是無法徹底消除的。而在小說創作中，作者就要透過各種敘事技巧的精心設計，努力建構一個包括敘事者、作家、人物三個敘述主體之間的理想距離，使得讀者能夠接受，實現雙方之間的交流。」海明威老師解釋道。（如圖 14-2 所示）

圖 14-2 「冰山三角」

「所以，您選擇的是對話的方式，再加上各種技巧的使用。比如在《戰地鐘聲》中您使用了『時間透視法』、『時間的空間化』等典型的敘述技巧，來達到『建構理想距離』的目的。」蔣蘭蘭接過海明威老師的話說道。

「正是如此，我認為人物的對話能使讀者產生身臨其境的感覺，但是作者的自我敘述則難以收到這種逼真的效果。另外，對話比敘述來得更為簡潔，也更為生動可感，蘊涵的內容更為豐富。因此，我在作品中會大膽使用大量對話，比如在《雪山盟》中，我為了突出對話，文章的一開篇就全是對話。」海明威老師肯定了蔣蘭蘭的觀點。

第三節　誰造就了「迷惘的一代」

「老師，我還有一個問題，您被稱為『迷惘的一代』的代表，您在作品中是如何展現這一特點的？您的迷惘又是怎麼造成的呢？」那位胖胖的男生又提出了新的問題。

「在討論這個問題之前，我們先聊一些更有意思的事。」海明威老師以一種放鬆的姿態說道，「同學們有沒有看過《海上鋼琴師》這部電影？」

「看過！看過！我的最愛之一，1900 被炸死我還哭了好久呢。」老師話音剛落，顧悠就迫不及待地叫了出來。

「那你看懂了嗎？」海明威老師看著顧悠問道。

「看懂了啊！那不就是講述一個孤兒在船上長大，成為一名卓越的鋼琴師，最後不願意下船被炸死的故事嗎？」顧悠臉上滿是疑惑。

「明白了這部電影的內涵，上面那個問題也就解決了一半了。你認為 1900 為什麼不下船？在你眼中，這個人物是怎樣的形象？顧悠你先來說。」海明威指明要顧悠回答這個問題。

顧悠想了一會兒說道：「他的世界很簡單，除了琴還是琴，他的靈魂很純粹，只做自己喜歡的事情，而這種簡單和純粹正是那艘船給予他的。

可以說，從被拋棄到船上、被工人撿到的那刻起，他就與這艘船融為一體了，他是船的一部分，船也是他的一部分。1900 之所以選擇不下船，是依賴、恐懼，也是個性、冒險，生於海上，終於海上，就是他的命運。」

「顧悠說得不錯，但有些太過抽象了。當我們結合當時的背景以及現實去看時，就會發現 1900 這個形象遠比我們想像得更複雜，也更有意義。」海明威老師點評道。

「1900 是導演虛構的一個形象，也代表 1900 這個年分。結合歷史，當時世界中心從歐洲逐漸向北美轉移，遭受世界大戰重創的歐洲已經殘缺不全。1900 代表的是昔日輝煌的歐洲文明，船下的世界則代表著美國的新工業文明。雖然 1900 也動搖過，但當他從船上下來，走到舷梯中央，看到煙霧瀰漫的城市、鱗次櫛比的高樓以及一條條沒有盡頭的街道時，他突然決定放棄，不再下船。他做出這樣的選擇有兩層含義，一是對新文明、新追求無所適從的不安和不屑，二是向歐洲舊秩序做出的告別。」海明威老師解釋道。

「這麼深奧嗎？我當初看的時候可沒有想這麼多，現在一聽老師分析，突然感覺腦子有點不夠用了。」顧悠撓著頭說道。

「哈哈哈，這只是我自己的解讀。因為這部電影表現的時代正是我經歷過的歲月，所以更加感同身受一些。」海明威老師看顧悠憨憨的樣子忍不住笑出了聲，「我的迷惘也和 1900 如出一轍，『一戰』後，美國經濟勢力向外擴張，透過技術革新、企業生產及先進的管理等，生產和資本的集中速度加快，經濟發展迅速。與此同時，很多新興事物和現象也隨之出現，比如爵士樂、飆車、燙頭、噴濃重的香水、穿超短裙等，美國進入一個追求物質、追求金錢的新時代。面對這些與傳統觀念格格不入的新事物，面對這樣一個迅速更迭的新時代，很多人根本無所適從，我就是其中一員。」

「您是覺得這些新事物不應該出現嗎？」顧悠問道。

「沒有應該或不應該，只是些個人感受罷了。從獨立戰爭的宣言開始，到西進運動，再到南北戰爭，這些事件中都包含了普通美國人民希望透過自己的不懈奮鬥去追求美好生活的努力和願望。『一戰』前夕，美國掀起一股進步主義熱潮，總統在演講時宣稱第一次世界大戰是為人道而非為單純的征服而戰，這使得進步主義者們更加確信美國的勝利將在世界範圍內維護美國的民主旗號。於是在『一戰』期間，包括我在內的很多二十歲左右的年輕青年懷著理想主義和夢想，為了捍衛世界民主，爭先恐後地加入了戰爭。」海明威老師說道。

「那個時期，有很多和我一樣的作家，自以為作品主題展現了所謂美國精神的精髓。然而，殘酷的現實讓我們意識到那種熱血和信仰是多麼可笑，《凡爾賽條約》中那一系列針對德國的不平等條約，明明確確地告訴我們這場戰爭是不道義的，根本不是所謂的民主，更有悖於我們所理解的美國精神，這一度讓我懷疑自己曾經的決定。後來，離開戰場的我們，一方面厭惡發戰爭財而出現的畸形繁榮；另一方面也失去了指引生活的精神和思想文化，不可避免地陷入了迷惘和尋找答案之中。」海明威老師繼續說道，

「如果生活在現在的美國，您應該會更迷茫吧。」胖胖的男生小聲說道。

「這下你們知道，我的迷惘從何而來了吧。」海明威老師似乎並沒有聽到男生的話，苦笑著對同學們說道。

大家都默默地點了點頭。「其實，最主要的還是精神層面的，就像 1900 無法想像和接受陸地上的生活。」蔣蘭蘭的發言打破了沉默。

海明威老師衝她點頭微笑了一下，隨即又說：「至於剛才你所問的迷

惘是如何在作品中展現的，其實不用我多說，你只要看了就能感覺到。我舉一個簡單的例子，在《太陽照常升起》中，男主角巴恩斯在感情上就是無比迷惘的。他從戰場回來後愛上了阿什利夫人。但是他在『一戰』中脊柱受傷，失去了性能力，只能無奈地默許她與別的男人在一起。最後眼睜睜看著自己的愛人變成他人的未婚妻，自己則只能在夜深人靜時借酒澆愁，暗自哭泣。」

「很難理解這種行為。」顧悠有些不好意思地說道。

「別忘了要從現象看到本質，作品呈現出來的只是現實中的特殊片段，不必糾結於此，而且這只是個別的例子。」海明威老師最後進行了總結，「可以說，全世界嚮往的 20 世紀初的美國，其實一點也不夢幻。美國的大地上到處都是充滿煙囪的城市和『迷惘的一代』。所謂『美國夢』也已經深深捲入了金錢和慾望，那正是狄更斯口中『最美好，也是最糟糕的時代』。」海明威老師解釋道。

第四節　「硬漢文學」的精神核心

「我們曾懷揣著獨立與民主的理想，奮不顧身地投入戰爭之中，但並未看到光明和希望，相反陳列在眼前的是鮮血、是屠殺、是苦難，而我們本身也深受折磨，這讓我們一度懷疑自己曾經的決定是錯誤的，也因此變得徬徨和不知所措。就像格特魯德·斯泰因對我說的一樣，『你們都是迷惘的一代』，的確如此，但是我們不會因此而被打敗，也不會徹底消沉下去。」海明威老師堅毅的臉龐因激動而微微有些顫抖。

顧悠看著老師手背上若隱若現的疤痕，崇拜之餘又多了幾分心疼，同學們也深受感染，難掩惆悵之情。

海明威老師見狀，馬上調整了一下情緒，笑道：「哪個同學猜一下，我接下來要講什麼？」

顧悠猛地站起來，大聲說道：「肯定是反抗，不認命。」

「為什麼呢？」海明威老師問道。

「因為您的作品中塑造了太多反抗式的角色，他們都是底層人物，來自各行各業，有拳擊手、鬥牛士、漁夫、獵人等。」顧悠回應道。

「不錯，看來你很喜歡讀我的作品。」海明威老師對顧悠微微一笑。

「那誰知道哪一個形象是最具代表性的呢？」海明威老師繼續發問。

蔣蘭蘭站起來說道：「《在我們的時代裡》的尼克，《太陽照常升起》中的巴恩斯，《戰地春夢》中的亨利，以及《戰地鐘聲》中的喬丹，他們都是不屈服的抗爭『形象』，但我認為最典型的還是《老人與海》中的老漁夫聖地牙哥，他的身上雖然也有以往人物形象的影子，但更是他們反抗意識的發展和昇華。」

海明威老師讚許地點頭說道：「這位同學說得非常棒，以上你談到的人物可以稱為悲情色彩英雄的發展歷程，而聖地牙哥就是這些人物群像的集中反映。」

「為什麼呢？一個年邁的老人為什麼會比前面真正的戰士（尼克、亨利、喬丹）還要偉大呢？」一個疑問的聲音不知從哪裡傳了出來。

「真正的偉大從來不被體力更不被身分職業所禁錮。一個人生來不是要被打敗的，他可以被毀滅，但不能被打敗，這是聖地牙哥的信念，同時也是我的信念。」海明威老師動容地說道。

「有的人表面上獲得了勝利，卻是個失敗者；有的人肉體消亡，精神卻永存，就像中國當代詩人臧克家的那首詩：有的人活著，他已經死了；

有的人死了，他還活著！」顧玄感慨道。

海明威老師微笑著點點頭，接著問道：「誰來介紹一下這部作品以及故事梗概呢？」

一個戴眼鏡的男生站了起來，推了推眼鏡，擺出一副老學究的姿態，清了清喉嚨說道：「《老人與海》的故事發生在 20 世紀中葉的古巴，一位老人在墨西哥灣獨自乘一條小破船垂釣，整整 84 天，卻一無所獲，其他人嘲笑他，戲弄他，叫他倒楣鬼，但老人並不在意，終於在第 85 天的時候，他釣到了一條比船還大的馬林魚，並費力地制服了牠。在回程途中，老人遭遇了五次鯊魚的襲擊，他盡可能地用身邊的武器與鯊魚展開殊死搏鬥，最後魚叉丟了，老人受了傷，但還是安全回到了岸上，不過馬林魚已經被撕咬得只剩下骨架。」

「聖地牙哥老爺爺真的很可憐，我當時看的時候就覺得好心痛。」一個女孩子大概聯想到了自己的爺爺奶奶，憂傷地說道。

「聖地牙哥聽到你這樣說，他會不高興的，他可不需要被人憐憫。」海明威老師搖搖頭繼續說，「面對多天的一無所獲和眾人的嘲笑，老漁夫的希望和信念從沒有消失過。而當希望終於降臨時，等待聖地牙哥的卻又是一次次絕望的困境，捕捉龐大的馬林魚已經讓他耗費了大半體力，加上還要抵禦凶殘的鯊魚的數次攻擊，老漁夫早已筋疲力盡，武器也被搶走，面對實力懸殊的較量，明知道結果可能會失敗，但他依然不服輸，不遺餘力地去抗爭，儘管他的大魚被吃光了，但鯊魚也快被他打死了。想像一下，一個風燭殘年的老人究竟是在什麼樣的信念支撐下才會有這般驚人的戰鬥力！」

「這位老人的堅毅真的很讓人敬佩。」顧悠說道。

「在旁人的眼中，連續 84 天捕不到魚是一個失敗者。儘管釣到了大魚，卻被鯊魚啃咬乾淨，他還是個失敗者。但在我的眼中，他卻是一個勝利者。老漁夫真正可貴的是，那種『知其不可為而為之』的勇氣和永不服輸、不向命運低頭的骨氣。面對命運的一次次戲弄和挑戰，他用盡一切辦法反擊，任什麼也無法摧殘他的意志。即便把生命押上，他也不會退縮，在大海的喧囂和咆哮中，他用一句『奉陪到死』詮釋了『向死而生』的人生觀和價值觀。」海明威老師說道。

海明威老師話音剛落，大家就情不自禁地鼓起了掌，顧悠的思緒早就跑到了聖地牙哥所在的墨西哥灣，彷彿在跟老人並肩作戰。

「人在很多時候是脆弱的，但人性卻是強悍的，正是有了諸如聖地牙哥這樣的人一次次向極限發起衝擊，人類的極限才會一次次被打破，也才有機會去迎接更大的挑戰。不管挑戰的結果是成功還是失敗，他們始終擁有不敗的精神和勇氣。」海明威老師笑著說，眼中閃爍著點點光芒。

顧悠看著講臺上的老師，突然出現了一種錯覺，彷彿教室就是一艘船，而海明威老師就是那個老漁夫。他們這群學生正是跟著他瞻仰和學習那種不敗精神的馬諾林。

「一艘船越過世界的盡頭，駛向未知的大海，船頭懸掛著一面雖然飽經風雨剝蝕但卻依舊豔麗無比的旗幟，飄揚的旗幟上舞動著四個字——超越極限！」海明威老師將這句話作為自己此次課程的總結。

第十五章
貝克特主講「荒誕文學」

本章透過四個小節，講解薩繆爾·貝克特的創作過程和他對荒誕文學的貢獻。從荒誕文學是什麼，到荒誕文學中人與世界的狀態，再到貝克特擅長的環形封閉式小說結構，本章將會對這些逐一進行講解，讓讀者在具有代入感的文字中，體會荒誕主義文學的價值所在。

薩繆爾·貝克特（Samuel Beckett，1906 年 4 月 13 日～ 1989 年 12 月 22 日）

愛爾蘭劇作家、小說家，1969 年諾貝爾文學獎得主。他擅長以奇特手法來反映西方社會的荒誕現實，用扭曲的人物形象和破碎的戲劇語言來表現人生的無奈與現實的荒誕。代表作品有《等待果陀》（*Waiting For Godot*）、《馬龍之死》、《無法稱呼的人》、《一句獨白》等。

第一節　荒誕文學中人與世界的狀態

顧悠被蔣蘭蘭拉著來到教室時，這一週的老師還沒有來。顧悠環顧正在播放戲劇的教室問道：「奇怪，今天講什麼？怎麼大家都在看戲劇，老師呢？」

「老師遲到了，還沒來。」顧玄說道。

「那麼，大家這是在看什麼呀？」顧悠又問道。

顧玄小聲地說：「《等待果陀》。」

「他們兩個在幹什麼？」顧悠追問。

顧玄無奈地答道：「等待果陀！」

「那我敢肯定果陀不會來了。」顧悠笑了笑，「就像現在，老師遲遲不來，等待他的同學們真是苦命……」

「門口那個穿黑色大衣、戴格子圍巾的瘦高男人是不是老師？」同學們順著蔣蘭蘭手指的方向看去。

門外的貝克特老師不知道教室裡發生的事情，他理了理衣襟，邁步走了進來。在同學們的注視下，貝克特老師在講臺中央站定，放下手中的教具，清了清嗓子說：「不好意思，同學們，讓大家久等了。為了教學效果我特意遲到十五分鐘過來，以便讓大家更好地體會等待的感覺。由於事先不能和大家講明，在這裡向大家道歉了。」

原來老師不是真的遲到，而是有意為之，他的話讓同學們瞬間從等候的鬱悶變得活躍起來。

貝克特老師滿意地笑笑，一雙鷹眼炯炯有神，銳利地掃視著臺下的同學，他今天可是有備而來，在調動學生情緒初見成效之後，正式教學開始了。

「同學們好，我是貝克特。我聽說大家在前面的課程當中，已經接觸過一位荒誕文學的代表了，大家還記得他的名字嗎？」貝克特老師問道。

「是卡夫卡老師，他寫過《變形記》。」顧玄搶著答道。

「你叫什麼名字？」貝克特老師問道。

「顧玄。」顧玄答道。

「很好，那麼你知道『荒誕』的意思嗎？」貝克特老師繼續問道。

「不就是指沒有意義或非理性的事物嗎？」顧玄回答道。

「一點兒也沒錯。『荒誕戲劇』是『寫實戲劇』的反面，它的目的是揭示生命的無意義，以此引起觀眾的反思。當然，它的用意並不是鼓吹消極的人生態度，而是透過揭露日常生活情境的荒謬，讓觀眾去追求更為真實而有意義的人生。」

「聽起來挺有意思的。」顧悠說道。

「荒誕戲劇經常會描繪一些非常瑣碎的情景，比如《等待果陀》中『等』這個情景，雖然這個動作很簡單，卻貫穿始終，並真實地還原了人們在生活中等待的樣子。當你們把剛剛發生在自己身上的『等候老師』的景象搬上舞臺時，觀眾就可能會覺得很好笑。不信的話，我可以叫幾位同學上來還原一下剛剛那個畫面。」貝克特老師解釋道。（如圖 15-1 所示）

「不用了，不用了！」顧悠和蔣蘭蘭兩人相視一下，不好意思地乾笑著說。好不容易逃過一劫，她們可不想被老師發現自己剛剛的囧樣。

「那我們就跳過這個環節吧！我們其實可以用另外一個說法定義『荒誕』——也就是『超寫實主義』，我們把觀眾的笑看作觀看演員在臺上被嘲弄時的防衛機制。」貝克特老師說道。

「看到劇中人對荒謬事情的那種逆來順受的態度，實在是令人哀嘆惋惜。」蔣蘭蘭喃喃道。

你在幹什麼？

我在等待果陀

他什麼時候來？

我不知道。

果陀說他今天不來了，明天一定會來

我們走吧！

我們不能！

為什麼不能？

我們在等待果陀

圖 15-1 荒誕戲劇中的荒謬之事

「這種手法也是卓別林大師在他的默片中慣用的手法。有時我們會有『我必須遠離這樣的事，雖然我不知該往哪裡去』的感受。這種感受並沒什麼不好，試想如果房子著火了，你只能衝出去，儘管沒有其他地方可去。」貝克特老師繼續說道。

「老師您創作荒誕戲劇的初衷是什麼？也是抒發對世界的不滿嗎？」蔣蘭蘭問道。

「這部劇寫於 1952 年。那時候發生了很多可怕的事情，『二戰』中的法西斯暴行，千千萬萬的人被殺戮，我對此已經失望透頂，而荒誕派戲劇就是我解剖世界、人的處境以及人自身生存狀態荒誕性的一把利刃。」貝克特老師回應道。

「納粹德國屠殺猶太人是德國歷史上最黑暗的一頁，這個事件的殘忍程度不亞於發生在中國的南京大屠殺，可稱『二戰』最為嚴重的暴行之一，場面十分血腥和殘忍。」一位學識淵博的同學補充道。

「老師您當時在做什麼，也曾身陷囹圄嗎？」蔣蘭蘭關切地問。

「我當時在巴黎，參與過一些聯繫和翻譯的工作。後來組織遭到破壞，很多成員被出賣並因此被關入集中營，我也險些被巴黎的蓋世太保組織逮捕。我的很多朋友慘死在集中營裡。我被迫隱居鄉下，『二戰』結束後，我才返回巴黎開始寫作。」貝克特老師說道。

「好了，回歸我們這次課的主題吧 —— 荒誕文學視角下人與世界的狀態。」貝克特老師繼續道。

「要怎樣理解荒誕文學中人與世界的關係呢？」顧悠問道。

「在荒誕文學中，人與世界處於一種敵對狀態。人的存在方式是荒誕的，人被一種無可名狀的異己力量所左右，無力改變自己的處境，人與人、人與世界無法溝通，人在一個毫無意義的世界上存在著……這種『荒誕』集中展現了西方世界帶有普遍性的精神危機和悲觀情緒。我研究過一些哲學家的著作，包括我最喜愛的笛卡兒、叔本華等人所寫的書。就拿法國思想家笛卡兒來說，他主張人是由兩部分構成的……」

「肉體和心靈。」顧玄的搶答打斷了貝克特老師的講述。

貝克特老師笑著說道：「說得好！正是肉體和心靈。肉體是機械的一部分，是不依賴於心靈的物質東西；而心靈，則是單純的思維。荒誕文學中的人物就是被機械性的物質包圍著的主觀思維的產物，而主觀與客觀的關係則是笛卡兒理論中最困難的部分，也是我要解決的主要問題。」

「這是不是就是荒誕世界中人物的行為都比較難以理解的原因呢？」蔣蘭蘭問道。

「是的，荒誕世界中的人物在世界內部和外部之間存在障礙和矛盾，人們在主觀上與世界分隔，不斷地尋找慾望和需求的滿足。他們不關心這個世界，就像這個世界不關心他們一樣。」貝克特老師回答道。

第二節　環形封閉的小說結構

「貝克特老師，從小到大我們幾乎每個人都知道一種寫作結構，那就是『總—分—總』結構，自己寫的文章也都盡量套用這種結構，但您在寫小說時，似乎很偏愛使用環形封閉式結構，這有什麼特別的原因嗎？」顧玄說。

「文學作品是需要有一定的創作背景的，需要有獨創性，可寫的題材以及能發揮的空間也會比你們的課文、作文大得多，所以在寫作結構選擇上也會更為多樣一些。在介紹我自己的寫作結構之前，有哪位同學能談一談寫作結構究竟是什麼嗎？」貝克特老師問道。

「結構是事物的構造形式。」蔣蘭蘭回答道。

「那小說的結構呢？」貝克特老師追問道。

「小說的結構就是……就是……」這可觸及蔣蘭蘭的知識盲點了。

顧悠捂嘴偷笑，正巧被貝克特老師逮個正著，他指著顧悠說道：「那位同學不要笑了，你來回答一下。」

「是！」被老師點到，顧悠下意識地站起來說道：「小說的結構就是根據塑造的形象和表現的主題，運用多種藝術表現手法，把一系列生活材料、人物、事件分輕重主次地、合理而勻稱地加以安排和組織的過程，包括小說情節的處理、人物的配備、環境的安排以及整體的布置等，使之成為一個有機的整體。」

「這麼複雜？我以為結構就是框架線索呢！」顧玄小聲嘀咕道。

貝克特點點頭，示意她們坐下，接著往下講道：「框架也好，線索也好，指的都是小說的結構形式。傳統的小說結構形式主要是線型的，如單線型結構，即構成小說情節的線索只有一條，自始至終圍繞中心人物展開有頭有尾的情節；還有多線型結構來應對複雜情節和眾多人物。意識流小說的出現打破了傳統的小說結構，因為意識流小說看不出情節線索，不具備故事性，而是側重於對作者情緒的書寫。」（如圖 15-2 所示）

「哦，我明白了。大家說貝克特老師的小說是受到了意識流派的影響，但您在結構上別具一格的原因是您所開創的環形封閉式結構依然是一種線型結構。」蔣蘭蘭若有所悟地說道。

「是的，環形封閉式結構也是線型結構的一種，整體像是一個環，在小說的結尾處，故事開頭的一幕將再次出現。」貝克特老師解釋道。

單線型結構

圖 15-2 兩種不同的小說結構

「我突然就想到一個大家熟悉的故事，用的恰好是環形結構。」顧玄摸摸下巴，神祕地說。

「顧玄同學，不妨說出來，大家一起鑑別鑑別是否是環形結構。」貝克特老師說道。

「這個故事十分簡單，就連幼稚園的小朋友們都能講出來。故事是這樣的：從前有座山，山上有座廟，廟裡有個老和尚給小和尚講故事，講的是什麼故事呢？講的是從前有座山，山上有座廟，廟裡有個老和尚給小和尚講故事……」顧玄說道。

顧悠第一個笑出聲音，接著一個、兩個、三個，大家都忍不住大笑起來。一本正經地聽完故事的貝克特老師反應了幾秒後，也和同學們笑作一團。

「顧玄同學所講的這個故事精彩就精彩在沒有深刻的內容，只有形式上的重複，正是這樣才讓我們覺得它有一種耐人尋味的美學意義，但大家有沒有注意到，時間在故事中失去了意義，什麼是前？什麼是後？在有些故事中，因果扭曲，我們既不知何為因，也不知何為果。所以大家會看到《等待果陀》的定位是一部悲喜劇，而『悲喜』就是從這裡來的。」貝克特老師解釋道。

「在您的小說《馬龍之死》中，似乎也運用了這種結構形式。」蔣蘭蘭說道。

「是的，的確如此！《馬龍之死》的主角馬龍大部分時間處於無意識或彌留狀態，但他卻意識清醒地經歷著緩慢而痛苦的等待死亡的過程。馬龍渴望講述自己，但又不知如何講述。於是他只好為自己創作一系列替身，透過別人的聲音和語言來講述自己。馬龍在床上寫作，他記述的是自己走向死亡的旅程，同時還虛構了小說中的小說。死亡本就意味著虛無和意義的終結，小說套小說，一環套一環，用『死亡』的線索串成一個圓，這就是環形封閉式結構。」貝克特老師總結道。

「在《馬龍之死》中，『死亡』好像貫穿於整個故事之中。」蔣蘭蘭說道。

「《馬龍之死》是一部死亡主題的小說，我在塑造馬龍時，讓他張口說的第一句話就是『無論如何他最終都將死去』，自此他就一直籠罩在死亡的陰影下。死亡是人類的最終歸宿，沒有誰可以例外，人只要活著，就必須面對懸浮在頭頂的死亡之劍，馬龍亦無時無刻不在感受死神的降臨。

他在病榻上反覆訴說著『我的頭將死去，這就是我的終結』，這種循環往復的過程，讓死亡成為故事的環狀線索，首尾銜接。」貝克特解釋道。

第三節　「自我」存在的矛盾

「在 1930 年代，我就開始了小說練筆，但在早期一直都找不到自己的風格。直到我開始轉入法語寫作，也就是 1947 年到 1951 年這段時間，這種狀況才有所好轉，期間我寫下了《莫洛瓦》、《馬龍之死》和《無法稱呼的人》這三部作品。但在寫《無法稱呼的人》這部作品時，我又陷入了自己設下的死局，這使得我在接下的 30 年裡無法在散文虛構作品裡繼續走下去，我被阻擋在『繼續走下去意味著什麼』、『為什麼應該走下去』、『誰應該走下去』這些問題上。」介紹完自己的小說結構，貝克特老師又講起了自己的小說創作經歷。

「那後來您又是怎樣繼續創作的呢？」顧悠追問道。

「後來的《乒》、《嘶嘶聲》等都還維持著《無法稱呼的人》和《是如何》的骨架，《無法稱呼的人》尚且還有黑色幽默的能量可以支撐，但到 60 年代末的一些作品時，其中的喜劇能量就被冷漠、乾燥的自我撕裂所代替，寫得我甚是受折磨。我開始意識到，那些作品裡的自我審問並非徒勞，個人存在真的是一個值得探討的話題。說到這裡，大家有誰了解過存在主義究竟是什麼嗎？」在一番敘述後，貝克特老師問道。

「我在網上查到『存在主義』最早由法國天主教哲學家加布里埃爾·馬塞爾提出，作為一個傳播很廣泛的哲學流派，其包括有神論的存在主義、無神論的存在主義和人道主義的存在主義三大類內容。存在主義認為人的存在本身沒有意義，認為人所生活的宇宙也是無意義的，但人可以在

原有存在的基礎上進行自我塑造、自我成就，讓自己活得更精彩，從而讓生活擁有意義。」顧悠說道。（如圖 15-3 所示）

「對，正是這一概念給了我啟發！」此時的貝克特老師顯得非常激動，手舞足蹈地說，「把彎掰直的漫長曆程很辛苦，但也不是沒有收穫。我還年輕的時候，就開始在這樣的想法中尋求慰藉 —— 也許有一天，真正的文字終於從心靈的廢墟中顯露出來，我會緊緊地抱著這個夢想直至死亡。」

「原來老師您想表達的是要讓人生變得有意義！我一直以為您是一位悲觀主義者呢！」蔣蘭蘭驚訝地說。

圖 15-3 存在主義

「是啊，大概所有人都認為我是一個徹頭徹尾的痛苦主義者、悲觀主義者，可能大家對我或是對我的作品有什麼誤解吧。我的確總是憂鬱、嚴肅的，而且經常陷入沉思，我的作品裡會有巨大起伏的失落感，但即使是在最困難的時候，我都沒有放棄過。小說寫到盡頭，我就去寫劇本，用《李爾王》裡我最喜歡的兩句話來說就是『誰能肯定我現在的處境最糟』，『只要我們還懂得說最糟糕，就說明最糟糕的時候還沒有到來』。」貝克特老師說道。

「我懂了，這用我們『90後』的話，叫『間歇性喪失生活意志症候群』。」顧玄打趣地說道。

「什麼徵？什麼群？」貝克特老師皺著眉，似乎有點難以理解。

「這是流行於年輕人群體中的一種新文化形式。因為現實中生活、學習、事業、情感等的不順，在網路上表達或表現出自己的沮喪已成為一種文化趨勢。間歇性覺得自己『差不多是個廢物』、『其實不是很想活』、『裝死到真死』，但馬上又會覺得『我又可以了』、『我可以』、『我站起來了』。」顧玄耐心地解釋道。

貝克特老師很快就消化了這個新表達，笑著說道：「正是基於『自我』存在的矛盾，存在主義者引入了『荒謬』一詞。這裡的『荒謬』指的是『世界本身的不合理與人類渴望解釋一切的衝突』，就如你在一片荒野裡大聲吶喊最終卻得不到回應。『二戰』後人們的心理已經轉為對原有世界秩序的絕望和無助，這點在我的作品中就以兩個流浪漢苦苦等待無果的情節呈現了出來。」

「看上去，這兩個流浪漢確實挺痛苦的。」蔣蘭蘭說道。

「存在主義者們認為人生而自由，人的選擇只受自己控制，但同時人又無時無刻不處在他人的注視之下，承受著如在地獄一般的恐懼。現在世界中的每個人不也是如此，既活在意識賦予自己的自由之中，又無時無刻不承受著他人及世界的注視，至於個人的自由是否會因為他人的注視而喪失殆盡，就要看他們是如何看待自己，以及如何看待『果陀』了。」貝克特老師繼續說道。

第四節　荒誕世界的藝術特徵

閱覽室裡，顧悠正在拚命翻閱戲劇史，顧玄則在忙著研究哲學。兩人頭也不抬，絲毫沒有察覺有人靠近。都怪貝克特老師痴迷哲理，還把哲理糅進了小說裡，蔣蘭蘭一點都看不懂，只能硬著頭皮求助面前的兩位資優生。

「上一節課貝克特老師講的內容太抽象了，我完全聽不懂，下課後老師安排的作業，我也不懂，貝克特老師筆下的荒誕世界究竟有哪些藝術特徵啊？」蔣蘭蘭疑惑地問道。

顧玄滿是笑意，提議道：「你可以像我一樣去查查二元論，薩特的『存在主義』，笛卡兒的『我思故我在』，等等，說不定就有思路了。」

「也可以好好看看《等待果陀》這部劇，哲學那部分太深奧，以後有興趣再看就可以了。」顧悠思考了一下，給她推薦了更好理解的《等待果陀》。

蔣蘭蘭懵懵懂懂地點頭，將他們的建議記在心裡，臉上露出甜甜的微笑，衝著二人說道：「謝啦，大哥！謝啦，悠同學！」

第二天一早，同學們就帶著新的疑問與求知的渴望來到了寒暄書院。

「果陀究竟是誰？」一位短髮同學剛一走進教室，就迫不及待地大聲問出了自己的疑問。

「果陀是上帝！」另一位同學喊道。

「可是尼采早就宣布『上帝死了』！」短髮同學說道。

「劇中人波卓就是果陀。」那位說「果陀是上帝」的同學又喊了起來。

「波卓是世俗人眼中的果陀，是理想果陀的化身。」貝克特老師也參與到這場爭論中，他總覺得和這群年輕的孩子們一起學習，好像自己也年輕了許多。

「咦？老師您是作者，您應該知道果陀是誰吧？」同學們一同問道。

貝克特老師兩手一攤，苦笑著說道：「我要是知道，早就在戲裡寫出來了。但我知道的是，無論果陀是誰，他都會給劇中人帶來希望。果陀是不幸的人對未來生活的呼喚和嚮往，也就是人們對明天的希望和憧憬。」（如圖 15-4 所示）

圖 15-4 貝克特式荒誕世界

「我所建構的荒誕世界從不缺少等待和希望這樣的主題。為什麼等呢？因為希望即使今天不來，明天也一定會來！」貝克特老師繼續說道。

「老師您不願意將痛苦的人類推入絕望的深淵，於是在無望之中給人留下一道希望之光，這是存在主義中的人道主義思想？」那位短髮的同學問道。

貝克特老師並沒有回答，而是對這位同學豎起了大拇指，以示認同。

「今天仍然以《等待果陀》為例，我們接著聊一聊荒誕世界的藝術特徵，你們誰先來說一說？」貝克特老師問道。

蔣蘭蘭勇敢地舉起手，一旁的顧姓兄妹用眼神給予她鼓勵，貝克特見狀，笑著說道：「那就蔣蘭蘭同學先來。」

「荒誕文學的特徵之一是缺乏故事性，在情節上，《等待果陀》沒有故事的開端、高潮和結尾，直接擷取主題鏡頭的兩幕劇。在內容上，《等待果陀》也沒有交待兩個流浪漢從哪裡來，為何要等待果陀，而是抓住人物的小動作：脫下靴子，往裡看看，伸手摸摸又穿上，抖抖帽子，在頂上敲敲，往帽子裡吹吹又戴上，看似充滿滑稽與無聊的動作，卻能看出老師您是一個特別懂生活的人，因為只有一個熱愛生活的人才能夠將生活中每一個無聊的細節刻劃得如此細膩，讓觀眾不斷地反思回味。」

「很好，還有補充嗎，顧悠同學？」貝克特老師看著顧悠說道。

「還有戲劇的語言也很荒誕，人物對話、獨白都充滿荒誕性。比如，一開場兩個流浪漢各自喃喃述說自己的痛苦，驢唇不對馬嘴。被主人喚作『豬』的幸運兒，突然激憤地演講，不帶標點的連篇累牘，使人不知所云。這也表明在這個非理性化、非人化的世界裡，人已失去其本質，沒有了自由意志，沒有了思想人格，他們的語言就應當如此機械化。有時人物語言也偶顯哲理，流露出人物在荒誕世界與痛苦人生之中的真實感受。」顧悠回答道。

顧悠話音剛落，顧玄主動站起來，繼續從哲學角度補充道：「西方世界自啟蒙運動後開始發掘對人的價值的思考，『我思故我在』是那個時代最響亮的口號。文藝復興打破了宗教對人的桎梏，宗教戲劇也淡出人們的視野。二元論的思維方式雖在此時尚未形成科學的理論，但伏爾泰、康德等啟蒙運動思想家都指出，人之為人的重要性在於『理性』、『天賦人權』，所以 18 世紀的西方文學創作多數基於理性和思辨。」

貝克特欣慰地點了點頭，又接著顧玄的話給同學們做了進一步的拓展和延伸：「存在主義誕生於二元論瓦解之前，任何理性和思辨都沒能阻止人類毀滅自己。在人類世界經歷了最大的浩劫之後，人類自己也在進行理性回溯。他們終於發現只重視思辨會導致忽視內心。於是，人之為人的根本屬性以及內在的自然感知力在現代主義作家的寫作中被重新重視起來。」

第十六章
馬奎斯主講「魔幻寫實主義」

本章透過四個小節講述馬奎斯與魔幻寫實這一文學主題的相關內容。在本章中，我們將看到馬奎斯筆下的拉丁美洲是什麼樣子，也會順著馬奎斯的文字從魔幻寫實主義文學出發，體會拉丁美洲不一樣的「孤獨」。

加布列・賈西亞・馬奎斯（Gabriel García Márquez，1927 年 3 月 6 日～ 2014 年 4 月 17 日）

拉丁美洲魔幻寫實主義文學代表人物，20 世紀最具影響力的作家之一，生於哥倫比亞的馬奎斯，早年曾擔任報社記者，在 1982 年獲得諾貝爾文學獎後依然筆耕不輟，代表作品有《百年孤寂》、《獨裁者的秋天》、《預知死亡紀事》、《愛在瘟疫蔓延時》等。

第一節　魔幻寫實主義文學是什麼

「大家好，我是馬奎斯。」馬奎斯老師簡短的一句自我介紹就贏得了同學們的熱烈歡呼。

「同學們這麼激動，是因為喜歡看我的書嗎？」馬奎斯老師嘴角上揚，瞇著笑眼問道。

蔣蘭蘭揮舞著手中的《百年孤寂》，大聲喊著：「書和人都喜歡，都崇拜！」要不是顧悠在旁邊拉著，蔣蘭蘭大概能跳到桌子上。

「看到這麼多同學喜歡我的書，我也很高興，既然大家都看過，想必也是有一定的了解，我們是開放式的課堂，大家可以暢所欲言，說自己想說的，問自己想問的。」馬奎斯老師和藹地說道。

「都說您是魔幻寫實主義文學的代表人物，魔幻寫實主義究竟是什麼呢？」顧悠問道。

「這還用說嗎？當然是用魔幻的、離奇的方式去反映現實啦！」沒等馬奎斯老師回答，顧玄插話道。

「這些我當然知道，我想問的是更具體的內容。」顧悠不屑地回應道。

「好了，還是我來解釋一下吧！」馬奎斯老師及時阻止了顧悠和顧玄的嘴皮子大戰，「首先要說明的一點是，雖然大多數人認為我是魔幻寫實主義作家，但我自己卻並不這樣認為。我筆下那些看上去魔幻的東西，其實都是拉丁美洲現實的特徵。我們在生活中經常會遇到一些對屬於其他文化的讀者來說很神奇的事情，但對生活在拉丁美洲的我們來說，那就是這塊土地上每天都在發生的現實。所以說，魔幻寫實主義中的『魔幻』並不是真正的『魔幻』，而是由於文化差異所導致的理解上的差異。」

「我知道，這一點您在諾貝爾文學獎頒獎典禮上說過！」蔣蘭蘭興奮地說道。

「是的，我想仍然有必要在這裡再重複一遍。」馬奎斯老師繼續說道，「這非同尋常的現實並非寫在紙上，而是與我們共存的，並且造成拉美人民每時每刻的大量死亡，同時它也成為永不枯竭的、充滿不幸與美好事物的創作泉源。隸屬於這個非同尋常的魔幻寫實的人很少需要求助於想像力。因為我們面臨的最大的挑戰是沒有足夠的常規手段來讓人們相信我們生活的現實。」

「我們的現實生活一點也不魔幻，這種用魔幻的手法來表現現實的手法說來簡單，具體又要怎樣操作呢？」顧悠不解地問道。

「這個問題，我只能根據我個人的寫作經驗來回答你，具體來說有幾個方面的內容，首先第一個就是時間和空間的構造。」馬奎斯老師說道。

「這個我知道，『多年以後，面對行刑隊，奧雷里亞諾·布恩迪亞上校將會回想起父親帶他去見識冰塊的那個遙遠的下午。』這一經典開場所展現的就是時空構造。」痴迷於《百年孤寂》的蔣蘭蘭小心翼翼地插了一句。

「不錯，我用這句話將過去、現在和未來三個不同的時間囊括在一起，並在此後的情節開展過程中，反覆持續在這三者之中穿梭，構成了一個沒有盡頭的時間惡性循環，就像我在書中借用角色皮拉·苔列娜說出的那句話一樣，『一個世紀的沉浮和經歷讓他明白，家族、家庭的演變如同一架運作的機器，反覆是不可避免的，就像那一隻輪子若沒有無可挽回的磨損而需要更換，就會一直不停歇地轉動下去』。在這種時間循環裡，人的存在就顯得特別渺小，屬於人的一些東西如名字、行為也在重複著，這種重複毫無意義，但沒有人能夠逃避，這便是一種現實之中的魔幻。」馬奎斯老師解釋道。

「我很喜歡這種時間循環或停滯的感覺，在《沒有人寫信給上校》中，風燭殘年的老上校一次次遙遙無期的等候，不斷循環的無力感更加能襯托出老人的孤獨。〈伊薩貝爾在馬孔多觀雨時的獨白〉中無休止的大雨，打亂了馬孔多人的時間意識——時間的概念從昨天起就弄亂了，這時也徹底消失了，停滯的時間，木訥的人，在龐大的雨幕下，孤獨感呼之欲出。」邢凱附和道。

「老師，您對時間循環或停滯的構思是怎麼形成的呢？或者說靈感從何而來？」顧悠適時提出了問題。

「你們可能不知道，很久以前，南美的古印第安人會在夏季透過對昴星團的觀測，來確定第二年的收成。那時起，他們就已經洞察了星星、雨水、收成之間的關係，並因此透過晝夜循環、四季更替建立起一種與之對應的時間觀。他們認為時間是循環的或者停滯的，後來的歲月裡，拉丁美洲幾經變遷，但即使遭到了外來文明的入侵，這種對時間循環、停滯的幻覺依然保留了下來。童年的時候，我就是在兩種時間觀的交錯下成長的，一個來自外祖父，代表著停滯、靜止；另一個來自外祖母，代表著循環、永恆。我在作品中展現的便是這兩種時間觀的運用。」馬奎斯老師解釋道。

「哦，原來如此。」顧悠恍然大悟。

「當然，除了上述透過環境、事件來達到時空交錯的目的外，還可以透過獨特的視角來實現這一點。從創作《枯枝敗葉》開始，我就透過三種身分和三種視角講述了馬孔多一家三代人的命運興衰，並在此過程中插入了馬孔多小鎮 30 年變遷的歷史。三代人不同的第一視角，使得小說中的時空變換交錯，場景、事件、人物都有了不同感覺、不同角度的多方位呈現，極大地擴增了小說的容量和內涵。這也是馬孔多作為地標第一次出現在我的作品中。從寫《枯枝敗葉》的那一刻起，我所要做的唯一一件事，便是成為這個世界上最好的作家，沒有人可以阻攔我。」馬奎斯老師繼續說著。

「老師的志向真的偉大，我們也應該向您一樣立長志，而不是常立志。一千個讀者眼中就有一千個哈姆雷特，同一事物站在不同的角度去看，所呈現的樣子可能都是不同的。」蔣蘭蘭舉了個例子。

「不過，我覺得這種敘述方式的重點應該在於，如何讓多個角度的內容達到不斷重複、交錯的混亂效果，穿插的時機很重要，如果每個人都各說各的，一氣呵成，這種感覺也就沒有了。」顧玄補充道。

「嗯，顧玄說得沒錯，並不是三個人各自把自己看到的事情從頭到尾講一遍這麼簡單，幾個人的講述要穿插進行、交織進行。」馬奎斯老師肯定了顧玄的觀點。

「接下來我來談談本人小說的第二個特點，即離奇的事物和荒誕的情節。既然是魔幻，當然要有奇幻的事物，比如從棺材裡死而復生的人，長著豬尾巴的孩子，擁有一對巨大翅膀的老人，少女變身成蜘蛛，病人的傷口里長出向日葵，等等。」馬奎斯老師順著自己的思路繼續說道。

「大作家的想像力就是這麼天馬行空。」顧悠感慨道。

「並不只是因為我想像力豐富，別忘了我曾經說過，現實世界才是荒誕的源頭，我能想到這些離奇的事、物、場景，都要歸功於奇特的生活。就拿《百年孤寂》裡面的離奇情節來說，那個愛吃土的小姑娘雷貝卡就是我喜歡啃泥巴的妹妹的寫照；學徒工毛裡西奧身邊出現的神祕蝴蝶，則是我年少時的真實經歷；還有長著豬尾巴的小孩，現實中我不止一次聽過這樣的報導。」馬奎斯老師解釋道。

「有時魔幻非但不虛構還很寫實呢，只不過是把生活離奇的一面集中表現放大了。」顧悠補充道。

「沒錯！不過有時候，為了突顯想要表達的意思，我也會故意將某些情節誇張化，寫得不合情理。」馬奎斯老師笑著說道。

還沒等馬奎斯老師講述第三點內容，下課的鈴聲便響了起來，大家只好壓抑下自己的好奇，期待下一節課的到來。

第二節　魔幻寫實與文學象徵

「上節課的問題，由於我時間安排得不夠合理，沒有講完，只能占用這節課一些時間了。」馬奎斯老師有些抱歉地說道。

「沒關係，只要是您，講什麼我們都願意聽。」經過這麼幾天的聽課和閱讀，顧悠也化身為馬奎斯老師的超級粉絲，和蔣蘭蘭在一塊就像兩隻小麻雀嘰嘰喳喳，一刻也不閒著。

「那麼接下來，我們接著說第三個特徵 —— 象徵手法，這其實跟第二個方面是有一定關係的，很多離奇的事物都具備象徵意義，這樣的象徵更加重了魔幻主義色彩。」馬奎斯老師說道。（如圖 16-1 所示）

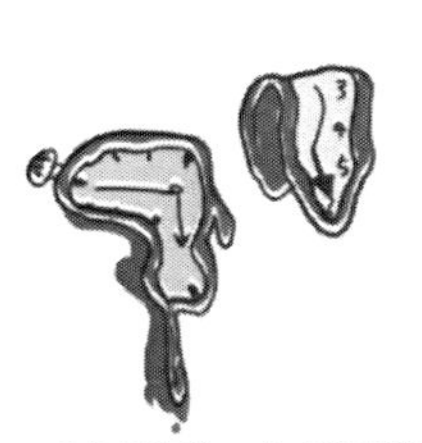

時間和空間構造　　離奇的事物和荒誕的情節　　象徵手法

圖 16-1 以魔幻表達現實

「您似乎很喜歡用黃色來象徵死亡，比如『布恩迪亞逝去的時候，天上下起了黃花雨』這個句子。」邢凱說道。

「沒錯，但我在作品中所用的象徵手法還不止於此。我寫馬孔多人患上了失眠症，在習慣了晝夜不眠後又得了健忘症，他們會逐漸忘掉童年、忘掉過去，甚至忘記自己，就是為了表現拉美人止步於當下，不唸過去，也不求進取，所以才會無法逃出循環往復的苦難。我寫到蕾梅黛絲純真美麗、寬容善良，所有對她有非分之想的人都會發生意外，所象徵的正是那不可褻瀆的神聖的美，也正因為太過美好，所以她無法長久地留存在世間，這也從側面反映了現實的汙濁不堪。」馬奎斯老師激動地說道。

「您的作品中好像經常會出現『馬孔多』這個地名，它是不是也象徵著些什麼呢？」顧悠問道。

「馬孔多……馬孔多。」馬奎斯老師嘴裡唸叨著，似乎是回想起了什麼往事，轉而說道，「馬孔多這個名字，是我和母親到我的出生地阿拉卡塔卡去的時候，偶然間想到的，但我不想說馬孔多就是阿拉卡塔卡。此外，我的童年是在一個叫做蘇克雷的小鎮度過的，在那裡我接受了來自外祖母的第一手創作素材，也有過很多難忘的時光，後來我開始寫作後，便把這座小鎮用一個虛構的名字用在了作品中，馬孔多具備蘇克雷的某些特徵，但也並不完全就是蘇克雷。這兩個小鎮都無法給予馬孔多足夠的意義，很多時候，我都是把它當作一個光怪陸離的精神世界以代表整個拉丁美洲，用它承載各種離奇荒誕的人和事，盡情地表達孤獨的主題。」（如圖 16-2 所示）

圖 16-2 耐人尋味的「馬孔多」

「看得出您在塑造『馬孔多』這個地方時，傾注了很多個人情感在其中。」邢凱應和道。

「落後、貧窮、封閉、邊緣化，缺乏文明的滋養，這就是馬孔多，生活於其中的人，通常也是愚昧無知、目光短淺的，和現實中拉丁美洲的過去如出一轍。但在這樣一個虛構的世界裡，又發生了很多奇怪的虛幻的事情，於是我便可以把幾百年的歷史都濃縮在一處，鮮明地展現出漫長的孤獨，從這個角度看它就是拉丁美洲的縮影。」馬奎斯老師繼續說道。

「與其說馬孔多是一個象徵性的意象，倒不如說它是雜糅了所有孤獨意象的載體。」蔣蘭蘭跟著老師的思路說出了自己的看法。

「沒錯，除此之外，馬孔多還有一個作用，剛才顧悠說，我的作品中經常會出現馬孔多。的確如此，我的很多作品中的人都生活在馬孔多，大家在看的時候不免會產生一種錯亂的感覺。所有人都是馬孔多的居民，而他們彼此之間都存在一層隔膜，但無形中也把這些文字統一在了一個巨大的框架之中，形成了一個整體。」馬奎斯老師解釋道。

「啊，還有這種作用呢！」顧悠恍然大悟之餘還有些驚訝。

「生活在馬孔多中的人，他們期盼美好的生活，但同時被根深蒂固的陋習和落後守舊的思想左右，不對過去進行反思，也不向未來前行，拒絕新事物。他們想以這樣一種自以為是的方式反抗孤獨，但卻始終無法從孤獨的泥沼中掙脫出來，一代又一代，最終像布恩迪亞第六代時那樣，被一陣颶風席捲一空，連帶著那個承載著他們一切的馬孔多都化為了烏有。」馬奎斯老師解釋道。

「馬孔多消失了，但孤獨卻從未減弱。」蔣蘭蘭說道。

「是的，馬孔多消失了，但孤獨卻仍然存在，世界上的每個角落都有它的影子，而這些承載著孤獨的地方都可以是馬孔多。從這個角度看，馬孔多也是全世界的縮影，裡面愛恨交加，美好與醜陋並存，無知的人成群結隊，遠見者總不被理解。如果現實世界的人也像布恩迪亞家族那樣發展下去，孤獨就會無限放大，最終世界也會像馬孔多一樣從地球上消失。」馬奎斯老師繼續說道。

一直沒有作聲、專心聽講的邢凱不由感嘆道：「一個虛構的小鎮居然有這麼多含義，真是耐人尋味！」

「最後，關於魔幻寫實主義，我再做一個總結。」馬奎斯老師深有感觸地說道，「雖然我一直在強調拉丁美洲的消極狀態，控訴它的封閉落後、愚昧無知，但我對它仍是無比熱愛和崇敬的，我個人以及我所作的文學都是在它的影響和哺育之下成長起來的。拉丁美洲也曾是人類文化的搖籃之一，令人嘆為觀止的馬雅文明就誕生在這片土地上。現代的氣息和遠古的味道、科學和迷信、高樓大廈和原始密林都在這裡交織，這裡的每一寸土地都充滿著神奇魔幻的色彩，它的日常告訴我們，魔幻和現實本就是一體的。造成拉丁美洲貧窮落後的原因既有我們自己不思進取的因素，更多是因為殖民者的瘋狂掠奪對其造成的巨大影響。」

第三節　拉丁美洲的特殊文學主題

「老師，您的作品為什麼都離不開『孤獨』呢？您對孤獨的理解究竟是怎樣的呢？」馬奎斯老師剛一站定，課堂中便有學生問道。

「既然你上來就給我出這麼個『難題』，那我先要考考你，你說的『都』具體指什麼？」馬奎斯老師又把問題拋了回去。

提問的學生是一個瘦瘦高高看起來很靦腆的男生，他顯然是馬奎斯老師的忠實書迷，聽到老師的反問，不慌不忙地站起來說道：「其實我看得也並不深入，就簡單說一下吧，有不對的地方希望老師批評指正。」

馬奎斯老師點點頭，示意他繼續說下去。

「在老師的第一部作品《枯枝敗葉》中，『孤獨』已經初露頭角，它的主角並不是三個故事講述者——祖父、媽媽和小男孩，而是那個在他們口中備受譴責的大夫。這大夫是中途來到馬孔多小鎮的，他沒有名字，也沒有人知道他從哪裡來。他大多時候都把自己關在房間裡，無所事事，身為醫生卻對他人的生死異常冷漠，這也招致了小鎮居民對他的排斥和厭惡。他並未給馬孔多小鎮帶來什麼像樣的故事或做出什麼貢獻，反而在他到來後，小鎮越發衰敗，他的存在似乎毫無用處，就是為了等待死亡，孤獨感自始至終都圍繞著他。」男生細聲細語地說道。

「很多人讀了《沒有人寫信給上校》這本書後，會覺得沒意思或者不知所云，其實我認為，老師的目的就是想要表達那種周而復始地在沒有意義的希望與失望中徘徊的孤獨感。70 多歲的老上校為了一份退伍金，56 年間一次次滿懷希望地奔向郵局，又一次次地失望而歸，但是他一直沒有放棄，生活也因此變得越發窮困，而他卻只能在無奈中孤立無援地等待著，這種等待恰恰就是孤獨的最直接展現。」男生又說道。

「《惡時辰》中的小鎮鎮長，因為一起殺人事件親自投身調查中，卻沒有人相信他，因而他總是孤零零地遊走在小鎮有線索的地方、辦公室和家之間，在忙碌和徬徨中穿梭，飽受著權力帶來的孤獨感。」男生說完長舒一口氣，稍稍停頓了一下。

「這位同學很厲害耶，準備得很充分。」聽著人家這般侃侃而談，顧玄不由羨慕道。

顧悠撇撇嘴說道：「人家那是日積月累，水到渠成，你以為都像你一樣臨時抱佛腳？」

「噓，先聽這位同學說。」馬奎斯老師做出了一個「噤聲」的手勢。

「當然了，把孤獨刻劃得最為深刻的還是《百年孤寂》，有人說《枯枝敗葉》是暴風雨到來的前奏，而《百年孤寂》便是那場暴風雨。《百年孤寂》中幾乎每一個角色甚至他們所生活的地方都有孤獨存在，這是一場關於孤獨的狂歡。布恩迪亞家族中的孤獨者們則很好地詮釋了這三種孤獨，神靈有著偉大的靈魂和包容一切的胸懷，但他無法將這種大智慧帶來的快樂分享給他人；猛獸充滿力量但無法擺脫愚昧和衝動，因而不能和身邊的一切友好相處；哲學家擁有真理但因為特立獨行而不易被人理解。」男生繼續說道。

「不得不說，你真的是很認真地去看並思考了這些內容。」馬奎斯老師讚許地說道。

「比起老師作品的宏大內涵，我所說的連冰山一角都算不上。《百年孤寂》之後的作品中，如《藍狗的眼睛》、《預知死亡紀事》、《愛在瘟疫蔓延時》、《異鄉客》等，都無一例外地散發著孤獨的味道，夢境中的孤獨、愛情中的孤獨、困境中的孤獨、死亡的孤獨、權力的孤獨、不諳人事的孤獨……各式各樣的孤獨都在老師的筆下獲得了豐富的含義。」聽到了老師的讚賞，男生又說了起來。

「這麼多？老師你怎麼這麼鍾情於寫孤獨呢？」沒有看過這些書的顧悠也好奇道。

「下面就輪到我來回答問題了。」馬奎斯老師自信一笑，「我為什麼一直在寫孤獨呢？我所表達的孤獨，並非單純個人的心理情感，更是一個家族、一個小鎮、一個民族的狀態。1982 年時，我曾做過一次演講，其中就詳細說到了我所理解的孤獨……」

「我知道，是那篇〈拉丁美洲的孤獨〉，很有名的。」蔣蘭蘭搶答道。

「是啊，拉丁美洲的孤獨，我們的孤獨，它從何而來？縱觀歷史，曾經的拉丁美洲獨自處於一片瀚海之中，封閉落後，那時候它無疑是孤獨的。但當它被迫開啟大門後，孤獨非但沒有消減，反而更嚴重了。」說到這裡，馬奎斯老師的表情發生了一些變化。

「在隨麥哲倫環球航行的佛羅倫斯水手安東尼奧·皮加費塔將在南美洲的所見所聞記錄在冊之後，歐洲的史學家們留下了更驚人數量的關於拉丁美洲的文獻，其中記載了數不勝數的奇異事物，那裡更有一個令人垂涎的黃金國，為了尋找這個夢幻國度，多少傳奇的人物都趨之若鶩地踏上了拉丁美洲的大地，將拉丁美洲的本土居民帶入了災難。」馬奎斯老師略顯傷感地說道。

「可人們對錢財名利的瘋狂又怎麼會輕易消滅？大西洋的浪濤也無法遏制人們對金錢無盡的想像，當那些亦真亦幻的新聞湧入歐洲人的頭腦時，這片廣袤的土地上誕生了一個個的殖民英雄，鑄造了一段段傳奇，但生活在這塊廣袤大地上的人們，卻從未獲得過片刻的安寧 —— 殖民、饑荒、戰亂、瘟疫、獨裁……拉丁美洲從形式上剛擺脫西班牙和葡萄牙的統治，旋即又被美國當成了自己的後花園。這裡的噩夢從未中斷，而我們的孤獨就來源於這匪夷所思、充斥著殘酷的現實。」馬奎斯老師以這段話結束了這堂課的講述。

第四節　文學中的孤獨與人的孤獨

「老師，您上節課說的那段話，我回去想了想還是不太懂，能不能再解釋一下呢？」馬奎斯老師剛走進教室，顧悠就趕緊追問道。

「不著急，聽我慢慢說。」馬奎斯老師慢悠悠地說道，「現實的一切都是孤獨產生的泉源，無知會造成孤獨，自私會造成孤獨，競爭與比較同樣會造成孤獨……而貧窮更是一種孤獨，是孤獨中最刻骨銘心的一種 —— 甚至可以使一個落後的民族沉淪或枯萎。我們所處的生活是荒謬的、殘酷的，但沒有很多人相信，就算用生動的語言、細膩的筆觸勾勒出來，西方人也無法感同身受，甚至只會當作虛構之物。但生活的苦難因人而異，沒有共同生活經歷的人無法理解我們的感受，也不會明白我們的痛苦，所以當我們用西方的標準去解釋現實時，只會讓我們變得越來越拘束，越來越孤獨。」

「對啊，我自己就是這樣的狀態，很多時候自己覺得感受很深刻的事情，告訴別人，他們卻不以為然，還會說我太誇張了。」邢凱若有所悟地說道。

「不只你，大家普遍都會這樣，那孤獨到底是什麼呢？」顧玄問道。

「從拉丁美洲的角度來看，它的孤獨來源於沒有人相信它所存在的現實，而它自己也無法掌握自己的命運。我也時常會有疑惑，為什麼文學中表現的獨特性可以被接受甚至得到稱讚，而現實中獨立自主的社會變革卻不斷遭受質疑甚至被全盤否決呢？歷史上眾多戰亂與傷痛的起因便是那世世代代的不公和無休止的刁難，這便是拉丁美洲的孤獨！」馬奎斯老師繼續說道。

「我們可以知道孤獨從何而來，但卻無法真正解釋清楚孤獨到底是什麼，至少到現在為止我自己還沒有明確的答案。我只能說，它是一種異乎尋常的現實，一種每分鐘都發生在世界範圍內的實驗，它無處不在。」馬奎斯老師解釋道。

「那孤獨有沒有什麼緩解之法呢？」蔣蘭蘭問道。

「當我們盡力去了解孤獨，逐漸意識到它所帶來的危害時，孤獨就會變得渺小，至少不會太可怕。說到緩解之法，我想還是要回歸現實，採取行之有效的措施改善現實中產生孤獨的生活狀態，是緩解孤獨的最佳方法。」馬奎斯老師說道。

「如此說來，放到個人身上，緩解之法就是如果某件事讓自己感到孤獨，那就不去做或者改變做這件事情的方式，如果現實無法改變，那就改變自己的想法，但做到哪一個都不是易事，所以說孤獨是無處不在、無法徹底擺脫的。」順著馬奎斯老師的話，顧玄說出了自己的感悟。

「現實世界本身就是殘酷的，但不管是一個民族還是具體到個人，面對壓迫、掠奪、不公以及由此產生的孤獨，我的答案是活著。瘟疫抑或洪水，饑荒抑或戰亂，任憑它們多麼強大，也無法削弱生命戰勝死亡的信念。但我們也應該意識到，孤獨是源源不斷產生的，凡是阻礙人類生存和發展的因素都會令人產生孤獨感，即使舊的被抵制住了，新的也會出現，而我們能做的就是勇敢地反抗，永不妥協。從某些方面來講，人類的文明程式就是不斷地反抗被冠以孤獨之名的黑暗，追求光明的過程。」馬奎斯老師似乎不太認可顧玄的觀點。

「其實，我覺得孤獨並沒有什麼不好，為什麼一定要執著於去消滅、抗拒它呢？有時候，人處於孤獨的狀態下，更能催生出蘊含在體內的能量，獲得靈感的爆發或者思考的頓悟，適當與孤獨為伴，並沒有什麼不好的地方，只要不被它淹沒就好。」想不到這次顧悠居然有了自己的思考，「就拿老師您來說，您的這些著作不也都是在孤獨的狀態下完成的嗎？而且不只是您，很多文人乃至普通人都是如此，比如中國古代詩人蘇軾那句『我欲乘風歸去，又恐瓊樓玉宇，高處不勝寒』，李白的『相看兩不厭，只有敬亭山』，柳宗元的『孤舟蓑笠翁，獨釣寒江雪』……這些名句名篇都是在孤獨中書寫的對孤獨的品味。」

「嗯……」馬奎斯老師思索片刻後說道，「文學中的孤獨千姿百態，生活中的孤獨也是如此，不被孤獨淹沒不也就意味著反抗嗎？要知道，無須刻意躲避，孤獨時刻就在我們身邊。」

文學哪有那麼矯情：
紅樓夢的愛恨 × 諷刺的社會洞察 × 批判式浪漫 × 迷惘的一代 × 魔幻寫實主義，中外十六位文學大師帶你走進文藝創作的殿堂！

作　　者：鄭偉
發 行 人：黃振庭
出 版 者：崧燁文化事業有限公司
發 行 者：崧燁文化事業有限公司
E-mail：sonbookservice@gmail.com
粉 絲 頁：https://www.facebook.com/sonbookss/
網　　址：https://sonbook.net/
地　　址：台北市中正區重慶南路一段 61 號 8 樓
8F., No.61, Sec. 1, Chongqing S. Rd., Zhongzheng Dist., Taipei City 100, Taiwan
電　　話：(02)2370-3310
傳　　真：(02)2388-1990
印　　刷：京峯數位服務有限公司
律師顧問：廣華律師事務所 張珮琦律師

定　　價：375 元
發行日期：2024 年 06 月第一版
◎本書以 POD 印製
Design Assets from Freepik.com

國家圖書館出版品預行編目資料

文學哪有那麼矯情：紅樓夢的愛恨 × 諷刺的社會洞察 × 批判式浪漫 × 迷惘的一代 × 魔幻寫實主義，中外十六位文學大師帶你走進文藝創作的殿堂！ / 鄭偉 著 . -- 第一版 . -- 臺北市：崧燁文化事業有限公司, 2024.06
面；　公分
POD 版
ISBN 978-626-394-312-4(平裝)
1.CST: 世界文學 2.CST: 文學評論
812　　113006608

電子書購買

爽讀 APP

臉書